179 Euro 70

Ein literarisches Roadmovie

von Ambra Lo Tauro

Bibliografische Informationen der Deutschen
Nationalbibliothek: Die Deutsche Nationalbibliothek
verzeichnet diese Publikation in der Deutschen National-
bibliografie. Detaillierte bibliografische Daten sind im
Internet über ://dnb.dnb.de abrufbar.

2. Auflage,
© 2020 Ambra Lo Tauro
Coverdesign: Giusy Amè / Magicalcover.de
Bildquelle: Depositphoto / Pixabay
Herstellung und Verlag:
BoD- Books on Demand, Norderstedt

ISBN: 9783751933001

ambra@lotauro.de
www.lotauro.de

Buchbeschreibung:

Benita hat ein Problem: Sie kann nicht nur die Gefühle anderer Menschen nachempfinden, sie übertragen sich auf sie selbst. Die Kündigung einer Kollegin bringt sie dazu, die Sicherheit ihres Arbeitsplatzes hinter sich zu lassen. Als sie einige Wochen später in einer Bank über ihren schwindenden finanziellen Mitteln brütet, überkommt sie das dringende Verlangen, die Filiale zu überfallen.

Wenig später findet sie sich in einem Kleinwagen wieder mit dem gutmütigen Robin, der viel zu höflichen Enissa und einer Tasche voller Münzen an ihrer Seite. Die Flucht quer durch Deutschland bis in ein Ferienhaus an der Ostsee wird zum Selbsterfahrungstrip für alle drei. Wäre da nur nicht die Polizei auf ihren Fersen …

Ein literarisches Roadmovie

Über den Autor:

Ambra Lo Tauro wurde 1972 im württembergisch-bayerischen Grenzgebiet geboren. Sie ist ausgebildete Bankkauffrau und arbeitete dreiundzwanzig Jahre in der Personalabteilung. In unzähligen Vorstellungsgesprächen lernte sie viele Menschen und ihre Geschichten kennen. Nach der Geburt ihrer beiden Kinder, der Doppelbelastung als „Director Home and Family" und Teilzeitmitarbeiterin einer Bank verwirklichte sie ab 2015 ihren Kindheitstraum: als Schriftstellerin Geschichten zu erzählen.

Prolog

Benita, 3 Jahre

Mama saß auf einer Bank am Spielplatz. Ihr Gesicht war schön. Die Striche auf der Stirn waren weniger. Auch die neben ihrem Mund. Außerdem sah sie nicht so traurig aus. Auf einem Bild würde sie immer noch keinen Mund wie bei einem Smiley malen, aber nicht mehr verkehrt herum, sondern ganz gerade. Das gefiel ihr.

Ein anderes Mädchen spielte im Sand. Benita ging mal gucken, was die machte. Sie grinste stolz. Ihre Türme waren echt schön, ganz glatt und ohne Löcher. In der Mitte machte sie mit der Schaufel einen Burggraben. Da fehlte Wasser. Benita nahm ihren Eimer und wollte was holen. Dann schaute die andere so komisch. Auf einmal war Beni stinksauer. Die nahm ihr alles weg! Benitas Sachen!

Beide schrien, dann hauten sie sich. Ihre Mama und die von der blöden Kuh rannten zu ihnen. Sie zogen sie voneinander weg.

„Vielleicht erklären Sie Ihrem Kind nochmal den Unterschied zwischen Mein und Dein", fauchte die fremde Mama. Sie sah Benita an, als ob sie sie nicht leiden konnte. Beni fand sie doof. Sie wollte doch nur mitspielen! Aber jetzt waren alle sauer und Mama dazu schon wieder so traurig.

„Komm, Beni, wir gehen nachhause."

Dabei wollte sie doch nur spielen. Aber so war das jedes Mal. Doofer Spielplatz.

Benita, 23 Jahre

Ihre Beine fühlten sich leicht an, als sie die Treppen zu der kleinen Wohnung im dritten Stock des Altbaus

7

erklomm. Anfangs hatte sie immer zwei Stufen auf einmal genommen, jetzt, kurz vor Schluss, wurde sie langsamer. Vielleicht sollte sie mehr joggen, damit sie nicht so schnell außer Puste kam. Philipp, ihrem Freund, würde das gefallen. Zusammen machte es viel Spaß, obwohl Benita eigentlich nicht so begeistert von Sport war. Sie dachte daran, was für ein warmes, beschützendes Gefühl sie von ihm vermittelt bekam.

Irgendwas war heute aber anders. Mit jedem Schritt, der sie der Türe näher kam, wurde ihre Nervosität schlimmer. Sie blieb stehen und legte ihre flache rechte Hand auf die Brust. Woher kam dieser Druck?

Es war, als würde die Beziehung sie erdrücken. Das war alles zu viel. Wo war ihr Freiraum? Einfach mal alleine losziehen oder mit ihren Freunden, statt immer den Kerl mitzunehmen, der sich an sie klammerte? Je näher sie der Tür kam, desto stärker wurden die Gefühle.

Philipp saß mit gefalteten Händen am Küchentisch und sah sie an, als würde er ein Gespräch suchen.

„Wir müssen reden!", begann sie. Er blinzelte, war verwirrt. „Ach so?"

„Ich kann das nicht mehr! Mir wird unsere Beziehung zu eng. Uns gibt es nur noch im Doppelpack, als wären wir zwanzig Jahre verheiratet. Ich bin jung und möchte ungebunden leben! Auch mal einen Partner neu kennenlernen und Schmetterlinge im Bauch haben. In ein paar Jahren mag ich das vielleicht, wenn der andere mich in- und auswendig kennt. Aber jetzt will ich das noch nicht!" Sie atmete schwer aus. „Ich finde, wir sollten uns trennen!"

Sie war sich sicher, das Richtige zu tun. Philipp sah sie kurz mit ausdruckslosem Gesicht an, dann folgte ein liebevolles Lächeln.

„Das ist der Wahnsinn!", sagte er leise. Eine Welle der Zuneigung schwappte über Benita. War die Trennung wirklich so eine gute Idee? Ja, unbedingt! Sie sollte auf ihren Bauch hören.

„Weißt du, genau darüber wollte ich auch mit dir reden. Eben über das alles! Wir haben gleichzeitig dieselben Gedanken und Gefühle. Deshalb: Ja, wir sind uns zu nah dafür, dass wir erst seit drei Jahren ein Paar sind. Ich bin so froh, dass du kein Drama machst!"

Er küsste sie auf die Stirn, ging ins Schlafzimmer und kam kurz darauf mit einem Koffer und einem Wäschekorb zurück. Darin lagen Bücher, CDs, ganz oben sein Laptop und zwei Paar Schuhe. Erstaunlich, wie schnell er seine Sachen gepackt hatte.

„Ich ziehe zu meinem Bruder, bis ich was Eigenes gefunden habe."

„Musst du das nicht zuerst mit ihm besprechen?", wollte sie verwundert wissen.

„Habe ich schon. Wie gesagt, mich plagen dieselben Ideen. Vielleicht ist es etwas überstürzt, aber wenn wir beide so empfinden", er lächelte sie schief an, „dann ist es bestimmt der richtige Moment. Nachdem du einen unbefristeten Vertrag mit deiner Firma hast, kommst du mit der Miete klar, denke ich. Lebewohl. Es war eine außergewöhnliche Zeit mit dir. Du wirst für mich immer eine besondere Person sein."

Sie starrte ihn an. Was passierte hier? Er hob die Hand, winkte zum Abschied, drehte sich um und ließ die Tür ins Schloss fallen.

Benita blieb zurück und hatte das Gefühl, als würde sie mit dem Kopf durch eine Wasseroberfläche stoßen und auf einmal alles klar sehen. Hatte sie sich nicht eben auf der Treppe noch darauf gefreut, Philipp zu treffen, ihn zu umarmen, etwas mit ihm zu unternehmen? Mit welchen Freunden wollte sie sich verabreden? Er hatte die Kontakte in ihre Verbindung gebracht, sie war eine Einzelgängerin. Es gab nur zwei Frauen in ihrem Leben, die sie regelmäßig sah. Sie schüttelte sich wie ein nasser Hund. Woher war dieser plötzliche Umschwung gekommen?

Benita, 27 Jahre:

Ein weiterer Arbeitstag. Sie arbeitete an der Statistik. Ihr Kopf war beschäftigt, ihr Intellekt gelangweilt.

Ihre Gedanken schweiften zu den Figuren der Serie, die sie auf Netflix gerade am liebsten mochte. Erst gestern hatte sie den Liebeswirrwarr der Freundinnen beobachtet, ihre Schildkröte neben sich auf der Couch. Esmeralda schien es auf dem Möbelstück zu gefallen. Vielleicht lag es aber auch an den Salatblättern, mit denen ihre Herrin sie nebenbei fütterte. Dass Benitas eigenes Liebesleben gerade kaum existent war, verdrängte sie. Zumindest das Tier machte ihr keinen Ärger. Sollte die Sehnsucht nach einem Mann übermächtig werden, fände sie im Nachtleben ihrer Stadt sicher eine Begleitung für ein Mal. Mit ihren hellroten Haaren, den grünen Augen und der großen, schlanken Statur fiel ihr das nicht schwer. Von ernsthaften Beziehungen hatte sie gerade genug.

Die Geschichten im Fernsehen waren amüsant zu beobachten. In der WG war etwas los. Sie selbst empfand ihr Leben derzeit zwar als friedlich, aber auch als öde. Obgleich es anders war, als das der Menschen um sie herum. Doch auf diese Art der Aufregung verzichtete sie allzu gerne. Sie bemerkte, wie sie seit einigen Minuten die immer gleichen Zahlen auf ihrem PC angesehen hatte. Ärgerlich darüber, die Konzentration zu verlieren, versuchte sie, an nichts anderes mehr zu denken.

Ihre Kollegin Nicole kam aus dem Büro des Chefs. Gedankenverloren ging sie die Post durch.

„Guten Morgen, Nicki! Wie geht es dir? Alles klar?"

Sie mochten sich bereits seit ihrer gemeinsamen Ausbildungszeit zur Industriekauffrau. Als sie beide in der Einkaufsabteilung landeten, freuten sie sich. Sie waren sich sympathisch, ohne enge Freundinnen zu sein. Ein Thema für ein paar Sätze geselligen Smalltalks fanden sie immer.

Nur nicht heute. Nicole sah sie nicht an, brummte etwas Unverständliches und ging aus dem Zimmer. Das war noch eine Steigerung zu ihrer in letzter Zeit sowieso schon schlechten Laune.

Benita runzelte die Stirn. Was war mit der Kollegin los? Doch dann war die Enttäuschung über Nickis kühle Reaktion plötzlich wie weggeblasen. Eine neue Empfindung verdrängte alles.

Unmöglich konnte sie länger hier arbeiten. In dieser Firma hatte sie keine Zukunft mehr. Der Druck auf ihrem Brustkorb erschwerte das Atmen, sie bekam kaum Luft.

Sie musste kündigen. Jetzt war der Moment. Heute, dem letzten Tag, an dem sie mit ihrer Kündigungsfrist von sechs Wochen zum Quartalsende aussteigen konnte. Als sie sich vorstellte, wie sie dem Chef das Schreiben vorlegte, entspannte sie sich. Endlich schien der Sauerstoff ihre Lungen zu erreichen. Die Aussicht, in einer anderen Firma einen Neuanfang zu wagen, ließ sie lächeln. Sie öffnete ein neues Dokument. Oben Namen und Anschrift, adressiert an ihren Arbeitgeber, zu Händen ihres Chefs.

„Sehr geehrter Herr Friedrichs, hiermit kündige ich mein Arbeitsverhältnis fristgerecht zum 30.6.2015. Für die angenehme Zusammenarbeit bedanke ich mich. Mit freundlichen Grüßen, Benita Kirsch."

Eine Stunde später verließ sie beschwingten Schrittes das Bürogebäude. Neben ihr ging Nicole, nun mit ebenso guter Laune. Was war denn los?

„Du bist wieder besser drauf, Nicki? Das ist schön. Die letzten Monate schienst du bedrückt zu sein. Und heute Morgen ganz besonders."

Das war ihr übliches Understatement. Vielmehr kannte sie Nicoles Gemütslage besser, als sie wollte und es der anderen bewusst war. Im Allgemeinen bezeichnete man so etwas als Empathie, doch Benita wusste, in ihrem Fall ging es weiter. Wenn sie konnte, verdrängte sie dieses Bewusstsein aber. Normal zu sein, war ihr größter Wunsch.

Die Kollegin strahlte sie an.

„Sieht man mir das an?"

„Na sicher. Du lächelst, das war in letzter Zeit selten."

Dazu kam, dass Benita ihre Glückseligkeit vor sich sah, als könnte sie sie berühren. Es war ähnlich, wie die Wolken in einem Flugzeug vor sich zu haben: als müsse man nur die Hand ausstrecken, um die zarte, kühle Textur streicheln zu können. Der Kopf wusste, das war nicht der Fall. Aber irgendwann wurden die Augen von dem regelmäßigen Brummen der Turbinen schwer, Schlaf übermannte einen und der Verstand gab die Kontrolle ab. Dann schienen sie nur einen Griff entfernt, es war beinahe, als spürte man die weißen, weichen Gebilde. Das konnte sie unmöglich jemandem erklären, doch das Gefühl, das einen überfiel, wenn man nicht mehr dachte, war vergleichbar mit ihrem Gespür, was ihr Gegenüber gerade empfand. Allerdings fragte Nicole nichts, sondern strahlte sie arglos an.

„Vor dir kann ich es sowieso kaum verbergen. Stimmt, ich fühle mich toll. Ich habe dem alten Friedrichs heute meine Kündigung in die Hand gedrückt. Chakka!" Sie streckte eine Siegerfaust zum Himmel. „Anfang Juli fange ich bei der Ludwig GmbH als Chefeinkäuferin an!"

Benita versuchte, sich für die Kollegin zu freuen, doch das Entsetzen kroch in Eiseskälte an ihrer Wirbelsäule hinauf. Konnte es ein Zufall sein, dass sie selbst diesen Schritt auch gerade getan hatte? Allerdings ohne eine interessante Stelle in der renommiertesten Firma der Gegend in Aussicht.

Nicole verstand ihr erschrecktes Gesicht anders.

„Es tut mir leid, das Team hier zu verlassen." Sie schenkte ihr einen traurigen Dackelblick. „In den letzten Monaten war es ein Elend. Wenn ich mir die Zahlen ansehe, geht das nicht mehr lange gut. Es wird Zeit für etwas Neues." Sie standen an der Stelle, an der sich ihre Wege trennten. Ungewohnt herzlich umarmte Nicole sie.

„Freu dich doch für mich!"

Benita strengte sich an. Während sie daran arbeitete zu lächeln, streichelte sie der Kollegin freundschaftlich über die Schulter.

„Wie schön für dich, das hört sich toll an", brachte sie zuwege. „Ich wünsche dir, dass es ein guter Schritt ist."

„Bestimmt!", rief Nicole „Wir beide müssen uns dann unbedingt ab und zu auf einen Kaffee treffen."

Sie nickte, obwohl sie sich sicher war, mehr als ein oder zwei Verabredungen kämen nicht zustande. Dazu bedeutete sie Nicki zu wenig. Wie hätte es auch anders sein können? Sie hatte die junge, impulsive und lebhafte Frau kaum an sich herangelassen. Somit würde ein weiterer Mensch aus ihrem Leben verschwinden.

Das alles verbarg sie hinter einer unbeteiligten Miene. Nicole verzog etwas enttäuscht die Mundwinkel und winkte ihr noch einmal zu, ehe sie in die Straße einbog, in der sie geparkt hatte.

Benitas Kopfhaut prickelte. Sie ließ sich auf die Bank im Wartehäuschen der Bushaltestelle fallen. Ihre Beine zitterten. Verflixt. Sie versuchte, sich zu sortieren. Hatte sie ihre eigenen Empfindungen gefühlt oder Nicoles? Sie war gerade bei Herrn Friedrichs gewesen und vermutlich noch aufgewühlt von der Begegnung. Bis zum Morgen hatte Benita keinen Gedanken in diese Richtung verschwendet. Auch sie hatte bemerkt, dass die Umsatzzahlen nachgelassen hatten. Das Schreiben war jedoch ein spontaner Entschluss gewesen, ein drastischer Schritt, ohne dass sie eine andere Stelle gesucht und gefunden hatte. Ihre Gefühle oder Nicoles? Sie wusste es, wollte es aber nicht wahrhaben.

Entgegen ihren Willen überfielen sie die Erinnerungen an ihr verkorkstes Liebesleben. Sie erinnerte sich an die Trennung von Philipp und ihre Empfindungen danach. Sie fühlte sich verlassen und leer und wusste nicht, woher der Impuls gekommen war. Geahnt hatte sie es. Es war der Grund, weshalb sie bereits als Kind schwer Freunde fand. Wer zur gleichen Zeit zornig, traurig, ängstlich, neidisch war wie sein Gegenüber, führte ein konfliktreiches Leben. Ihr Vater und ihre Tante, die sich nach Mutters Tod um sie kümmerten, waren damit überfordert gewesen. Sie hatten versucht, Benitas Selbstbeherrschung zu stärken. Der erste

Tipp lautete, sie solle auf zehn zählen, bevor sie einem Impuls nachgab. Am Anfang kam sie bis vier, später zumindest bis sieben. Dann kamen die Atemübungen dazu, autogenes Training, progressive Muskelentspannung. Sogar einen Meditationstrainer bezahlte ihr Vater für ein Jahr. Es wurde besser, nichts half wirklich.

Das Ende der Beziehung zu Philipp war nur die erste von mehreren närrischen Trennungen gewesen.

Im Bus ließ sie ihre Stirn gegen die Fensterscheibe fallen. Sie betrachtete die Reflexion. Ihr Gesicht war noch heller als sonst, ihre grünen Augen waren aufgerissen. Es war nur Einbildung. Übersinnliche Wahrnehmungen gab es nicht. Konnte es nicht geben. Das alles war nur ihre Launenhaftigkeit, ihre Unausgeglichenheit, ihre Impulsivität. Sie brauchte eine Therapie, keinen Meditationstrainer.

Ihre Mutter fiel ihr ein. Eine Gänsehaut lief ihr über den Rücken. Benita sagte das Einmaleins auf, beginnend bei der Fünfer-Reihe.

Das Blut rauschte in ihren Ohren. Sie trug eine sorgfältig gebügelte weiße Bluse, der schmale Rock endete knapp über dem Knie, die Pumps hatten Absätze. Sie war stärker geschminkt als sonst, damit die dunklen Schatten unter ihren Augen nicht auffielen. Immerhin hatte ihr die Schlaflosigkeit genügend Zeit verschafft, um früh aufzustehen und in Ruhe ihren Bob zu waschen. Der Mund war trocken.

„Herein!"

Sie trat ins Büro des Chefs. Ihre Zunge fuhr über ihren Gaumen. Die Lockerungsübung half.

„Herr Friedrichs, ich habe ein seltsames Anliegen. Es tut mir sehr, sehr leid …"

Er wies auf den Besucherstuhl vor seinem wuchtigen Schreibtisch.

„Wollen Sie früher gehen, Frau Kirsch? Sofern Sie sich bereits Gedanken gemacht haben, wie Sie Ihre Arbeit übergeben können, finden wir eine Lösung. Das ist die übliche Vorgehensweise in so einem Fall."

Die kleinen Augen unter der hohen Stirn betrachteten sie freundlich.

Unruhig rutschte Benita auf ihrem Stuhl herum.

„Nein, das ist es nicht … Ich wollte Sie bitten, meine Kündigung in den Müll zu werfen. Es war eine dumme Handlung im Affekt. Ich weiß gar nicht, was in mich gefahren ist. Die Aufgabe gefällt mir, ich möchte weiter hier arbeiten." Vor allem das Geld auf dem Konto am Ende des Monats mag ich, fügte Benita in Gedanken hinzu. Sie hoffte, sie sah mitleiderregend, aber nicht zu flehend aus. Das Blut in ihren Adern klang im Kopf wie ein rauschender Fluss.

Herr Friedrichs betrachtete sie mit hochgezogenen Augenbrauen und stieß hörbar die Luft aus.

„Ich hatte Sie bisher nicht als wankelmütig eingeschätzt." Er legte eine dramatische Pause ein. Dann ergänzte er mit bedauerndem Gesichtsausdruck: „Ich fürchte, das kann ich nicht tun. Sehen Sie, die Geschäftsleitung hatte mich letzte Woche vor die Aufgabe gestellt, in unserer Abteilung zwei Mitarbeiter abzubauen. Ich machte mir Gedanken, wem wir einen Aufhebungsvertrag anbieten könnten, bevor wir über Sozialauswahl und Kündigungen sprechen müssen. Offen gesagt fällt es mir schwer, in unserem Team Leute mit schlechten Leistungen auszumachen. Ich würde mich ungern von jemanden trennen. Aber ich wusste ja, dass gestern Kündigungstermin war. Als ich dann tatsächlich zwei Kündigungen vorliegen hatte, war ich erleichtert: Ich musste keine Trennungsgespräche mit Mitarbeitern führen, die das nicht verdienen, die Firma kommt um Abfindungszahlungen herum. Ich fürchte, ich bin nicht bereit, einen anderen Weg einzuschlagen, solange es eine Alternative gibt. Um ehrlich zu sein, Frau Kirsch, diese Aktion, im Affekt zu kündigen, qualifiziert Sie nicht zu meiner zuverlässigsten Mitarbeiterin. Ich bedaure."

Mittwoch

In der Bank

Enissa:

Enissa Altinay nahm an ihrem Schreibtisch Platz. Sie war zufrieden. In dieser Geschäftsstelle der Bank hatte sie während ihrer Ausbildungszeit mehrfach Einsätze gehabt und kannte sich aus. Die Kollegen und Kolleginnen hießen sie heute nach ihrem Urlaub herzlich willkommen. Sie wussten, sie konnten sich auf sie verlassen. Die Kunden mochten sie, weil sie immer freundlich und zuvorkommend war. Enissa setzte um, was ihre Mutter ihr beibrachte: „Işi gör" – sieh die Arbeit. Das brachte ihr Zuneigung und gute Beurteilungen ein. Sie war stolz darauf, neben ihrem Familienleben auch im Beruf Anerkennung zu erhalten.

Der Tag lief gemütlich an, ein heißer Ferientag Mitte August. Nur wenige Leute kümmerten sich derzeit um ihre Bankgeschäfte. Am Vormittag aktualisierte sie ihren Ausbildungsnachweis, bediente ein paar Kunden, beteiligte sich an den Schwätzchen der Kolleginnen. Die Mittagszeit verbrachte sie zuhause. Die Pause ihrer Mutter begann eine halbe Stunde später als ihre, dauerte dafür länger. Enissa bereitete für ihre jüngeren Brüder das Mittagessen zu, die kurz vor Mama nach Hause kamen. Direkt im Anschluss an die Mahlzeit ging sie zurück in die Bank und die Jungs in die Schule, um sich bei den Hausaufgaben betreuen zu lassen. Ihre Mutter räumte auf, ehe sie in die Zahnarztpraxis fuhr, in der sie arbeitete. Es war eine seltene Konstellation, wusste Enissa. Die meisten Mitschüler ihrer Brüder, die auch am Nachmittag in ihrem Gymnasium waren, gingen in die Mensa. Die Kollegen und Kolleginnen verbrachten die

Mittagszeit oft zusammen in dem Sozialraum oder einem Café. Aber Mama wollte es so. Die Kinder sollten zuhause essen. Das war ihr Kompromiss zwischen der deutschen und der türkischen Lebensweise, einen Spagat, den sie alle meistern mussten. Die Familienbande hatten eine stärkere Bedeutung als bei ihren Mitschülern aus anderen Ländern, fand sie. Schon ihre Eltern waren in Deutschland aufgewachsen und gaben sich Mühe, eine gute Balance der Kulturen zu finden. Es machte Enissa stolz, ihren Beitrag dazu zu leisten und von der Familie gebraucht zu werden. Sie war nützlich, denn sie erkannte, wenn es etwas zu erledigen gab. „Işi gör" – sieh die Arbeit. Manchmal wünschte sie sich mehr Freiraum, doch ihr Pflichtgefühl war stärker.

Auch zu Beginn des Nachmittags blieb es auf beinahe langweilige Weise ruhig. Als die junge, rotblonde Frau in den bunten Haremshosen und Flipflops in die Bank kam, stand Enissa auf und ging ihr lächelnd entgegen.

Benita:

Sie war froh, der Hitze des Tages in der abgedunkelten, klimaanlagengekühlten Bankfiliale zu entkommen. Eigentlich wollte sie sich nur Bargeld am Automaten holen. Sie tat das mit steigendem schlechten Gewissen. Um die Sperrzeit zu überbrücken, die sie beim Arbeitsamt wegen einer unbegründeten Eigenkündigung erhalten hatte, griff sie auf ihre Reserven zurück. Zwar war noch etwas vom Erbe ihrer Eltern übrig, da sie als erstes das Einfamilienhaus verkauft und eine Dreizimmerwohnung erworben hatte, aber das Geld war für Notfälle gedacht. Nun ja, genaugenommen war das einer.

Noch konnte sie kein Ende ihrer Lage absehen. Für

einen begrenzten Zeitraum würde sie Arbeitslosengeld bekommen. Die Vorstellungsgespräche, die sie bisher ergattert hatte, waren entmutigend gewesen. Alles war gut gelaufen, bis sie zu dem Punkt kamen, weshalb sie ihr früheres Arbeitsverhältnis beendet hatte. Sie konnte keine glaubwürdige Antwort darauf geben und das machte die Personalverantwortlichen misstrauisch. Benita verstand sie. Sofern sie ein gutes Gespür für Menschen hatten, mussten sie erkennen, dass sie etwas verbarg. Meistens erkannte sie selbst, ab welchem Moment die Atmosphäre kippte. Aber wie sollte sie erklären, was damals passiert war? Es war unmöglich. Deshalb sah sie besorgt in die Zukunft und auf ihre schwindenden Reserven. Mit jeder Abhebung fragte sie sich, ob sie sich weiterhin Wein zum Abendessen kaufen durfte, sie wieder einmal mit ihrer Freundin ins Kino konnte oder sie ihr Auto abmelden sollte. Um Sprit zu sparen verzichtete sie ohnehin auf unnötige Fahrten und blieb in der Nähe, wo das Fahrrad ausreichte. Sie sehnte sich danach, sich mal spontan ein T-Shirt zu leisten, das ihr gefiel.

Am Kontoauszugsdrucker neben dem Geldautomaten bemerkte sie einen Mann in dreiviertel langen Jeans und Kapuzenshirt. Trotz der Hitze hatte er die Kapuze über den Kopf gezogen. Er stand breitbeinig und vornübergebeugt an dem Gerät, so dass sein Po in den Raum hinausragte. Benita hätte sich an ihm vorbeischlängeln können, wollte aber nicht. Stattdessen ließ sie ihre Augen auf den knackigen Rundungen ruhen. Nicht schlecht.

Sie sah die junge Frau an, vielmehr das Mädchen, das ihr lächelnd entgegenkam. Plötzlich fiel ihr brennend heiß ein, wie sie ihre finanzielle Misere lösen könnte. Sie war in einer Bank, hier gab es Geld. Cash. Es war versichert, kein

Mensch würde geschädigt. Sie musste nur diese Bankmitarbeiterin dazu bewegen, es ihr zu geben.

Benita kniff die Augen mehrmals zusammen und riss sie wieder auf. Was ging in ihr vor? Wie sollte sie einen Banküberfall durchführen? „Hände hoch, Moneten her, sonst kitzle ich Sie zu Tode,"? Im Übrigen fiel ihr Blick auf das Schild an der Glaswand, die den Publikumsraum von den Schreibtischen trennte: „Wir sind eine bargeldlose Bankfiliale". Bargeld gab es nur im Automaten. Vermutlich bedeutete das, dass die Angestellten keinen Zugang dazu hatten. Wie dumm waren ihre Gedanken?

Robin:

Er atmete schwer ein und aus, ehe er sich das Halstuch über Mund und Nase zog und die Kapuze tiefer schob. Den Rest seines Gesichts bedeckte eine Sonnenbrille. Sein Magen grummelte hörbar. Hauptsache, es blieb alles in ihm. Vielleicht hätte er auf Sarah hören sollen. Sie versuchte schon eine Weile, ihn davon zu überzeugen, Salat statt Bockwurst zu essen. Aber er war doch ein Mann, kein Schaf! Und bei dem, was er hier vorhatte, brauchte er eine gute Grundlage. Noch einmal kniff er die Augen zusammen, dann nahm er die verborgene Waffe aus dem Latz der Jeanshose. Er räusperte sich und versuchte, die Stimme um eine Oktave zu senken, als er hinter den Automaten hervor stürmte. Schließlich wollte er stark und gefährlich klingen. Er packte die Rotblonde in den bunten Hosen am Geldautomaten, zog sie vor die Bankmitarbeiterin und hielt ihr die Pistole an die Schläfe. „Geld her, sonst gibt es ein Unglück!"

Die Frau an seiner Seite sah ängstlich aus. Die junge Dunkelhaarige mit der Brille hinter dem Tresen wirkte zu

Tode erschrocken und leicht verwirrt.

„Ich würde Ihnen gerne weiterhelfen, aber ich habe hier nur etwas Hartgeld." Sie ging an einen Stehtisch mit einem Computer. „Finger weg!", brüllte Robin. Wer weiß, ob sie sonst noch einen Alarmknopf drückte und so die Polizei herbeirief. Er richtete die Waffe auf sie, während sie schnell tippte. Sollte er sie mit Gewalt aufhalten? Ihr das Ding auf den Kopf hauen? Er hatte keine Ahnung, wie das ging.

„Sehen Sie." Sie deutete auf den Bildschirm. „Das ist der Bargeldbestand. 179 Euro und 70 Cent in Münzen von einem Cent bis zu zwei Euro. Hilft Ihnen das weiter?"

Robin erstarrte. Machte sie Witze? Da entdeckte er die Schrift auf der Glaswand. Natürlich. Nicht einmal zum Bankräuber taugte er. Keine Chance, Sarah mit Mut und Entschlossenheit zu beeindrucken, vor allem aber mit Geld. Typisch Tollpatsch Klein-Robbie. Was nun? Die Gedanken rasten durch seinen Kopf.

„Einpacken!", brüllte er, fuchtelte mit der Pistole herum und hielt dem Mädchen eine Tasche hin. Sie griff danach.

„Du und die da, ihr kommt mit!" Die Worte klangen schrill in seinen Ohren.

„Wie bitte?", fragte die Angestellte. „Was?", kam es von der Rotblonden.

„Mitkommen!", rief er nochmals. Hoffentlich würde er keinen Schuss abgeben müssen, um sich Respekt zu verschaffen.

„Einen kleinen Moment bitte", sagte das Mädchen und begann, etwas auf einen Zettel zu schreiben.

„Bist du irre?", fragte Robin verblüfft. „Machst du dein Testament?"

22

Beide Frauen starrten ihn verängstigt an.

„Bitte, bitte, kommen Sie!", flehte der Rotschopf mit gepresster Stimme. Schnell kritzelte die Angestellte fertig, ließ die Finger über die Tastatur fliegen und trat zu ihnen. Er biss sich auf die Lippen. Schon wieder machte sie etwas, das er nicht verstand. Er konnte sie nicht schlagen, das war doch ein Mädchen! Viel zu langsam, vor allem zu unentschlossen, ging er vor. Verdammt, er hätte sie davon abhalten müssen, am Computer zu tippen! Jetzt war es zu spät.

Die Flucht beginnt

Robin:

Am liebsten hätte er mit jeder Hand eine der Frauen gepackt, dazu müsste er aber die Waffe loslassen. Er verließ sich darauf, dass es reichte, die Kundin zu bedrohen, und schob sie nach draußen. Gerne wäre er zu seinem Auto gerannt, das in einer Seitenstraße parkte. Einerseits würden drei aus einer Bankfiliale rennende Gestalten unter Umständen auffallen, andererseits schien die Tussi in den Flipflops genauso wenig spurten zu können wie die Puppe aus der Bank in ihren hohen Schuhen. Er ließ die beiden vor und drängte sie vorwärts, so schnell er konnte, bis sie sein Auto erreichten. Das Tuch schob er nach unten, die Kapuze zurück. Endlich frische Luft. Er sog sie tief ein.

„Das ist Ihr Fluchtwagen?", fragte die Bankangestellte.

„Passt dir was nicht?", herrschte er sie an. Er war nicht glücklich mit dem kleinen roten Toyota Aygo. Seinen Golf GTI hatte er vor zwei Monaten verkaufen müssen.

„Nein, nein, er ist nur etwas eng für uns alle", sagte sie treuherzig.

„Das passt schon!"

Beschwerte sie sich ernsthaft darüber, dass sein Auto zu klein war? Hatte die keine anderen Probleme? Sie war die Kleinste, also schob er sie auf die Rückbank. Die Rotblonde stieß er auf den Beifahrersitz und warf ihr den schweren Beutel mit den Münzen auf den Schoß. Zum Glück hatte niemand vor ihnen geparkt. Er stieg ein, schaute sorgfältig über die Schulter, setzte den Blinker und fuhr los.

Benita:

In ihrem Kopf schien es zu summen. Panik! Es war ihre

Angst vor dem Mann, der eine Waffe in der Latzhose trug. Ihre aufgepeitschten, besonderen Sinne sagten ihr, er war am Rand der Beherrschung. Was würde geschehen, wenn er sie verlor? Dass er bisher nicht mit Intelligenz geglänzt hatte, konnte sie weder als gut noch als schlecht einordnen. Ihre bisherigen Erfahrungen boten ihr keine Anhaltspunkte dafür, wie schlau ein Geiselnehmer am besten sein sollte.

Oder kam die Angst nicht von ihr selbst, sondern von der Rückbank? Die Augen des Mädchens waren weit aufgerissen. Benita schätzte sie auf etwa zwanzig Jahre. Während sie sich in allen ihren Handlungsmöglichkeiten begrenzt fühlte, machte sie eine zusätzliche, beängstigende Empfindung aus. Es gab zu viele Entscheidungen zu treffen. Keine davon schien gut zu sein und einen Ausweg zu bieten. Es war, als würde man ein Daumenkino mit unzusammenhängenden Bildern durchlaufen lassen. Und dann das Nächste. Dazu kam, wie hilflos sie sich selbst erlebte. Ab und zu blitzte eine Form der Ratlosigkeit darüber auf, niemandem weiterhelfen zu können. All diese Empfindungen waren enorm kraftvoll, stärker als die, mit denen sie bisher konfrontiert gewesen war. Benita kam es vor, als stünde ihr Gehirn unmittelbar vor einem Kurzschluss. Ihr Kopf schmerzte immer heftiger. Sie legte die Hände an ihre Schläfen und begann zu wimmern.

„Schnauze!", hörte sie eine harsche Stimme vom Fahrersitz.

Es wurde schwarz um sie.

Das Auto stand. Ihr Körper befand sich in einer annähernd liegenden Position. Benita wollte ihre Augen nicht öffnen. Das Chaos, das die unterschiedlichen Gefühle zuvor in ihre ausgelöst hatte, ließ nach. Jetzt nahm sie vor allem Besorgnis in dem Wagen wahr.

„Wären Sie so freundlich, mir die Wasserflasche zu geben?", flüsterte eine hohe Stimme. Anschließend benetzten Tropfen ihre Lippen. Sie öffnete den Mund. Das Wasser war warm und hatte den schalen Geschmack von verloren gegangener Kohlensäure. Benita verzog angewidert das Gesicht.

„Ich glaube, sie ist wach", hörte sie den Mann sagen. Dazu erkannte sie nicht nur in seiner Stimme Erleichterung und Freude, sondern auch als weiteren Bestandteil des Gemenges an Emotionen um sie herum. Dann konnte sie ebenso gut die Augen öffnen.

Die Rückenlehne des Autositzes war heruntergelassen. Das Mädchen hielt ihre Beine hoch. Sie und der Mann lächelten.

Benita sah aus der Windschutzscheibe. Sie standen auf einem Parkplatz, der von hohen Bäumen umgeben war. Die beständigen, wellenförmigen Motorengeräusche deuteten auf eine Autobahn hin.

„Wo sind wir?"

„Das braucht dich nicht zu kümmern", fuhr der Bankräuber sie an. War man mit einer Beute von weniger als zweihundert Euro ein Räuber? Vermutlich kam es nicht auf die Summe an. Man sollte ihn lieber Räuberchen nennen, schoss es ihr durch den Kopf. Nicht kichern, dachte sie sich. Das passierte ihr häufig, wenn sie überfordert war.

„Und jetzt?", fragte das Mädchen.

„Fahren wir weiter, bevor wir geschnappt werden", antwortete der Mann und bedeutete ihr, hinten einzusteigen. Den Beifahrersitz ließen sie in Liegeposition.

Benita dachte fieberhaft nach. Sie befand sich in einer

Situation, in der schlimmstenfalls ihr Leben und das des absurd höflichen Mädchens auf der Rücksitzbank in ernsthafter Gefahr waren. Sie musste alle Möglichkeiten, ihre Lage zu verbessern, in Betracht ziehen. In der Ausnahmesituation sollte sie nicht länger damit hadern, ob sie tatsächlich die Emotionen der anderen so stark empfing, dass diese sich auf sie übertrugen. Es gab keine übersinnlichen Wahrnehmungen? Jetzt war der Zeitpunkt, ehrlich zu sich zu sein. Den Punkt musste sie doch irgendwie zu ihrem Vorteil nutzen können. Wenn sie wusste, ob der Räuber neben ihr ruhig und arglos war und wann er in gefährliche Stimmung geriet, würde sie es schaffen, die Zeit, bis die Polizei sie fand, zu überbrücken. Vielleicht konnte sie Einfluss auf ihn nehmen. Bisher hatte sie nie versucht, das Gemüt anderer zu beeinflussen, sie kannte es nur so, dass die Emotionen Dritter auf sie abfärbten. Ob es auch rückwärts funktionierte? Hatte sie die Möglichkeit, ihn in eine Verfassung zu bringen, die ihre Chancen erhöhten? Der Gedanke machte ihr beinahe Angst. So wäre ihre Fähigkeit nicht nur eine Sache, die ihr Leben durcheinanderbrachte, sondern … Macht. Falls ihr das gelang, hieß es, verantwortungsvoll damit umzugehen. Aber wem gegenüber? Dem Räuber, dem Bank-Mädchen, ihr selbst? Zuerst einmal musste sie herausfinden, ob das eine Option war. Der Gedanke schien ihr eher ein verzweifelter Wunsch als Realität zu sein. Doch er war es wert, ihn zu verfolgen. Wie hieß es, eine jede Krise birgt eine Chance? Vielleicht verbarg diese sich hier. Und was sollte sie sonst mit ihrer Idee anfangen? Die Möglichkeit war besser als Panik.

Als Erstes musste sie daran arbeiten, sich selbst abzugrenzen, ihre eigenen Gefühle gesondert wahrzunehmen. Am besten begann sie sofort zu üben. Sie erinnerte sich an die verschiedenen Versuche ihrer Tante und ihres Vaters, sie ausgeglichener zu machen. Benita versuchte, tief ein- und auszuatmen, in ihren Körper hineinzuhören. Ihren Geist stellte sie sich als weiße Leinwand vor. Sie begleitete jeden Atemzug mit ihren Gedanken. Ein. Aus. Ein. Aus. Ein. Aus. Wieder von vorne.

Enissa:

Die Sorgen fraßen Enissa von innen heraus auf. Wie ging es ihren Eltern? Ihr Vater, der sie beschützen wollte, war sicherlich am Ende, wenn er hörte, sie war von einem Bankräuber entführt worden. Das war von Anfang an seine Angst gewesen, als sie sich für den Ausbildungsplatz entschied. Mama und sie hatten ihm gesagt, das sei völlig unbegründet, in Wirklichkeit passiere das nicht. Überraschung! Das hier war die Realität. Ihre Mutter würde sich die Haare raufen. Sie wusste, die beiden liebten sie. Manchmal war ihre Fürsorge erdrückend, aber jetzt gerade wollte sie einfach nur zu Hause sein, den geregelten Alltag erleben.

Was ging in Deniz vor? Der Bruder stand ihr vom Alter her am nächsten und wusste zur Zeit nicht, ob er sich hinter Enissa verstecken sollte oder der starke Mann war, der auf seine Schwester achtgab. Sie hoffte, er würde keine Dummheiten machen. Aber Mama passte sicher auf ihn auf, wie sie es immer tat. Wenn sie nicht zu große Angst um ihre Tochter hatte, so dass sie nicht klar denken konnte.

Ilyas, der Kleine, würde sich nicht trauen zuzugeben, dass er sich fürchtete. Wie sollte er ohne sie zurechtkommen? Bevor er zu Mama ging, suchte er bei Problemen den Beistand der Schwester. Enissa war immer da. Nur jetzt nicht.

Andererseits müsste sie sich in erster Linie Gedanken um sich selbst machen, oder? Wie fühlte sie sich wirklich? Sie sollte Angst haben, nichts anderes wollen, als zurück zu ihrer Familie, und dennoch gab es da diesen gefährlichen Teil ihrer Persönlichkeit, der die Aufregung genoss. Sie kannte ihn und kämpfte seit Jahren dagegen an. Er war dafür verantwortlich, wenn sie einmal keine gute Tochter war. Abenteuerlustig, rebellisch, das passte nicht zu ihr. So wollte sie nicht sein. In diesem angespannten Moment jedoch, gab es ihr die Kraft, das hier durchzustehen, also ließ sie es zu.

Immer wieder drehten sich ihre Gefühle im Kreis, doch irgendwann verringerte sich das Tempo, ihre Nervosität schwand. Konnte man sich daran gewöhnen, dass ein Mann einen selbst und einen Mitmenschen mit einer Waffe bedrohte?

Zumindest war in den beiden Stunden, die sie unterwegs waren, nichts geschehen. Er schien sie nicht sofort umbringen zu wollen. Sie versuchte, sich aus den unzähligen amerikanischen Krimi-Serien, die sie gerne sah, einen Reim auf das Verhalten ihres Entführers zu machen. Der Geiselnehmer brauchte die Geiseln lebend. Hatte er mehrere, konnte es von Vorteil sein, wenn er eine opferte, um Entschlossenheit zu zeigen. Diese Gefahr bestand, falls er in die Enge gedrängt wurde. Solange sie unbehelligt auf der Straße unterwegs waren, würde ihnen nichts geschehen. Vielleicht ließ er sie irgendwann gehen. Es war in ihrem Interesse, wenn sie möglichst lange unentdeckt blieben. Sie sah aus dem Fenster und beobachtete die Autos, die links an ihnen vorbeifuhren. Einige hatten den Kofferraum voller Gepäck. Fuhren sie in den Urlaub oder nach Hause? Sie versuchte, sich zu orientieren. Bis jetzt hatte sie sich in ihrer Aufregung keine Gedanken darüber gemacht, wohin die Reise ging. Sie las die Straßenschilder: Sie waren in Richtung Norden unterwegs.

Robin:

Scheiße. Scheiße. Scheiße. Er wollte nicht nachdenken, konnte die Gedanken aber nicht ausschalten. Was für eine blödsinnige Idee war der Überfall gewesen? In den letzten Monaten ging es nur noch um die Kohle. Robin hatte die Überzeugung gewonnen, wenn er endlich zu Geld käme, würden sich alle Probleme in Luft auflösen. Sein ganzes verkorkstes Leben. Die Sache mit Sarah. Wie konnte er nur so dumm sein? Hatte er wirklich gedacht, dass man sich Reichtümer einfach nehmen kann? Und jetzt? Nun war er mit diesen Frauen in einer ausweglosen Situation. Er sollte sie gehen lassen, so machte er alles nur schlimmer. Seltsamerweise beruhigte es ihn, nicht alleine zu sein. Das junge Mädchen behandelte ihn mit großer Höflichkeit, und die andere sagte und tat eigentlich gar nichts. Außer in Ohnmacht zu fallen. Er hatte sich beinahe in die Hosen gemacht vor Angst, sie könnte einen Herzinfarkt oder sowas haben. Nun atmete sie schwer neben ihm. Es war fast, als wäre sie eingeschlafen, nur hatte sie die Augen weit offen. Vielleicht versuchte sie, sich zu beruhigen. Über sich hörte er das Knattern eines Hubschraubers. Es machte ihn nervös. War man auf der Suche nach ihnen?

Enissa:

Der Helikopter am Himmel versetzte sie in Angst. Wie würde der Mann reagieren, falls man sie entdeckte? Er sah immer wieder unruhig nach oben. Wusste jemand, mit welchem Auto sie flüchteten?

„Wie wäre es, wenn Sie die Landstraße nehmen?", fragte Enissa zaghaft. Ihre Knie zitterten. Durfte sie einen Vorschlag machen, ohne seinen Zorn auf sich zu ziehen? Sie versuchte, keine Gefühle auf ihrem Gesicht zu zeigen. „Agir tasi rüzgar kaldirmaz", sagte ihre Mutter oft. Schwere Steine werden nicht vom Wind umgeweht. Solange sie höflich, freundlich und dabei distanziert war, blieb sie unangreifbar. Vielleicht funktionierte es auch hier.

„Wieso? Da kommt man nicht vorwärts", er klang unwirsch, suchte ihren Blick trotzdem im Rückspiegel.

„Ich dachte nur, vielleicht haben Sie noch kein Ziel", erklärte sie sanft. „Wenn ich die Polizei wäre, würde ich zuerst auf der Autobahn suchen."

Der Mann runzelte die Stirn. Wahrscheinlich vermutete er einen Trick.

„Da fließt der Verkehr. Die ist schwerer zu kontrollieren."

„Auch da kann man Kontrollen vornehmen. Ich vermute, die werden schnellere Autos haben, so dass Davonfahren schlecht möglich ist. Nebenstraßen gibt es viel mehr, ich denke, das ist schwieriger, weil die Wälder Sichtschutz bieten. Aber natürlich kenne ich mich da nicht aus. Sie wissen das bestimmt besser als ich."

„Willst du mich verarschen?", fragte er erstaunt.

„Nein, gar nicht", beeilte sie sich zu sagen. „Ich wollte behilflich sein. Ich dachte mir, wenn es Ihnen gut geht, ist das für uns auch besser."

„Richtig", stellte er zufrieden fest. Der Helikopter flog weiter. Der Geiselnehmer fuhr in der nächsten Ausfahrt ab.

Benita:

Als der Hubschrauber auftauchte, nahm sie die schlagartige Nervosität wahr. Sie grübelte, was sie tun konnte, während das junge Mädchen die Situation verbesserte. An ihrer Argumentationskette hatte sie Zweifel, aber von größerer Bedeutung war, dass sie alle ruhiger wurden. Das war der Fall. Sie selbst war der Ansicht, sie sollten möglichst bald von der Polizei gefunden werden. Vielleicht hatte das Mädchen mit ihrer Aussage recht gehabt. Möglicherweise waren ihre Chancen besser, wenn sie in einem unbeobachteten Moment fliehen konnten. Das war auf der Autobahn schwierig. Dazu sollte die Umgebung passen, andere Fahrzeuge bereit sein anzuhalten, und die Wachsamkeit des Mannes neben ihr musste nachlassen. Oder er würde sie irgendwann einfach gehen lassen.

Zunächst sollte sie dafür sorgen, dass sich die Stimmung weiter entspannte.

„Nachdem wir schon eine Weile zusammen unterwegs sind, wie wäre es, wenn wir uns einander vorstellen?"

Verwirrung strömte vom Fahrersitz aus auf sie ein. Von hinten registrierte sie Erleichterung. Es gelang ihr immer besser, zuzuordnen, woher die Gefühle kamen. Das war großartig! So konnte sie ihre seltsame Gefährten immer mehr einschätzen.

Als ihr Entführer nicht antwortete, sagte sie: „Mein Name ist Benita Kirsch. Ich bin siebenundzwanzig Jahre alt und wohne in Erlen. Normalerweise arbeite ich als Industriekauffrau, zurzeit bin ich auf der Suche nach einer neuen Stelle."

„Sehr angenehm, Frau Kirsch", kam es von der Rücksitzbank. „Ich bin Enissa Altinay, wohne in Erlen-Langenbach und bin achtzehn Jahre alt. Ich mache gerade eine Ausbildung zur Bankkauffrau bei der Erlener

Bank. Im Herbst habe ich Prüfungen."

„Wie wäre es, wenn wir du zueinander sagen?", fragte Benita. „Wegen der ungewöhnlichen Umstände, unter denen wir uns kennenlernen."

„Gerne, Dankeschön", sagte Enissa in ihrem freundlichen, gezierten Tonfall.

Robin:

Der Unterhaltung hatte er mit Fassungslosigkeit und Entsetzen gelauscht. Verbündeten sie sich? Müsste er ihnen sagen, sie sollten den Mund halten? Verdammt, ob es irgendwo im Internet wohl Tipps für Bankräuber und Geiselnehmer gab? Er hatte nicht einmal nachgesehen. Typisch. Er war auch in der Schulzeit immer unvorbereitet zu den Klassenarbeiten erschienen. Nun sahen ihn die beiden Frauen erwartungsvoll an. Also gut.

„Ich bin Robin Römer, ihr könnt Rob zu mir sagen." Es war schon viel besser, wieder ein Mensch mit einem Namen zu sein. Ermutigt davon gab er mehr von sich preis. „Ich bin vierunddreißig und arbeite als Verkäufer in einem Elektronik-Fachmarkt in Erlen. Eigentlich bin ich aus Eisenach."

„Eisenach in Thüringen?", fragte die Frau namens Benita. Erstaunlich. Bisher hatten ihm alle gesagt, man würde hören, woher er kam.

„Genau das. Kennst du es?"

„Nein", antwortete sie. „Wie gefällt es dir in Erlen?"

Er pustete die Backen auf. „Okay. Es ist halt eine Stadt wie andere auch."

„Ich wohne sehr gerne dort", mischte sich Enissa ein. „Ich bin in Erlen geboren und aufgewachsen und finde es wirklich schön."

Er sah sie verwundert an. Sie schien ein ausgesprochen nettes Mädchen zu sein.

„Das würde ich wahrscheinlich auch so sehen, wenn ich dort immer ein gutes Leben gehabt hätte."

„Hattest du das nicht?", fragte Enissa erstaunt.

„Er hat heute Morgen eine Bank überfallen. Deine Bank", erklärte Benita. „Ich vermute, es lief nicht die ganze Zeit alles glatt."

Dankbar sah Rob sie an. „So ist es."

Wir

Benita:

Sie fuhren bis zum Abend auf Landstraßen parallel zur Autobahn Richtung Nordosten. Benita arbeitete an ihrer Konzentration und ließ ihre Augen über die hügelige Landschaft schweifen. Auf den Feldern stand das Getreide hoch und goldgelb, auf anderen reifte der Mais. Zwischendurch spendeten ihnen Wälder Schatten vor dem hellen Sonnenschein. Er ließ den Himmel tiefblau leuchten. Ein Sommer, in dem Menschen glücklich waren, wenn nichts dazwischen kam, wie zum Beispiel von einem Bewaffneten in einer Bank gekidnappt zu werden.

Um ehrlich zu sein, glücklich war sie die letzten Wochen trotz der warmen Temperaturen und der lachenden Sonne nicht gewesen. Zu sehr war sie aus der Bahn geworfen worden von ihrer Kündigung, bei der sie aus jetziger Sicht an ihrer eigenen Zurechnungsfähigkeit zweifelte. Nicht, dass die Aufgabe als Verkaufssachbearbeiterin sie völlig erfüllte. Die Arbeit war in Ordnung, die Kollegen ebenso und das monatliche Gehalt hatten ihr Sicherheit gegeben. Ohne ein regelmäßiges Einkommen ließ die Grundvoraussetzung deutlich nach, um unbeschwert zu sein, Not litt sie allerdings nicht. Kein Grund für einen Banküberfall. Noch nicht.

Ihre Bemühungen, die Welt der Gefühle zu strukturieren, schienen weiter erfolgreich zu sein, oder die sprunghaften Emotionen ihrer Mitfahrer ließen nach – vielleicht beides. Sie konnte inzwischen definitiv bereits differenzieren, von wessen Gemütsregungen sie überschwemmt wurde. Enissa war verwirrt und häufig geradezu verwundert, allerdings war ihr noch nicht ganz klar, worüber. Sie versuchte weiterhin, mit ihren Gedanken danach zu greifen und die Emotionen zu betasten, um das Mädchen besser zu verstehen. Wichtiger aber war Rob, denn von ihm könnte Gefahr drohen.

Von dort empfing sie gerade einen plötzlichen Sprung. War er in den letzten Stunden vom Rande des Zusammenbruchs zurück auf verdrängende Apathie gefallen, machte ihn nun etwas wieder massiv unruhig. Sie versuchte, ihn unauffällig zu mustern, um herauszubekommen, was geschehen war. Ihre Augen fielen auf die Fahrzeuganzeige. Das Symbol mit dem Zapfhahn blinkte. Ach so! Der Sprit ging zu Ende. Er grübelte angestrengt, möglicherweise darüber, wie er den Vorgang am besten unterbringen konnte. Wie unpraktisch, dass sie nur die Gefühle ihrer Mitmenschen empfing, nicht ihre Gedanken. Die Sonne stand bereits tief, nicht mehr lange bis zu ihrem Untergang. Würde der Tag noch eine entscheidende Wendung nehmen?

Benita versuchte, ihre eigene Gefühlslage klarer einzuordnen. Was sie dabei entdeckte, war bohrend, jedoch anders als das, was sie bisher wahrgenommen hatte, keine Angst, Nervosität, Hilflosigkeit, Anspannung oder Entsetzen. Was war das? Sie wusste, sie sollte dieses Gefühl erkennen …

Robin:

„Ich habe Hunger. Wie sieht es bei euch aus?"

Er hatte sich entschieden, erst ein Problem anzugehen, bevor er sich mit dem nächsten beschäftigte.

Benita sah ihn überrascht an, dann entspannte sich ihr Gesicht und sie lächelte. Hübsch sah sie dabei aus, fiel ihm auf. „Ja, stimmt, das ist es. Etwas zu essen wäre gut."

„Ich habe heute Mittag warm gegessen. Eine Kleinigkeit würde ich gerne nehmen, sofern alle essen", fügte Enissa vorsichtig hinzu. Hatte sie etwa Angst vor ihm? „Ich brauche aber nicht unbedingt etwas. Allerdings haben wir nur noch wenig Wasser. Getränke wären wichtig."

Wir. Gab es ein Wir? Bisher hatte Rob das Auto in „Ich" und „die anderen" eingeteilt.

Rob nahm eine Straße, die ihn zur Autobahn bringen würde. Wenige Kilometer später fand er ein Fast-Food-Restaurant nahe der Auffahrt. Er fuhr zum Drive-In-Schalter.

„Was wollt ihr?"

„Für mich bitte ein Wasser und einen Chicken Wrap", teilte ihm Benita mit.

„Ich würde mich auch über ein stilles Wasser freuen und wenn möglich dazu einen großen Salat", ergänzte Enissa mit treuherzigem Augenaufschlag.

„Ihre Bestellung bitte", rauschte es aus dem Lautsprecher.

„Zwei große stille Wasser, eine große Cola, einen großen Salat, 'nen Chicken Wrap, einen Doppel-Cheeseburger, Pommes und eine Apfeltasche", zählte Rob auf. Als Antwort kam ein unverständlicher, rauschender und knacksender Betrag, den er zahlen sollte und die Aufforderung, an den Ausgabeschalter zu kommen.

„Wie war das?", fragte er verwirrt. Die Stimme aus dem Lautsprecher forderte sie wieder auf, weiterzufahren.

„Ich glaube, irgendetwas mit zwanzig Euro", versuchte Benita weiterzuhelfen.

„Ich könnte einundzwanzig Euro in gemischter Stückelung aus der Banktasche zusammenstellen", bot Enissa an. „Nicht nur die Zwei-Euro-Stücke, sondern auch ein paar kleinere Münzen, damit wir die etwas abbauen."

„Mach das."

Rob war zufrieden, dass sich die junge Bankerin der Finanzen annahm. Die Angestellte des Fast-Food-Restaurants reagierte pikiert, als er ihr zwei Handvoll Münzen auf den Tresen legte. Mit angeödeten Seitenblicken bildete sie Münzhäufchen und gab ihm die überzähligen Geldstücke zurück. Er reichte sie an Enissa weiter, die sie wieder in die Leinentasche packte. Die großen braunen Tüten gab er Benita. Der Duft, der daraus hervordrang, ließ seinen Magen knurren. Die beiden Frauen saßen schweigend auf ihren Plätzen und harrten der Dinge.

Rob entdeckte einen Wegweiser zu einem Wanderparkplatz und folgte dem Schild. Zwei Autos standen an einem Ende. Er parkte am anderen nahe dem Waldrand.

„Kann ich kurz in die Büsche?", fragte ihn Benita.

Die Blasen der Frauen nervten ihn. Vorhin hatte er für die Jüngere schon einen Notstopp einlegen müssen. Jedes Mal hatte er Angst, sie würden davonlaufen. Wobei das natürlich auch eine Lösung wäre, dann müsste er sich keine weiteren Gedanken um sie machen. Aber nun hatte er sich schon dazu entschieden, sie als Geiseln mitzunehmen, also wollte er dabei bleiben. Ihr Handy hatte er Benita bereits beim ersten Mal abgenommen und den Akku entfernt. Enissa hatte keine Handtasche bei sich, nur eine kleine Geldbörse in der Tasche ihres Rocks. Er stieg aus und bedeutete beiden Frauen mitzukommen.

Nach ein paar Schritten winkte er Benita hinter einen Baum. Enissa stellte sich daneben. Angestrengt blickte er in die andere Richtung, als das Plätschern erklang. Auch die Auszubildende musterte die Landschaft sorgfältig. Sie deutete auf einen Holztisch mit Bänken, der ihnen gegenüber stand.

„Wäre es nicht angenehm, dort zu essen, nach der ganzen Zeit im Auto? Ein wenig frische Luft wird uns sicher guttun, und es wird ja nun kühler."

Rob versuchte, die Frage abzuwägen. Im Wagen hatte er die beiden besser im Griff. Auf der anderen Seite wünschte er sich ebenso wie sie, endlich aus dem kleinen Toyota mit der verbrauchten Luft herauszukommen und seine Beine ausstrecken zu können. Es war niemand sonst in Hör- und Sehweite.

„Na gut, ich bin ja kein Unmensch", antwortete er schließlich gönnerhaft.

Enissa:

Sie stocherte in ihrem Salat herum. Die ersten Bissen hatte sie hastig verschlungen, doch nun kam Enissa zur Ruhe und bemerkte, dass sie eigentlich keinen Hunger hatte. Unauffällig versuchte sie, einen näheren Eindruck von ihren Gefährten zu gewinnen. Bisher war sie mit sich, ihrer Verwirrung und den Sorgen, die sich ihre Familie machen musste, beschäftigt gewesen.

Benita verhielt sich sehr ruhig und in sich gekehrt. Sie war schwer zu durchschauen. Einerseits hätte sie vermutet, eine Frau, die in einer Stresssituation in Ohnmacht fällt, würde zu Hysterie neigen. Tatsächlich schien sie jedoch die meiste Zeit kühl und zurückgezogen zu beobachten, was um sie geschah. Ihre bunten Kleider wirkten im Gegensatz dazu wie die eines lebhaften und fröhlichen Menschen. Vielleicht war sie das im normalen Leben.

Robins Gesicht dagegen schien ein offenes Buch zu sein. Seine widerstreitenden Gefühle spiegelten sich darauf.

Eigentlich kam er ihr freundlich vor, unbedarft und sympathisch, gar nicht wie jemand, vor dem sie Angst zu haben brauchte. Häufig vermittelte er den Eindruck, als wolle er ihre Sympathien gewinnen, dann wieder fiel ihm ein, was seine Rolle in diesem Stück war, und er wurde unwirsch und barsch. Enissa erinnerte sich an die Waffe im Brustlatz. Ein Schauer lief ihren Rücken hinab.

Sie vermisste ihre Familie. Ob sie wie immer vor dem Fernseher saßen, nur ohne die Tochter? Sicher nicht. Sie würden alle Hebel in Bewegung setzen, um sie zurückzubekommen. Damit sie ihre Lieben schnell wiedersah, musste das hier friedlich ablaufen. Diese ganze seltsame, irgendwie aber auch spannende Situation, die so anders war, als die Fernsehabende mit Krimis. Sie rang sich dazu durch, mit ihm ins Gespräch zu kommen, denn sie sollte wissen, mit was für einer Person sie hier gestrandet war.

Rob genoss seinen Burger sichtlich. Der gemütliche Eindruck, den er vermittelte, machte es Enissa einfach, das Wort zu ergreifen. Sie wollte mehr darüber erfahren, wie ein solcher Mensch zu einem Geiselnehmer wurde.

„Rob, magst du uns nicht erzählen, wie du dazu gekommen bist, heute Nachmittag in die Bank zu gehen?"

In Robins langem Gesicht spannten sich die Kiefermuskeln an. Benita richtete sich alarmiert auf. Dann zuckte er mit den Schultern.

„Wegen Geld, warum sonst?"

„Für Engpässe bieten wir Kredite an. Die Zinsen sind gerade wirklich günstig." Erst kurz vor ihrem Urlaub hatte sie an einer ausführlichen Beratung mit Abschluss eines Privatdarlehens teilgenommen. Es war ihr noch stark in Erinnerung.

„Mir bieten sie nichts mehr an, ich habe schon zu viele Kredite."

„Ach so." Enissa versuchte, sich zu erinnern, was sie über private Sanierungsfälle gelernt hatte. Nicht einfach, wenn sie an die Menschen dahinter dachte.

„Magst du uns mehr erzählen?", forderte ihn Benita lächelnd auf und neigte sich ihm zu.

„Ich weiß auch nicht, wie es dazu kommen konnte", berichtete er, als wäre er erleichtert, dass sie gefragt hatte. „Ich verdiene nicht üppig, trotzdem hat es jahrelang irgendwie gereicht. Die letzten drei Jahre ist es dann immer enger geworden. Klar, vielleicht hätten wir kleinere Urlaube machen sollen, aber meine Freundin liebt es, auch mal weiter wegzufliegen. Wir haben ja schon Last Minute-Angebote genutzt, ich hatte gedacht, das kriegen wir gebacken, sobald das Urlaubsgeld dazukommt. Irgendwie reichte es dann doch nie. Sie war so glücklich und dankbar, wenn ich ihr was schenkte, das hat mir so viel Spaß gemacht. Ich habe nicht immer darüber nachgedacht, wie ich das hinbekomme, wenn ihr in einem Schaufenster etwas gefallen hat. Leben will man ja auch noch, weggehen, mal ein neues Game kaufen, mal was für die Autos. Die sind jetzt beide weg. Erst musste ich den alten Käfer verkaufen, an dem ich schon fünf Jahre lang herum schraubte – wenigstens mit Gewinn – dann meinen Golf. Stattdessen habe ich die Schüssel", er deutete auf den kleinen Toyota. „Trotzdem reichte es halt nicht."

Benita hatte ihm aufmerksam zugehört. „Deine Freundin klingt nicht nach einer Person, die dir guttut. Aber das weißt du selbst, nicht wahr?"

Robin seufzte schwer. „Anfangs schon. Ich dachte, das ist sie jetzt, die Richtige. Sie war so süß, ich konnte so viel

Spaß mit ihr haben. Das erste Jahr war das beste, an das ich mich erinnern kann."

Er machte eine Pause und dachte an das Strahlen in Sarahs Puppengesicht. „Dann hat es sich geändert?", fragte Benita weiter.

„Langsam. Zuerst habe ich es nicht gemerkt. Sie lächelte weniger, war nicht mehr so kuschelig. Ich hatte immer wieder gedacht, wenn ich ihr noch diesen oder jenen Wunsch erfülle, wird es wie vorher. Aber das hat nie geklappt. Wie so vieles in meinem Leben nicht. Ich wollte es endlich mal richtig machen. Ich hatte wirklich geglaubt, mit Sarah könnte ich irgendwann eine Familie haben, und dann wäre alles gut."

Benita legte ihre Hand auf seine. Sie sah ihn mitfühlend an. Er sah so traurig aus wie ein verlorenes Hundebaby. Enissa war gerührt.

Benita:

Sie war voller Mitgefühl für Robin, hatte aber wenig Verständnis. Mehr Geld auszugeben, als ihr zur Verfügung stand, war etwas, das sie sich nicht vorstellen konnte. Entweder sie erhöhte die Einnahmen oder sie reduzierte die Ausgaben. Hatte er jemals an einen Nebenjob gedacht? Zeitungen austragen, kellnern? Dann gab es halt nicht jedes Jahr einen Urlaub im Hotel, sondern es ging zum Zelten. Nichtsdestotrotz hatte es ihr geholfen, die Geschichte zu hören. Die kriminelle Energie war bei ihm wohl eher klein, sonst hätte er sich besser vorbereitet. Eine seiner stärksten Eigenschaften schien Gutmütigkeit zu sein. Was für ein seltsamer Bankräuber.

Sie konzentrierte sich auf Robs aktuelle Stimmungen und fand Traurigkeit, aber auch Dankbarkeit und

Sympathie. Er mochte sie. Das war gut. Benita entspannte sich.

Beruhigt streckte sie ihre mentalen Fühler nach Enissa aus. Wie ging es dem Mädchen? Sie hatte sich bisher noch wenig mit ihr beschäftigt. Musste sie sich Sorgen um sie machen?

Die Gefühlslage der jungen Frau überraschte sie. Einerseits war sie aufgewühlt und durcheinander, aber auch hier fand sie sehr viel Sympathie. Sie fühlte Freude und positive Aufregung. Benita war neugierig. Deshalb fragte sie: „Was ist mit dir, Enissa? Kommst du klar?"

„Mir geht es gut, Dankeschön." Das Lächeln dazu war matt.

Sie hatten fast aufgegessen, als ein älterer Herr den Waldweg entlang kam. Stirnrunzelnd betrachtete er den Verpackungsmüll, der sich auf ihrem Tisch auftürmte.

„Das lasst ihr aber nicht liegen, hört ihr?", sagte er ungehalten. Enissa reagierte umgehend.

„Natürlich nicht. Ich werde alles in den Mülleimer dort drüben werfen, machen Sie sich bitte keine Gedanken."

Seine Stirn war noch immer voller missmutiger Falten. Sie mussten einen ungewöhnlichen Eindruck hinterlassen. Robin viel zu warm gekleidet in dem Kapuzenshirt, das unter den Ärmeln Schweißflecken zeigte und den alten Turnschuhen, Enissa im Rock, zerknitterter Bluse und Pumps, sie selbst in sommerlich-bunter Freizeitkleidung und Flipflops. Sie würden ihm sicher im Gedächtnis bleiben. Ob es bereits Suchmeldungen über sie gab?

Enissa:
Der ältere Herr machte ihr Sorgen.
„Ich glaube, wir sollten weiter."

43

Überrascht sahen Benita und Robin sie an.

„Wieso machst du dir darüber Gedanken?", fragte er. „Das muss doch ich tun."

Enissa legte den Kopf schief. „Ich möchte nicht, dass irgendjemandem etwas geschieht. Ich würde mich freuen, wenn diese Sache für uns alle ein gutes Ende nähme. Was hast du vor, Rob?"

Tatsächlich musste sie sich eingestehen, dass sie Gefallen gefunden hatte an dem Abenteuer, das sie gerade erlebte. Sie hatte noch nie etwas so Aufregendes mitgemacht. Die Erkenntnis löste ein schlechtes Gewissen in ihr aus. Ihre Familie ... ohne sie war sie nichts. Oder wurde ihr Leben erst auf diese Weise, ohne Eltern und Geschwister, spannend? Normalerweise würde sie sich derartige Gedanken nicht gestatten. Aber heute war alles anders als normal.

Nachdem Rob offen und mit traurigem Hundeblick erzählt hatte, wie er in die Situation geraten konnte, verflog ihre Angst vor ihm. Im Gegenteil, sie hoffte, es gäbe einen Ausweg, auch für ihn. Sie bedauerte, nicht telefonieren zu können, um ihre Familie und Kollegen zu beruhigen. Ihre Kollegen, die im Schutz der Büros mit angesehen oder -gehört hatten, wie sie entführt worden war. Ob sie sich große Sorgen um sie machten?

Robin legte die Stirn in Falten. „Der Sprit reicht nicht mehr lange. Wir müssten also in der Nähe bleiben."

„Das ist vielleicht gar nicht das Schlechteste. Wir übernachten im Auto, nehme ich an?", überlegte Enissa. Eine Nacht schadete nicht, sie würde später versuchen, wieder nach Hause zu kommen.

Benita sah sie fassungslos an. Sie ignorierte den Blick und zählte auf: „Morgen früh brauchen wir Frühstück und etwas zu trinken, wir sollten Wasser kaufen. Außerdem geht das Bargeld aus, mit den Münzen und meinen vierzig Euro im Geldbeutel kommen wir nicht weit. Wie viel habt ihr?"

„Ich kam nicht dazu, Geld abzuheben. Bei mir sind es weniger als zehn Euro", antwortete Benita.

„Ich habe keine Reserven mit in die Bank gebracht. Ich hatte gedacht, ich nehme dort was mit," erklang es frustriert von Rob.

„Also fünfzig Euro", rechnete Enissa. „Für Wasser und Frühstück könnte es reichen, wir müssen aber tanken. Außerdem würde ich es begrüßen, mich umziehen zu können. Ich habe eine Scheckkarte bei mir, von meiner Ausbildungsvergütung stehen noch rund dreihundert Euro auf dem Konto. Wie sieht es bei euch aus?"

„Mir geben sie nichts mehr", erwiderte Robin düster. Beide sahen Benita an. Diese sah brüskiert von einem zum anderen.

„Seit wann muss man sich bei einer Entführung selbst aushalten?" Sie schüttelte entsetzt den Kopf, bekam aber keine Antwort. Ihre Lippen wurden schmal. „Auf welche Zeit stellst du dich denn ein, Enissa? Willst du nicht nach Hause?"

Das Schulterzucken der jungen Frau wirkte gleichgültig. „Wie gesagt, ich möchte, dass niemandem etwas geschieht und mir fällt gerade nichts Besseres ein, als uns zu verstecken. Meine Familie muss zusehen, wie sie ein paar Tage ohne mich zurechtkommt. Ich wünschte nur, ich könnte ihnen sagen, dass es mir gut geht. Wirst du zu Hause gebraucht?", fragte sie Benita.

„Ja", erwiderte sie bestimmt. „Esmeralda braucht mich."

„Wer ist Esmeralda?", wunderte sich Rob.

„Meine Schildkröte. Die braucht jeden Tag frisches Wasser und Futter. Also, wann kann ich nach Hause?"

„Wegen deiner Schildkröte?", wollte Robin nochmals sichergehen.

„Ja, meiner Schildkröte wegen", antwortete Benita verstimmt. „Eines der Wesen, mit denen ich mich auf der Welt am wohlsten fühle. Wer ein Haustier hat, trägt die Verantwortung dafür. Soll ich sie auf dem Balkon verhungern lassen?"

Robin sah sie betroffen an. „Nein, das will ich auch nicht."

Es musste doch eine Lösung geben, grübelte Enissa. Sie wollte noch nicht aufgeben.

„Hast du nicht jemanden, der sich um sie kümmern kann? Ein Nachbar vielleicht?"

„Meine Freundin Franzi hat einen Schlüssel und weiß, was zu tun ist, sie hat das schon mal gemacht. Aber sie ahnt ja nichts." Benita schien sich echte Sorgen um das Tier zu machen.

Enissa sah Robin bittend an. „Rob, könnte sie vielleicht von ihrem Handy aus ein Telefonat führen? Ich schlage vor, sie erledigt es morgen früh. Ich habe an den Schildern gesehen, Nürnberg ist nicht weit weg von hier. Vermutlich ist es gut, in einer größeren Stadt zu einem Geldautomaten zu gehen und nach einer Möglichkeit zu suchen, günstig einzukaufen. Sie werden wissen, wo wir sind, weil wir die Scheckkarten benutzen. Deshalb könnte Benita von dort aus telefonieren, selbst wenn man sie orten kann. Dann fahren wir schnell weiter, bevor sie uns im Visier haben. Dass sie nur über Esmeralda redet, wirst du hören, indem du bei ihr bleibst. Hast du schon eine Idee, in welche Richtung wir weiterfahren?"

Zwei verblüffte Blicke trafen sie. „Wieso fahren wir weiter? Ich möchte bitte gehen, ich verrate auch nichts", versicherte Benita.

„Ja, bestimmt", höhnte Rob.

Enissa dachte noch immer laut nach. „Rob wird sicherer sein, wenn wir bei ihm bleiben. Ich denke, ein paar Tage, um sich darüber klar zu werden, wie es weitergehen soll, schaden nicht. Es würde mir nichts ausmachen, eine Weile zusammen unterwegs zu sein, ich habe etwas Urlaub übrig, den ich bestimmt nehmen kann. Und in der Berufsschule sind sowieso gerade Ferien."

Fragend sah sie zu den anderen.

Robin:

Er konnte es nicht fassen. Wie hieß das Ding, wo sich die Geisel mit dem Geiselnehmer zusammenfand? Kopenhagen? Helsinki? Stockholm? Irgendetwas in der Art. Auf jeden Fall schien diese Enissa sich das gerade einzufangen. Also hatte er den Job wohl gar nicht so schlecht gemacht. Ihre Vorschläge klangen gut.

„Sag mal, woher weißt du so etwas, das mit dem Orten und so?", fragte er sie.

„Amerikanische Krimi-Serien", erwiderte sie lächelnd und rückte ihre Brille auf der Nase zurecht.

„Klingt sinnvoll. Okay, von mir aus machen wir das so. Essen, Trinken und Sprit brauchen wir auf jeden Fall. Einverstanden?"

Scheinbar nicht alle. Benita wollte offensichtlich zuerst etwas anderes antworten, ihre Augenbrauen waren eng zusammengezogen. Dann besann sie sich und antwortete: „Okay. Vorerst."

Benita:

Was geschah gerade? Benita war innerlich erstarrt vor Fassungslosigkeit. Eines war ihr aber klar: Etwas lief hier richtig falsch. Enissa und sie sollten sich darauf konzentrieren, sich zu befreien und nach Hause zurückzukehren. Stattdessen überlegte das Mädchen, wie Robin am sichersten wäre. In ihren Gefühlen konnte Benita keine Angst ausmachen, also handelte sie nicht aus Druck heraus. Er wiederum bat um Enissas Einverständnis zu den weiteren Plänen. Nun hatte sie selbst eingewilligt, morgen früh Franzi anzurufen und sie zu bitten, nach Esmeralda zu sehen und so dafür zu sorgen, dass sie länger bleiben konnte.

Ihre Erkundungen der Gemütslagen hatten sie sicher zu der Überzeugung gebracht, dass sie keine Angst vor Rob haben musste. Er würde sie vermutlich gehen lassen, sofern sie das wollte. Aber war das ihr Wunsch? Dann blieben Enissa und er in einer unberechenbaren Situation zurück. Beide kamen ihr harmlos, nett, wenn auch reichlich naiv vor. Sie hatte ein schlechtes Gewissen. Und sie erzielte so gute Fortschritte darin, mit ihrer seltsamen Veranlagung umzugehen. Gerade die Naivität der beiden sorgte dafür, dass sie die Gefühle gut sortieren konnte. Sie waren selten komplex. Es machte sie zufrieden, ihre Fähigkeit besser zu beherrschen. Vielleicht würde sie es ja doch schaffen, auf Dauer damit klarzukommen und nicht wie ihre Mutter enden, falls diese tatsächlich mit derselben Belastung hatte leben müssen. Dafür lohnte es sich, Zeit zu investieren. Für Esmeralda sorgte Franzi, wenn sie sie darum bat. Sonst gab es momentan nichts, was sie in Erlen hielt. Sie könnte einfach bleiben, beobachten, wie sich die Situation entwickelte und dabei lernen.

Als die Sonne unterging, lehnten sich Robin und sie auf einem anderen Waldparkplatz so weit wie es ging zurück, ohne Enissa auf der kleinen Rückbank zu stören. Es war nicht gerade bequem.

„Hast du Musik, die wir hören könnten?", fragte Benita.

„Nicht so lange, wegen der Batterie", brummte er, hielt ihr dann aber eine Hand voll CDs unter die Nase. Wie retro.

„Helene Fischer?", rief sie empört. „Sicher nicht. Die Ärzte? Nicht zum Einschlafen geeignet. 80er-Mania? Vielleicht. Kelly Family? Geht es noch schlimmer? Gregorianische Gesänge? Im Ernst? Na, wenigstens kann man dabei schlafen." Sie schob die CD in den Player. Die vollklingenden, hohlen Stimmen schafften es fast ebenso gut wie ihre geliebte Rockmusik, den lauten Wirrwarr der vielen Gefühle zu vertreiben, damit sie einschlafen konnte.

Donnerstag

Shopping

Robin:

Seine Augenlider fühlten sich an, als würden sie aneinanderkleben. Er mühte sich ab, sie zu öffnen. Der Mund war trockener als die Wüste Sahara. Ihm wurde bewusst, dass die Lippen geöffnet waren. Nach einigen Sekunden schaffte er es, um sich zu blicken. Enissa wirkte zerzaust und zerknittert, saß jedoch aufrecht auf der Rücksitzbank und hatte ihre Brille auf der Nase. Benita lag noch eingerollt mit dem Gesicht zur Beifahrertür.

„Habe ich geschnarcht?", fragte Robin krächzend.

Enissa lächelte nachsichtig. „Vielleicht ein kleines bisschen. Beim Einschlafen bemerkte ich es ein wenig."

„Echt, du konntest bei dem Lärm schlafen? Das erstaunt mich. Sagen wir mal so: Vor wilden Tieren brauchten wir heute Nacht keine Angst zu haben, die hätten sich nicht an das Auto getraut", brummte Benita schlecht gelaunt. Gestern war sie ihm gar nicht so verspannt vorgekommen.

Er richtete den Fahrersitz auf und drehte sich zu Enissa um.

„Also, was war der Plan? Erst tanken?"

„Als allererstes einen Geldautomaten suchen. Wir sollten so wenig Karten wie möglich einsetzen, deswegen bin ich dafür, viel auf einmal zu holen. Von meinem Konto gehen dreihundert Euro, von deinem nichts, aber du bringst stattdessen einen Rest von fast einhundertsechzig Euro in Münzen mit. Fünfzig haben wir noch. Benita, was steuerst du bei?"

Sie zögerte. „Von mir aus hebe ich auch dreihundert Euro ab. Die gehen dann aber in meinen Geldbeutel und ich entscheide, wofür ich sie ausgebe."

„Natürlich, dein Geld bleibt dein Geld. Robin, wärst du so nett, Benita ihr Telefon zu überlassen, wenn wir einen Geldautomaten haben? Dann geben wir nur einmal den Standort preis."

„Werde ich machen." Das Mädchen schien wirklich Durchblick zu haben.

Mit seinem Shirt begann er, den an den Fensterscheiben kondensierten Atem der Nacht wegzuwischen. Enissa half mit ihrem Ärmel mit. Nach einer Weile zog Benita ein Taschentuch aus ihrer Handtasche und übernahm die Scheiben an ihrer Seite.

Als er den Motor startete, brauchte er einen zweiten Versuch, bis er endlich lief. Dann fuhr er in Richtung Autobahn und Stadt. Etwas außerhalb entdeckte er einen Geldautomaten zwischen einigen Läden. Die Frauen hoben ihre Beträge ab, während er diskreten Abstand hielt. Er reichte Benita ihr Telefon, in das er den Akku eingesetzt hatte. Im Telefonbuch hatte er den Eintrag „Wagner, Franziska" gefunden und ausgewählt.

Benita:

„7.30 Uhr, da erwische ich sie vielleicht noch, ehe sie zur Arbeit muss." Sie hatte Glück. Franziska hob nach dem dritten Klingeln ab.

„Benita? Wo steckst du? Geht es dir gut?"

Üblicherweise war ihre Freundin die Ruhe selbst. Oft saßen sie beieinander, Franzi zeigte ihr eine Häkelanleitung und sie unterhielten sich, während sie Mützen, Taschen oder Schals fertigten. Auch sie empfand ihr Zusammensein als sehr entspannend. Heute schien sie aber ein bisschen aufgeregter zu sein als sonst. In einem Telefonat ging es Benita wie jedem anderen Menschen: Sie musste die Stimmung ihres Gesprächspartners mit dem, was sie hörte, einschätzen.

„Ja, es geht mir gut, ich bin nur gerade etwas … beschäftigt."

Sie sah Robin an und streckte ihre Fühler nach seiner Gemütslage aus. Er war offen, neugierig und vertrauensvoll. Das fühlte sich gut an. Sie konnte nicht verhindern, dass sich ein Lächeln auf ihr Gesicht stahl.

„Die Polizei war hier. Sie hat uns befragt, ob irgendetwas mit dir seltsam war und uns Bilder von der Überwachungskamera der Bank gezeigt, auf denen ein Mann zu sehen war, der wohl einen versuchten Bankraub begangen hat. Du bist angeblich mit ihm abgehauen. Was ist los?"

Versuchter Bankraub? Scheinbar zählte die Beute nicht als Diebstahl. Das überraschte sie. Liefen Münzen unter „Peanuts"?

„Ähm, ja, aha, das wirkte wohl so", stotterte sie. „Mit der Sache habe ich eigentlich gar nichts zu tun, ich bin zufällig hineingeraten. Aber es könnte sein, dass ich die nächsten Tage nicht nach Hause komme. Du hast doch noch meinen Schlüssel. Würdest du Esmeralda versorgen, bis ich mich wieder melde?"

Franzi zögerte einen Moment. „Okay, werde ich machen. Wie lange denkst du, dass du aufgehalten wirst?"

Was für eine schöne Umschreibung. Sie liebte ihre Vertraute dafür, dass sie so unaufgeregt war. Sie ruhte wunderschön in sich. Wenn sie das Bedürfnis nach Drama hatte, traf sie sich mit einer anderen Freundin, mir der sie jedes Auf und Ab ihrer eigenen Gefühle und die vielen Berge, Täler und Loopings in deren Leben auskosten konnte. Heute war wie so häufig Franzi die Richtige.

„Ich hoffe, dass ich schon die nächsten Tage wieder zu Hause bin. Wie gesagt, ich kann das selbst nicht einschätzen. Aber bitte, mach dir um mich keine Sorgen. Es ist alles friedlich hier."

„Okay", antwortete ihre Freundin langgezogen. „Es kommt mir etwas seltsam vor, dass du nicht nach Hause kommen kannst, wenn du das möchtest."

Benita bemerkte, dass Robin unsicher wurde.

„Es ist kompliziert. Ich danke dir, dass du dich um Esmeralda kümmerst. Ich melde mich. Versuche bitte nicht, selbst anzurufen, das Handy ist aus. Tschüss und Grüße an Sascha."

„Wer ist Sascha?", fragte Robin stirnrunzelnd, als sie ihm das Telefon in die Hand gab.

„Keine Angst, das war kein Code für: ‚Ich bin in Nürnberg'. Das ist ihr Freund", beruhigte ihn Benita.

„Ach so." Robin war tatsächlich erleichtert. Sie konnte ein Grinsen nicht unterdrücken und tätschelte ihm freundschaftlich den Arm.

„Geht es der Kröte gut?", fragte er.

„Schildkröte", korrigierte Benita. „Ich hoffe doch. Es müsste alles in Ordnung sein, ich habe ihr gestern Futter und Wasser gegeben. Franzi ist zuverlässig, sie wird sich um sie kümmern."

„Wo sollen wir uns etwas zu Essen besorgen?", fragte Robin. Benita erkannte klar, dass das eine hohe Priorität für ihn hatte. Scheinbar war die Auszubildende diejenige, der er die besten Entscheidungen zutraute, deswegen wandte er sich an Enissa. Benita nahm den Stolz wahr, den diese darüber empfand.

„Bei einem Bäcker, aber nicht direkt hier. Wer weiß, wann sie unsere Spur aufnehmen."

Enissa:

Mit ihrem Cappuccino und dem Croissant setzte sie sich an einen der drei Tische, die in der Bäckerei aufgestellt waren. Benita stellte ihre Latte Macchiato und ihr Käsebrötchen daneben und schlüpfte zu ihr auf die Bank. Robin folgte mit einer üppig belegten Dinkelstange, einer Apfeltasche und einem Kaffee.

„Dank dem edlen Spender", sagte er und schwenkte seine Tasse in Enissas Richtung. „Ja, danke fürs Frühstück", pflichtete Benita bei. Das Mädchen lächelte zurück. „Sehr gerne."

„Bist du tatsächlich noch in der Lehre?", nuschelte Robin zwischen zwei Bissen.

„Ja, natürlich. Wieso fragst du?"

„Du machst den Eindruck, als könntest du anderen gut sagen, was sie tun sollen."

„Nein, ganz und gar nicht. Manchmal versuche ich es bei meinen kleinen Brüdern, aber das klappt nicht. Eigentlich sagen mir das eher die anderen."

„Du scheinst es sehr gut selbst zu wissen", bestätigte Benita.

Enissa wurde rot. Sie war es nicht gewohnt, so viel von sich preiszugeben, und dachte an die schweren Steine aus dem Sprichwort ihrer Mutter. War die rothaarige Frau ein Wind, der sie umwerfen würde?

„In der Bank sagen sie mir immer, dass ich gut darin bin, selbst zu sehen, was zu tun ist. Zuhause bin ich als die Älteste natürlich diejenige, die meine Mutter unterstützt, vor allem, da sie seit zwei Jahren wieder fast in Vollzeit arbeitet."

„Sie hat begonnen mehr zu arbeiten, als du die Ausbildung gestartet hast?", rechnete Benita mit. „Wie alt sind deine Brüder?"

„Damals dreizehn und zehn", antwortete Enissa. „Ilyas war gerade aufs Gymnasium gekommen, da gab es eine Hausaufgabenbetreuung, bei der er bleiben durfte. Deniz war sowieso bereits dort und ich hatte mit der Ausbildung begonnen. Da konnte meine Mutter zusätzliche Stunden arbeiten. Ich glaube, sie sah mich auch eher als Erwachsene an, weil ich schon einen Beruf lernte. Sie überließ mir mehr Aufgaben. Das Geld, das sie und ich verdienten, war wichtig für unsere Familie. Wir konnten uns nicht viel leisten, nachdem wir das Haus gekauft hatten."

„Ja, das kann hart sein", sagte Robin versonnen. Enissa erschrak. Sie befürchtete, ein schlechtes Gewissen bei ihm ausgelöst zu haben. Schnell wechselte sie das Thema.

„Der Supermarkt scheint schon geöffnet zu haben." Sie deutete auf das Geschäft gegenüber in der Ladenpassage. „Wann macht der Laden da drüben auf?"

Robin lehnte sich zurück und kniff die Augen zusammen, um das Schild am Bekleidungsgeschäft erkennen zu können.

„In vierzig Minuten."

Eine Stunde später waren sie mit Wasser, Lebensmitteln und Zahnbürsten versorgt. Im Bekleidungsdiscounter hatten sie neben Unterwäsche, Socken, T-Shirts, Jeans und Turnschuhen Haarbürsten für Enissa und Benita besorgt.

Robin:

Wohin sollte ihre Reise gehen? Seit etwa zwei Stunden

war er grob in Richtung Norden unterwegs. Er könnte sein Elternhaus ansteuern. Es war so lange her, dass er bei Mutti und Vati war. Ob ihm die Polizei auf der Spur war? Aber was hatte er schon verbrochen? Es waren weniger als zweihundert Euro gewesen, die er mitgenommen hatte. Es machte keinen wesentlichen Unterschied, wenn sie die einfach auf den Sollstand auf dem Konto buchten. So gesehen war es eine gute Idee, die Bank zu besuchen, bei der er bisher seine Geschäfte gemacht hatte, obwohl es nicht dieselbe Filiale wie sonst war. Auf der anderen Seite würden sie ihm so bestimmt schneller auf die Schliche kommen. Für diesen Raub von ... was war es nochmals gewesen? Etwa hundertachtzig Euro. Und Benita und Enissa hatte er entführt. Die Pistole steckte unberührt in seiner Tasche. Schließlich wollte er die netten Ladys nicht beängstigen. Wenn sie ihn jetzt baten, sie gehen zu lassen, würde er es tun. Von den beiden bekam er bestimmt keinen zusätzlichen Ärger. Aber tatsächlich hatte er den Eindruck, als blieben sie lieber bei ihm. Enissa wirkte, als fände sie alles um ihre Flucht sehr spannend und er empfand sie als eine angenehme Begleitung. Vielleicht ein bisschen spießig für ihr Alter, hoffentlich würde sich das noch ändern. Eine Bankerin halt. Benita, nun, die hatte öfters gesagt, sie wolle gehen, aber das war schon länger her. Tatsächlich hatte sie dann für die Klamotten gezahlt. Die Klamotten ...

„Müsst ihr euch eigentlich nicht umziehen?", fragte er.

„Die Schuhe habe ich gewechselt, das reicht", antwortete Benita. Enissa jedoch seufzte. „Ja, das wäre sehr angenehm. Vielleicht hätte ich sie bereits im Laden wechseln sollen, mein Fehler", sagte sie entschuldigend.

Nach einer Weile entdeckte er einen Parkplatz mit Picknicktischen und einem öffentlichen WC. Er hielt an.

Benita packte einige Lebensmittel und Getränke in eine kleinere Tüte. Mit den Kleidern unter dem Arm ging Enissa zur Toilette. Nach wenigen Sekunden kam sie zurück.

„Pfui, das stinkt und ist eklig. Da will ich mich nicht umziehen."

Benita nickte verständnisvoll. „Das würde ich auch nicht."

Das klang, als hätte sie sie gesehen. Er fragte sich, wie das möglich war. Na ja, wahrscheinlich hatte sie es nur so dahergesagt.

„Geh da hinter den Baum", schlug sie weiter vor.

Enissa wurde rot. „Da sieht man mich doch."

„Das Klohaus ist im Weg", ergänzte Robin hilfreich.

„Schon … aber du kannst trotzdem gucken." Die Röte auf ihren Wangen vertiefte sich.

„Ich schaue nicht hin", versicherte er ihr.

Als sie im dürftigen Schutz des Baumes T-Shirt und Jeans anzog, riskierte er trotzdem ein paar Blicke. Sie war schlank, hatte einen hübschen Po und kleine Brüste, die in dem glänzenden BH sehr nett aussahen. Mit seiner Freundin konnte sie allerdings nicht mithalten. War Sarah das noch? Auch bei seinem eigenen Telefon hatte er den Akku ausgebaut. Ihn nicht anrufen zu können würde sie furchtbar ärgern. Dann maulte sie wieder. Er riskierte einen weiteren kleinen Blick auf Enissa. Sie war so jung, das war nichts für ihn. Eigentlich fühlte er sich ihr gegenüber eher wie ein Kumpel. Oder vielleicht wie ein großer Bruder. Darin hatte er keine Erfahrung, er hatte nur drei ältere Schwestern. So ähnlich musste das aber sein.

Benita:
Heimlich linste Robin zu Enissa. Sie war empört. Dem

Mädchen gegenüber hatte sie so etwas wie Beschützerinstinkt entwickelt. Bewusst versuchte sie, nach seinen Gefühlen zu greifen. Die letzten beiden Stunden hatte sie sich als Übung darauf konzentriert, möglichst viel von ihren Reisegefährten abzublocken und war in eine ruhige, wohlige Schläfrigkeit geglitten. Nun wollte sie wissen, ob sie die junge Bank-Auszubildende mit dem Räuber alleine lassen konnte. Die Vorstellung, sie stahl sich davon, während diese freundliche, gutgläubige Person bei einem Kerl war, der sie begaffte oder Schlimmeres tat, war unerträglich.

Was ihr die Sinne zeigten, verwunderte sie. Etwas wie Wertschätzung und Wohlwollen, dazu warme, freundschaftliche Empfindungen. Und auch hier – Beschützerinstinkt. Mist. Hatte das mit dem Abgrenzen nicht geklappt und es war in Wirklichkeit ihr eigenes Gefühl? Oder empfanden sie dieses Mal tatsächlich ähnlich?

Unabhängig davon schien sie sich keine Sorgen um Enissa machen zu müssen. Das war eine Erleichterung. Wie hatte ein so freundlicher, liebenswerter Kerl wie Rob nur auf die Schnapsidee mit dem Banküberfall kommen können? Allmählich machte sie sich fast schon Sorgen um ihn.

Als Enissa sich frisch eingekleidet neben sie setzte, verteilte Benita Brötchen, Geflügelwürstchen, Cocktailtomaten und Obst. Den Frauen gab sie je eine Flasche Wasser, auf der sie mit Kugelschreiber ihre Namen schrieben. Robin trank wieder Cola. Sie betrachtete die Packung Gummibärchen, die er sich aus dem Supermarkt mitgebracht und neben sein Mittagessen gelegt hatte.

„Sag mal, nimmst du bei der Ernährung nicht zu?"

„Ich?" Er war überrascht. „Nö. Das wäre auch zu blöd."

Enissa und Benita seufzten voller Sehnsucht, dann lächelten sie sich an.

„Ein Eis esst ihr nachher schon mit, oder?", fragte Robin mit Nachdruck.

„Eis essen? Aber nicht in einer Eisdiele!", widersprach Enissa.

„Wenn ihr nicht wollt, dann halt irgendwo eines am Stiel."

„Okay", stimmte das Mädchen zu. Benita verdrehte die Augen. Diese Geiselnahme kam ihr langsam vor wie eine Klassenfahrt. Und Enissa war die Lehrerin.

Nachhause kommen

Enissa:

Einen Moment wartete sie ab, bevor sie hinter dem Baum verschwand. Sie hatte Benita die Möglichkeit geben wollen, als Nächste zu gehen. Nachdem diese sitzen geblieben war, gab sie ihrem dringenden Bedürfnis nach und suchte, so gut wie es ging, Sichtschutz.

Vor ihr war Robin hier gewesen. Sie bemerkte den feuchten Fleck am Baumstamm und rückte davon ab. Etwas, das im Gras versteckt war, entdeckte sie, als sie darauf trat. Erstaunt blickte sie auf die schwarze Pistole, die da zwischen den Halmen lag. Sie musste ihm aus dem Hosenlatz gefallen sein. Vorsichtig hob sie sie auf. In der Bank hatte man ihr in einem Selbstverteidigungskurs einmal ungeladene Waffen gezeigt und sie diese halten lassen. Die hier war ebenso schwer. Überrascht entdeckte sie einen kleinen Kreis auf dem Griff, in dem die Buchstaben PBT standen. Ein Hinweis dafür, dass sie eine Schreckschusspistole in der Hand hielt. Sie lächelte und stellte fest, dass sie sich beschwingt fühlte. Ihre Familie hatte keinen Grund zur Sorge, nicht in dieser Hinsicht. Ansonsten war es ihr völlig gleichgültig.

Nachdem sie sich erleichtert hatte, setzte sie sich wieder zu Robin und Benita.

„Wann geht es weiter?", fragte sie.

„Ich gehe noch schnell", antwortete die andere Frau nun doch und verschwand hinter dem Baum. Als sie außer Sicht war, schob Enissa ihr langes T-Shirt hoch, griff in ihre Hosentasche, holte die Pistole heraus und hielt sie Robin hin. Der blinzelte nervös und öffnete erstaunt den Mund. Sie zuckte mit den Schultern und legte sie ihm in die Hand.

„Das Eis nachher geht auf mich", sicherte sie ihm zu. Noch mehr Blinzeln, dann sagte er: „Gut, so machen wir es", und ging voraus zum Auto.

Sie fuhren durch dünn besiedeltes Gebiet. Enissa kannte kaum einen Namen auf den Ortsschildern, war sich aber sicher, dass sie in der ehemaligen DDR waren. Die einzelnen Dörfer und kleinen Orte sahen anders aus als im Westen. Es war offensichtlich, dass es hier keine Investoren gab, die neue, schicke Häuser bauten. Sie hatte gehört, die jungen Leute zogen alle weg. Es tat ihr leid. Auch Rob war unter den Menschen, die gegangen waren.

Zwischen einzelnen Dörfern und beschaulichen Orten lagen weite Strecken offener Landschaft mit Wäldern, Wiesen und relativ gering bebauten Äckern. Die Sonne stand hoch und wieder heiß am Himmel. Zum Glück hatte Robins Auto wenigstens eine Klimaanlage. Als sie einen kleinen See passierten, sah Enissa sehnsüchtig auf die dort Badenden. Sie sah zwei Mädchen in ihrem Alter, die auf Luftmatratzen trieben. Am besten hätten sie auch Badeanzüge kaufen sollen. Ihre Eltern sahen das glücklicherweise nicht so eng, solange sie nicht aufreizend geschnitten waren. Aber darin würde sie sich ohnehin nicht wohlfühlen.

Eine Zeit lang ließen sie das Radio laufen. Alle horchten unruhig auf, wenn ein Sprecher zu hören war. Doch in die Nachrichten hatten sie es nicht geschafft, wie es schien. Vielleicht waren sie schon zu weit vom Tatort entfernt, als dass der Sender über sie berichtete. Oder es kam zu einem anderen Zeitpunkt, denn Rob schaltete bald ab. Möglicherweise wurde er davon nervös.

Wenige Minuten später erreichten sie ein Dorf. An

einem Lebensmittelgeschäft hielt Robin an.

„Brauchen wir Nachschub? Außerdem gibt es Eis hier."

Er lächelte wie ein kleiner Junge. Zu dritt stiegen sie aus. Enissa hob die Hand.

„Falls doch eine Suchmeldung im Radio kam, wäre es ungeschickt, uns häufig zusammen sehen zu lassen. Was haltet ihr davon, wenn ich hineingehe und einkaufe?"

„Nur zu", antwortete Robin, Benita machte eine einladende Handbewegung. Enissa kaufte in dem kleinen Supermarkt Obst, Gemüse, Knäckebrot und mit dunkler Schokolade überzogenes Eis am Stiel. Vor dem Geschäft stand im Schatten eine Bank, auf der Robin und Benita warteten. Enissa setzte sich zu ihnen, reichte beiden je ein Eis und öffnete ihre eigene Packung. Die süße, kühle Masse breitete sich in ihrem Mund aus. Sie schloss die Augen und lehnte sich zurück. Ein leichtes und zufriedenes Gefühl überkam sie.

Robin:

Gedankenverloren biss er Stücke aus seinem Eis. Die Frauen neben ihm wirkten ruhig und entspannt. Siesta! Er streckte die Beine aus.

„Was haltet ihr davon, wenn wir meine Eltern besuchen?", fragte er die beiden.

Benita sah ihn zweifelnd an. „Denkst du nicht, es ist inzwischen klar, wer du bist, und sie suchen uns dort?"

Er legte die Stirn in Falten. „Glaubst du echt?"

Sie nickte und zog eine ungeduldige Grimasse. „Ja. Echt."

Enissa sah ihn offen lächelnd an. „Ansonsten wäre ich natürlich erfreut, deine Familie kennenzulernen."

Ihre allzeitige Freundlichkeit irritierte ihn nach wie vor.

Das klang fast, als sei sie eine Freundin, die er den Eltern vorstellen wollte. Sarah hatten sie nie kennengelernt. Die hatte nicht mitkommen wollen. Nur einer seiner Schwestern war sie mal begegnet. Enissa würde ihnen bestimmt gefallen, aber sie fänden sie zu jung. Wie er selbst ja auch. Nichtsdestotrotz wäre es eine schöne Abwechslung, jemanden nachhause mitzubringen, der einfach nett war.

Ob sie wirklich schon von der Sache in der Bank wussten? Der Gedanke war ihm unangenehm. Auf seinem Handy, das er selten einschaltete, waren keine Anrufe von ihnen eingegangen. Sarahs Nummer war einige Male darunter. Sein Chef hatte auch öfter versucht, ihn zu erreichen. Das wunderte ihn nicht, denn schließlich fehlte er unentschuldigt. Er hätte Urlaub nehmen sollen. Der Traum davon, bei dem Überfall genug Geld zu erbeuten, um nicht mehr zurück in den Laden zu gehen, war reizvoll gewesen. Tja, ausgeträumt … Nun wartete vielleicht schon eine Kündigung in Erlen im Briefkasten. Er atmete seufzend aus. Das war nur eines seiner Probleme.

Benita beobachtete ihn aufmerksam. Manchmal war sie ihm unheimlich. Er hatte den Eindruck, als wüsste sie mehr, als sie ihnen erzählte. Keine Ahnung, woher das Gefühl kam. Plötzlich sehnte er sich nach Muttis Himbeerkuchen mit den leuchtend roten, süßsauren und saftigen Früchten, die in ihrem Garten wuchsen. Sie machte ihn zu dieser Jahreszeit alle paar Wochenenden. Er musste an seine Kindheit mit den älteren Schwestern denken. Mit Himbeeren im Mund fühlte er fast schon die wackeligen Plastikstühle im Garten ihres Hauses. Vor sich sah er die Blechschüssel, in der er als kleiner Junge hatte planschen dürfen. Sie hatten zu den Glücklichen gehört, die in einem Reihenhaus wohnten. Viele seiner Mitschüler lebten in

Plattenbausiedlungen. Aber die waren wenigstens modern und komfortabel gewesen. Im Winter besuchte er sie gerne, um sich aufzuwärmen. Da lief die Heizung zuverlässig.

Der Rotschopf sah ihn mitfühlend an. „Du sehnst dich nach deinen Eltern, oder? Du … siehst so melancholisch aus. Als wünschtest du dir Geborgenheit."

Überrascht antwortete er: „Stimmt genau. Sieht man mir das so deutlich an?"

Sie zögerte. „Vielleicht interpretiere ich das nur so, weil ich mich so fühlen würde."

Er war ihr dankbar für ihr Verständnis. Was hatte er für ein Glück gehabt, bei der Geiselnahme ausgerechnet diese beiden Frauen zu erwischen. Vielleicht könnte ja doch noch alles wieder in Ordnung kommen.

„Dann kommt ihr mit zu meinen Eltern?", fragte er hoffnungsvoll.

Enissa nickte lächelnd. Benita erinnerte ihn: „Sei vorsichtig wegen der Polizei." Ansonsten schien sie nichts dagegen zu haben.

Benita:

Am späteren Nachmittag erreichten sie Eisenach. Robin steuerte den Wagen durch eine Wohngegend am Ortsrand. An einem kleinen, älteren Reihenhaus mit einem Gartenstreifen voller Obstbäumen hielt er an. Vorsichtig sahen sie sich auf der Straße um. Zumindest war kein Polizeiwagen zu sehen. Trotzdem war Benita unruhig. Sie versuchte, ihre neuentdeckten, emotionalen Fühler in Richtung des Hauses auszustrecken. Doch hier, am Straßenrand, konnte sie nicht erkennen, was darin vor sich ging. Obwohl sie ihre empathischen Fähigkeiten in den letzten beiden Tagen so gut wie möglich trainiert hatte, gelang es ihr nicht, so zielgerichtet Eindrücke zu sammeln. Stattdessen empfand sie die vielfältigen Gefühle der Anwohner der Straße wie das Summen eines Bienenschwarms. Es war unmöglich, den Ton einer einzelnen Biene zu isolieren.

Sie sahen sich zweifelnd an. Zögernd stiegen sie aus und gingen auf die Haustüre zu. Das Brummen wurde leiser, dafür nahm Benita ein paar Stimmungen deutlicher wahr. Aufregung, Sorge und Angst waren die stärksten Emotionen. Dazwischen … war das Ungeduld? Ärger? Langeweile? Alles zusammen? Sie konzentrierte sich. Schweißperlen traten auf ihre Stirn. Unglaublich! Sie konnte tatsächlich ausmachen, dass die ersten Gefühle von zwei Personen kamen, die Letzteren von zwei anderen Menschen. Zuerst freute sie sich über ihren Erfolg. Das erschien ihr ein Durchbruch zu sein. Doch die Unsicherheit, was sie erwartete, brachte sie zurück auf den Boden. So schnell wie möglich versuchte sie, sich einen Reim auf ihre Eindrücke zu machen.

„Stopp!"

Sie legte Enissa und Robin je eine Hand auf den Arm und hielt sie fest.

„Was ist los?", meckerte er ungeduldig. Er wollte seine Eltern sehen.

„Ich habe den Eindruck, sie haben Besuch. Und ich glaube nicht, dass es Nachbarn oder Verwandte sind."

Beide blickten sie verblüfft an. „Häh? Bist du jetzt Hellseherin?", fragte Rob.

Verlegen hob sie die Schultern. „Nein, natürlich nicht. Es ist schwer zu erklären." Sie wusste nicht, wie viel sie preisgeben konnte. Nach einer Weile fügte sie hinzu: „Ich fühle manchmal so komische Sachen. So wie ich gespürt habe, dass es harmlos ist, bei dir zu bleiben. Und jetzt empfinde ich so etwas wie Gefahr hier."

Rob sah sie mit großen Augen an und schien nicht zu wissen, was er von ihrer Aussage halten sollte. Enissa dagegen blinzelte einige Male verblüfft, dann sagte sie: „Das hört sich zwar etwas seltsam an. Aber ich denke, es macht Sinn, vorsichtig zu sein, Rob, auch wenn es nicht ganz rational ist. Vielleicht erwartet uns die Polizei hier."

„Was meinst du mit rational?", fragte er verwirrt.

Sie sah ihn irritiert an. „Vernünftig."

Benita war froh, dass Enissa von ihrer Aussage ablenkte und freute sich über das Vertrauen, das sie ihr entgegenbrachte. Sie zogen sich zurück und blieben im Schatten neben dem Haus stehen. Einen Moment später hörten sie die verrostete Gartentüre quietschen. Sie drückten sich an die Hauswand und spähten vorsichtig auf den Weg.

„Unsere Nachbarin", flüsterte Rob.

Die Dame hatte graues Haar, trug eine Brille und einen Jogginganzug. Benita schätzte sie auf Ende sechzig ein. Die Gefühle, die sie von ihr empfing, waren arglos, die Frau schien mit sich und der Welt zufrieden zu sein. Sie drückte die Klingel. Einen Moment später öffnete sich die Türe.

„Ja?", fragte eine ältere, männliche Stimme. Das musste Robs Vater sein. „Guten Abend, Margret", sagte er dann.

„Ist Hilde da?", entgegnete die Nachbarin, und streckte eine Hand aus, in der sie eine Plastikdose hielt. „Sie hat mir angeboten, dass ich etwas vom Obst aus eurem Garten haben kann."

Robs Vater drehte sich um und rief in das Haus: „Es ist nur unsere Nachbarin!"

Dann wandte er sich ihr zu. „Du, es passt gerade nicht.

Wir haben Besuch."

Benita spürte extreme Nervosität bei ihm. Er blieb mühsam ruhig. Margret dagegen war verwirrt und etwas verärgert.

„Na gut." Sie runzelte die Stirn und presste die Lippen für einen Moment zusammen. „Kann ich morgen wiederkommen?"

Robs Vater berührte kurz ihren Arm. „Mach das. Tschüss!"

Er schloss die Türe, ohne dass er Margret einen Blick hinein erlaubte. Sie brummte vor sich hin und verließ den Vorgarten.

Benita sah Robin vielsagend an. Er war traurig und enttäuscht, doch damit wollte sie sich gerade nicht beschäftigen.

"Ähm ... ja ... wir gehen besser," räumte er ein. Sie schlichen zurück ins Auto und gaben sich Mühe, die Türen leise zu schließen.

„Wohin jetzt?", fragte Rob.

„Ich dachte, das könntest du dir überlegen. Du bist doch hier aufgewachsen."

Er war hilflos und etwas beschämt. Auch Enissa fiel seine Verfassung auf. Sie sprang ein.

„Ich sehe zwei Möglichkeiten: Entweder wir gehen irgendwo hin, wo uns niemand bemerkt, weil keiner da ist. Oder wir suchen uns ein nächstes Ziel, an dem wir nicht auffallen, da viele Fremde dort sind."

Offensichtlich fiel Rob dazu etwas ein. Er nickte erleichtert.

„Ich weiß, wo wir heute Nacht parken und schlafen können. Wollt ihr morgen was sehen hier? Auf der Wartburg sind eine Menge Touristen. Oder wir könnten wandern gehen auf dem Rennsteig. Da ist auch was los."

Benita riss die Augen auf. Das wurde immer mehr zum Schulausflug. Der Mann hatte echt keinen Plan. Zumindest keinen, der der Situation Rechnung trug. Er schien sich der Wirklichkeit nicht stellen zu wollen und sich mit dem Banküberfall auseinanderzusetzen. Stattdessen spielte er den Fremdenführer! Auf der anderen Seite überraschte sie das nicht.

„Wandern klingt gut für morgen", erklang Enissas fröhliche Stimme. „Wir haben lange genug herumgesessen. Das würde mir gefallen."

Robin freute sich. „Dann machen wir das doch." Benitas fassungsloses Kopfschütteln nahm er nicht wahr. Am besten verließ sie die beiden auf ihrem seltsamen Ausflug und ging zurück nach Erlen. Aber seltsamerweise waren sie ihr ans Herz gewachsen. Sie wollte sie in ihrer Naivität nicht alleine lassen. Zunächst konzentrierte sie sich auf die nächsten Stunden.

„Sag mal, hast du keine Freunde hier, denen du vertrauen kannst, wo wir übernachten könnten?"

Robin runzelte die Stirn und starrte ein paar Minuten vor sich hin. „Nein, die wohnen nicht mehr hier. Außer drei Leuten, die mir einfallen, aber die sind alle verheiratet und ich weiß nicht, was die Ehegatten sagen würden, wenn wir auftauchen. Die kenne ich nicht so gut, dass ich ihnen vertraue."

Benita seufzte. „Also gut. Dann gibt es wieder Schnarchkonzert im Autositz."

Freitag

Wandern

Enissa:

Geweckt wurde sie von leisen Geräuschen: Robin röchelte vor sich hin und Benita gab ploppende Töne von sich. Sie setzte sich auf und betrachtete die junge Frau. Jedes Mal, wenn sie ausatmete, trennten sich ihre Lippen voneinander und gaben das Geräusch von sich. Atmete sie ein, verschlossen sie sich wieder. Sie sah dabei friedlich und entspannt aus, allerdings auch fern jedes Denkvorgangs. Enissa unterdrückte ein Kichern.

Sie suchte nach einer Rolle Küchenpapier auf dem Fußraum des Autos und wischte die beschlagenen Autoscheiben frei. Heute Nacht hatten sie auf einem Parkplatz bei einer verfallenen Fabrik außerhalb des Ortes geparkt. Kurz bevor sie einschlief, war ihr ein anderes Auto aufgefallen, das am gegenüberliegenden Ende abgestellt wurde. Es parkte dort für nicht ganz eine halbe Stunde. Seine Fenster beschlugen schnell. Als es sich in regelmäßigem Auf und Ab zu bewegen begann, spürte sie die Röte in ihr Gesicht steigen. Sie versuchte, sich nicht auszumalen, was dort geschah. Benita wirkte seltsam unruhig. Robin hatte die Musik lauter gedreht und den Blick abgewandt. Sie hatte ihn nicht gefragt, wie er auf die Idee gekommen war, das sei ein guter Platz für eine Übernachtung.

Nun sah sie die heruntergekommenen Gebäude mit dem abblätternden Putz in einer milden, pastellfarbenen Morgensonne. Auch heute sollte erneut ein heißer Tag

69

werden, das hatten sie in den Nachrichten gehört. Eine Meldung über sie war wieder nicht aufgetaucht. Sie waren offensichtlich keinen Hinweis wert.

Zum Glück. Sie hatte Gefallen an ihrem Ausflug gefunden. Natürlich war es unbequem, im Auto zu schlafen. Eine Dusche vermisste sie beinahe schmerzlich und es war nicht angenehm, Tag und Nacht die gleiche Kleidung zu tragen. Insbesondere, da es tagsüber so warm war. Die Polizei würde sie leicht am Geruch finden können, selbst ohne Spürhunde. Essen und Trinken waren nicht besonders genussvoll. Trotzdem kam sie sich frei und verwegen vor. Das war wunderbar. Sie vermisste ihre Familie, fühlte sich gleichzeitig so unbeschwert wie nie. Ihr ganzes bisheriges Leben hatte sie alles getan, um Erwartungen zu erfüllen – die ihrer Eltern oder anderer Verwandter, der Lehrer, von Freunden, ihres Ausbilders und der älteren Kollegen. Sie wusste, darin war sie gut und erhielt Anerkennung. Aber ihr war auch klar, dass sie bequem für die anderen war und ihr Verhalten von allen wie selbstverständlich angenommen wurde. Enissa, das brave Mädchen. Sie war langweilig. Was sie nun tat, war weder bequem noch brav oder langweilig. Natürlich wusste sie, dass ein Wanderausflug nicht unbedingt dazu beitrug, eine Lösung für ihre Situation zu finden. Aber er gefiel ihr. Sie hatte Lust, endlich einmal Dinge zu tun, die niemand von ihr erwartete. Ihr eigener Mut spornte sie an.

Rob schien zu verdrängen, wie sie hier gelandet waren, ähnlich wie sie selbst versuchte, sich die Zeit angenehm zu gestalten, nur im Hier und Jetzt zu leben. Nur nicht an die Vergangenheit denken und an die Dinge, die dabei nicht gut gewesen waren. Die Schreckschusspistole steckte im Fach der Fahrertür. Sie wusste, dass Benita es bemerkt, jedoch nichts dazu gesagt hatte. Enissa würde ihr erklären müssen, dass die Waffe recht ungefährlich war.

Warum die andere Frau bei ihnen blieb, verstand sie nicht. Sie hatte selbst eingeräumt, dass sie sich nicht vor Rob fürchtete. Oft genug zeigte sie Missfallen darüber, was um sie herum geschah. Trotzdem fügte sie sich wieder und wieder ein und unterstützte sie. So wie gestern Abend, als sie die Vorahnung gehabt hatte, dass jemand bei Robs Eltern gewesen war. Enissa war verwundert darüber, hatte aber in Filmen oft genug solche Phänomene gesehen oder von ihnen in Büchern gelesen. Bei all den unglaublichen Dingen, die ihr gerade geschahen, war das nur ein Punkt. Ihre Mutter hatte ihr beigebrachte, aus dem Kaffeesatz von Mokka zu lesen, das war genaugenommen nicht besser.

Wie auch immer, sie war froh, dass Benita dabei war. Sie hielt Rob zwar für durch und durch harmlos, trotzdem fühlte sie sich unwohl bei dem Gedanken, alleine mit einem Mann unterwegs zu sein und die Nächte mit ihm zu verbringen.

Sie hatte bisher wenig Erfahrungen mit dem anderen Geschlecht gemacht. Kurz vor ihrem Schulabschluss hatte sie sich öfters mit einem Jungen aus ihrer Klasse getroffen. Ihre Eltern zeigten sich beunruhigt darüber, ihre Mutter hatte lange Gespräche mit ihr geführt, was das für ihren Ruf bedeutete. Aber wie sollte der darunter leiden, dass sie mit Marcel Händchen gehalten hatte? Für mehr waren sie beide zu schüchtern gewesen. Nichtsdestotrotz, ein deutscher Junge kam für ein türkisches Mädchen nicht in Frage. Sie hatte es schnell beendet. So, wie ihre Eltern das erwarteten. Dabei war Marcel eigentlich wirklich nett.

Vor eineinhalb Jahren hatte sie ihr Cousin mit einem seiner Freunde bekannt gemacht, mit Hakan. Nun zeigten

Mama und Papa ihr, wie gut es ihnen gefiel, dass sie sich mit ihm traf.

Er hatte sie ausgeführt, geküsst und die Hände an Stellen gebracht, an die sie nicht hingehörten. Es war zwar eine bemerkenswerte Erfahrung gewesen, aber keine, die ihr gefiel. Das Streicheln war ja ganz nett, die Lippen angenehm, Hakans Zunge in ihrem Mund jedoch kalt und glitschig und sie schmeckte nach Zigaretten. Das Schlimmste war allerdings, dass es einfach nicht interessant war, sich mit ihm zu unterhalten. Weder Autos, noch Fußball oder die neuesten Kinokomödien waren Themen, die ihre Aufmerksamkeit erregten. Natürlich war sie höflich zu ihm gewesen. Dass es nicht mehr als Freundlichkeit war, wenn sie ihm zuhörte und ihn anlächelte, schien er nicht zu verstehen. Ihr Bruder Deniz hatte sich schließlich dazu durchgerungen, Hakan zu erklären, dass Enissa nicht auf ihn stand.

Nach einer Weile regten sich Benita und Rob und brachten ihre Gedanken zurück ins Jetzt.

„Guten Morgen!", sagte sie leise, um sie vorsichtig in der wachen Welt zu begrüßen. „Suchen wir uns wieder einen Bäcker fürs Frühstück und für unseren Wanderproviant? Ich zahle."

Robin:

Es war erst zehn Uhr morgens, aber schon war zu spüren, dass der Tag viel zu heiß werden würde. Er verdammte sich für seinen Vorschlag mit der Wanderung. Warum hatte er nicht stattdessen einen Badeausflug vorgeschlagen? Ach ja, richtig, keine Badehose. Wie schön waren die Zeiten in der DDR gewesen, als FKK üblich war. Niemals im Leben hätte er die beiden verklemmten

Wessi-Frauen dazu überreden können, sie würden ihm sicher üble Absichten unterstellen. Er seufzte und träumte sich auf eine Wiese, auf der die Sonne seinen Bauch und mehr wärmte. Immerhin gingen sie überwiegend im schattigen Wald, so dass es auch angezogen auszuhalten war.

Enissa war total locker, lachte viel und fragte ihn über seine Kindheit in der Gegend aus. Mit ihr ließ es sich aushalten. Er hatte nicht erwartet, dass es in einer Bank so nette Mädchen gab. Bisher waren ihm dort alle tussihaft und hochnäsig vorgekommen.

Benita dagegen brachte ihn eher durcheinander. Während sie still nebeneinander hergingen, zerbrach er sich den Kopf über sie. Auf ihre Art war sie sehr hübsch. Wenn man auf viele Farben stand, zumindest. Das T-Shirt, das sie sich zu den Jeans gekauft hatte, war kaum weniger auffällig als die bunten Hosen vom Vortag. Wilde Muster in lila, gelb und grün tummelten sich dort, dazu hatte sie eine gelbe Baseballmütze mit der Zahl Siebenundsiebzig aus silberfarbenen Pailletten darauf als Sonnenschutz. Ihre hellroten Haare und grünen Augen trugen zu dem bunten Bild bei.

Manchmal fühlte er sich einfach nur wohl mit ihr. Denn er hatte den Eindruck, als hätte ihn noch nie in seinem Leben jemand so gut verstanden wie Benita. Sie sah ihn nur an und wusste, wie es ihm ging. Teilweise sagte sie es ihm, bevor ihm selbst klar war. Gleichzeitig blieb sie auf Abstand zu ihm, das passte nicht zusammen. Wie konnte sie ihn so gut begreifen, ihn aber dabei so wenig mögen?

Woher wusste sie diese Dinge? Wie er sich fühlte, dass seine Eltern nicht alleine waren? Manchmal war ihm die Frau unheimlich. Dann doch lieber Enissa, die gerade leise vor sich hin summte. Es war eine exotische Melodie. Schade, dass sie so viel jünger war als er.

„Wo kommst du eigentlich her?", fragte er sie neugierig.

„Aus Erlen."

„Nein, von wo bist du ursprünglich?"

„Ich bin dort geboren." Ihr Gesicht blieb offen, trotz der abweisenden Worte. „Falls du wissen möchtest, woher meine Familie stammt: aus der Türkei. Aber Mama und Papa sind auch schon beide in Erlen aufgewachsen."

Hinter ihnen näherten sich Schritte. Sie waren bereits mehrfach überholt worden. Es war ein beliebter Wanderweg. In mehreren Bundesländern gab es gerade Ferien. Die Leute kamen hierher, wie er feststellte. Das fand er gut, aber es überraschte ihn. Wollten die nicht lieber an irgendeinem Strand liegen, wo inzwischen doch alle reisen durften?

Sie verlangsamten das Tempo, um die Person vorbeizulassen, die sich scheinbar alleine näherte. Es war eine stämmige Frau mit kurzen dunkelblonden Haaren, einem karierten Hemd, Cargo-Shorts und Sonnenbrille. Als sie sie erreicht hatte, blieb sie unvermittelt stehen.

„Rob? Robin Römer?"

Robin sah sie genauer an.

„Das gibt's doch nicht! Caro?"

Vor ihm stand seine Cousine, die er ewig nicht mehr gesehen hatte. Wie lange? Es war bestimmt fünfzehn Jahre her oder so.

„Hey, Junge, was für eine Überraschung!"

Sie umarmte ihn und klopfte ihm auf die Schulter. „Was tust du hier? Wohnst du nicht in Süddeutschland?"

Caroline war über zehn Jahre älter als er. Als er ein

74

Teenager war, hatte sie ein Baby bekommen und ihren Freund bald darauf geheiratet. Er versuchte, sich zu erinnern, was seine Eltern von ihr erzählt hatten. Er glaubte, sie war nun alleine mit ihrer Tochter – Janine? Jeanette?

„Ja, wir sind hier nur auf der Durchreise." Er deutete auf Enissa und Benita. „Wie geht es Jani?"

Sie zog wissend die Augenbrauen hoch. „Janine lebt bei ihrem Vater und seiner Neuen in der Nähe von Frankfurt. Sie klärt mich nicht täglich über ihr Befinden auf, aber das ist insgesamt gut, glaube ich. Sie ist in der Pubertät."

„Oh ja, ach so." Verlegen wippte er mit den Füßen. Caro ging auf Benita und Enissa zu und streckte ihnen die Hand entgegen.

„Ich bin Caroline, Robs Cousine."

Enissa schlug als Erste ein „Ich bin Enissa, das ist Benita. Wir sind Freunde von Robin und sehen uns die Gegend an, aus der er kommt."

Caro wirkte verwirrt, als sie das ungleiche Trio betrachtete. Rob erinnerte sich, dass sie immer ziemlich clever gewesen war. Aber auch, dass er viel Spaß mit ihr gehabt und sie allen Unsinn mitgemacht hatte. Als er ein Junge war, verbrachte er oft die Ferien mit ihrer Familie.

„Ja, die beiden wollten mal mit hierher kommen", stotterte er.

„Dabei bist du doch kaum hier zuhause, so viel ich weiß", entgegnete Caro und nahm sie näher in Augenschein. „Wo wohnt ihr drei denn? Irgendwie seht ihr aus, als ob ihr eine Dusche brauchen könntet. Wenn ich mein Vetterchen noch länger wiedersehen darf, biete ich euch dafür gerne Wasser, Seife und eine Unterkunft an."

Soljanka

Benita:

Alle ihre Sinne tasteten die Frau ab. Sie brachte Rob warme Zuneigung und Loyalität entgegen, war neugierig auf Enissa und auf sie selbst. Gleichzeitig hatte sie etwas an sich, das die Empathin als Respektlosigkeit gegenüber Autoritäten empfand. Sie schien klug zu sein, zumindest gelang es ihr, ihre Gefühle zu sortieren. Benita war überzeugt, dieser Frau war zu trauen.

„Das stimmt. Eine Dusche könnten wir gebrauchen. Wir sind eher kopflos losgefahren, können uns kein Hotel leisten und schlafen im Auto. Hast du vielleicht auch eine Waschmaschine und einen Trockner, die wir benutzen dürfen?" Sie zuckte entschuldigend mit den Achseln.

Caro lachte.

„Klingt nach meinem kleinen Cousin Robbie. Wie wäre es, wenn ihr mit zu mir kommt zum Mittagessen? Danach steht euch auch der Waschraum zur Verfügung."

Rob und Enissa zögerten, doch Benita reagierte sofort. „Das klingt großartig! Vielen Dank!"

Caro schlug vor, direkt zu ihrem Auto zurückzukehren. Ihr Gefährt stand auf demselben Parkplatz.

Während sie gemeinsam zurück schlenderten, zischte Enissa ihr zu: „Entschuldigung, aber war das eine gute Idee? Bisher hat es sich doch bewährt, uns von anderen fernzuhalten."

„Keine Angst. Das läuft alles richtig. Schau, Rob vertraut ihr auch."

„Woher weißt du so was?", fragte Enissa kopfschüttelnd.

Sie gingen ein paar Schritte weiter, während derer

Benita versuchte, etwas von der Unterhaltung zwischen Rob und seiner Cousine aufzuschnappen. Dass die beiden sich mochten und sich freuten, sich wieder zu sehen, wusste sie bereits. Inhaltlich schien es ein Austausch über Robins Kindheitserinnerungen zu sein. Schließlich antwortete sie Enissa.

„Keine Ahnung. Woher weiß ich, dass du hier sein willst und es dir Spaß macht?"

Allmählich wurde es beinahe zu einer Gewohnheit, über ihre Fähigkeiten zu sprechen. Alles, was sie gerade erlebten, kam ihr unwirklich vor, da passte dieser Punkt fast schon dazu. Die letzten Tage hatten sie selbstbewusster gemacht in ihrer Andersartigkeit, wie sie es nannte. Ihre Sicherheit wuchs mit der Weiterentwicklung.

Enissa reagierte aufgewühlt, war dabei aber wachsam, wollte nicht zu viel von sich preisgeben.

„Mich kennst du nun immerhin seit zwei Tagen. Zwei ereignisreichen Tage, in denen wir uns nahekamen."

Darüber musste Benita lachen. „Kennen? Machst du Witze? Enissa, das tut wahrscheinlich kein Mensch wirklich, nicht mal du selbst. Ich habe noch nie jemanden erlebt, der sich so sehr hinter einer Maske versteckt. Bei dir besteht sie aus Höflichkeit und Freundlichkeit, und glaube mir, ich kenne viele Masken."

Enissa war verletzt und ging auf Abwehr. „Woher willst du das wissen? Ich bin so."

„Nein, bist du nicht", antwortete Benita bestimmt.

„Du scheinst aber wie alle anderen der Meinung zu sein, mich zu kennen."

Sie sah sie voller Mitgefühl an. „Denk darüber nach, ob es stimmt, auch wenn dir der Gedanke nicht gefällt. Nur für dich selbst."

Betroffen sah Enissa von ihr weg. Benita nahm eine verzweifelte Sehnsucht wahr.

„Wie sollten die Leute dich sehen?"

Für einen Augenblick suchte das Mädchen nach Worten, dann sah sie sie offen an.

„Vielschichtig. Ich denke, niemand ist eindimensional. Ich habe häufig den Eindruck, als halten mich alle dafür: Einfach, berechenbar und ohne Tiefgang, als wäre ich keinen näheren Blick und Gedanken wert. Ich wünschte mir, einmal überraschend oder geheimnisvoll zu sein."

Benita lachte. „Wüssten sie, dass und wie du hierbei mitmachst, würdest du bestimmt viele der Menschen verblüffen, die dich glauben zu kennen."

„Denkst du?"

Über die Ungläubigkeit, die sie gerade bei Enissa wahrnahm, schüttelte sie amüsiert den Kopf. „Oh ja!"

„Ich danke dir. Das gibt mir viel", kam es nach einer kleinen Pause.

Enissa:

Sie waren am Parkplatz angekommen. Caro stieg auf ein Motorrad und zeigte ihnen den Weg. Zwanzig Minuten später kamen sie an ihrem Zuhause an.

Der Wohnblock schien aus den Sechzigerjahren zu stammen und irgendwann in letzter Zeit lieblos renoviert worden zu sein. Enissa bemitleidete sie für das wenig einladende Gebäude. Als sie die Wohnung betraten, korrigierte sie den Eindruck. Sie war großzügig, gut geschnitten, die Möbel und die Dekoration waren geschmackvoll und gemütlich. Im Esszimmer stand ein großer Holztisch, der aussah, als könnte er Geschichten erzählen. Um ihn herum waren sechs verschiedene Stühle gruppiert, die auf ihre Art alle zusammenpassten. Ihre Mutter hätte darüber die Nase gerümpft, doch Enissa gefiel das scheinbare Chaos. Im Wohnzimmer sah sie zwei Sofas, auf denen orientalisch gemusterte Überwürfe üppig mit einfarbigen Kissen geschmückt waren.

Caro und Benita schienen sich bestens zu verstehen und deckten zusammen den Tisch mit tiefen Tellern, Löffeln, Gläsern und einem Wasserkrug. Kein Wunder, dass die beiden auf einer Wellenlänge lagen. Hier war alles so bunt wie der Rotschopf selbst.

„Bier, Robbie?", rief Caro ihrem Cousin zu. Er nickte begeistert. Die Frauen baten um Wasser.

Kurze Zeit später kam sie mit einem großen Topf und einem Brotkorb aus der Küche zurück.

„Es ist vielleicht zu heiß dafür, aber ich erinnere mich, dass Robin das immer mochte, und ich hatte noch eine Portion im Kühlschrank."

Enissa reckte sich und begutachtete den Eintopf aus Gemüse, Fleisch und Würstchen in einer roten Flüssigkeit.

„Soljanka!", rief Rob begeistert. „Caro, ich liebe dich!"

„Das hört eine Frau doch immer gerne."

Wenn Rob so enthusiastisch war, sollte sie dem Gericht eine Chance geben, obwohl es Enissas Misstrauen weckte. Die Würstchen und Fleischwürfel wirkten wie Schweinefleisch. Ihre Familie war nicht sehr religiös, trotzdem stand es nicht auf ihrem Speiseplan. Ihr Vater fand die Vorstellung, ein Schwein zu essen, unappetitlich. Sie konnte das Fleisch ja herauspicken ...

Dann stieß Enissa den Atem mit Nachdruck aus. Sie hatte die letzten Tage so viel getan, was sie sonst vermied. Es gefiel ihr, nicht immer ein schwerer Stein zu sein, sondern mit dem Wind zu fliegen. Heute würde sie

Schweinefleisch versuchen. Sie richtete sich auf und lächelte darüber, wie mutig sie sich vorkam. Wegen Essen! Aber es war toll. Sie war verwegen und überraschend.

Den Eintopf mochte sie erstaunlicherweise, er entfaltete sich eine enorme Geschmacksvielfalt in ihrem Mund. Die Würstchen und Fleischwürfel waren eine gelungene Abrundung. Sie boten ihrer Zunge eine knackige Abwechslung zu dem überwiegend weichen Gemüse. Caro reichte ihr einen Topf mit Creme fraiche. Der frische, kühle Klecks machte das Gericht tauglich für warme Sommertage. Rob seufzte genießerisch und schloss die Augen, ohne das Tempo, in dem er den Eintopf in sich hinein schaufelte, zu drosseln. Benita nickte Caro anerkennend zu.

Nach dem Essen nutzte die Reisegruppe reihum Caros Dusche, Enissa warf die Waschmaschine an. Wohlriechend und mit feuchten Haaren versammelten sie sich um den Tisch. Robs Cousine servierte ihnen Kaffee.

„Ich finde es toll, wie gastfreundlich du bist", schwärmte Enissa.

„So bin ich aufgewachsen. Die Familie hält zusammen. Und wenn einem etwas fehlt, unterstützt ihn der andere. Das ist selbstverständlich."

„Ist das noch immer so?", fragte Rob hoffnungsvoll.

„Vielleicht nicht überall, aber bei uns schon. Deshalb haben mein Mann und ich uns getrennt. Ich wollte zurück nach Hause. Hier gehöre ich her. Janine war zu lange in der Großstadt im Westen, im Grunde ist sie dort aufgewachsen, und konnte sich nicht vorstellen, hier zu leben. Ihr zuliebe hielt ich noch durch, als ich wusste, ich bin da unglücklich. Irgendwann ging es nicht mehr. Dabei habe ich meine Tochter verloren." Während der letzten Worte wirkte sie herzzerreißend traurig. Zittrig atmete sie ein und fand zu einer festen Stimme zurück.

„Umso wichtiger ist die Familie hier für mich. Es ist so schön, Robbie wiederzusehen. Nun aber raus mit der Sprache. Was steckt hinter eurer Reise?"

Enissa erschrak, Benita lächelte ohne Überraschung. Es war Rob, der das Wort ergriff.

„Nichts Besonderes. Wir haben gerade alle frei und sind einfach drauflosgefahren."

Caro hob die Augenbrauen.

„Deine Eltern haben meiner Mutter erzählt, sie hätten Besuch von der Polizei gehabt. Die suchen dich im Zusammenhang mit einem Bankraub mit Geiselnahme."

Enissa fuhr zusammen. Am liebsten wäre sie aufgesprungen und davon gerannt. Aber wohin? Hilfesuchend sah sie ihre Gefährten an. Sie sahen aus wie versteinert. Also gab sie sich einen Ruck. Jemand musste antworten.

„Sehen wir wie Geiseln aus?"

„Eben nicht. Deshalb frage ich, was tatsächlich dahinter steckt."

Alle drei schwiegen. Benita warf Rob einen auffordernden Blick zu. Schließlich war es seine Cousine, sollte er ihr endlich erklären, was hier geschah, fand auch Enissa. Vielleicht würde er es dann selbst verstehen, doch das bezweifelte sie stark. Meistens wirkte er überrascht, wenn sie davon sprachen, dass er eine Bank überfallen hatte. Zumindest konnte er es nicht leiden, daran erinnert zu werden. Er sah jedoch scheinbar unbeteiligt aus dem Fenster.

„Ich denke, du musst lernen, zu dem zu stehen, was du tust", forderte Benita ihn eindringlich auf. „Das ist eine gute Gelegenheit."

Rob wippte nervös mit dem Fuß. Die beiden anderen Frauen am Tisch ließen ihn nicht aus den Augen. Enissa hatte Mitleid mit ihm und suchte nach Worten, um ihn aus der Lage zu befreien. Doch ehe ihr etwas einfiel, antwortet er stockend.

„Ich hatte eine dumme Idee. Daraus wurde aber nichts, oder zählt knapp einhundertachtzig Euro als Raub?"

Caro nickte bedächtig. „Ich fürchte schon. Die sind da ziemlich kleinlich."

Enissa mischte sich ein. „Nein. Sie werden keinen Fehlbetrag in der Kasse haben."

Drei überraschte Gesichter wandten sich ihr zu. „Wie … ", stieß Rob hervor.

„Ich habe mich darum gekümmert."

Um Zeit zu schinden, führte sie ihre Kaffeetasse zum Mund und trank demonstrativ langsam. Sie wollte keine genaue Antwort geben.

Caro schien dringenderen Klärungsbedarf zu haben.

„Wieso denkt die Polizei, es gäbe Geiseln, obwohl ihr Freunde seid?"

Robs Gesicht wirkte auf eine hilflose Weise trotzig. Ilyas hatte als Kind oft so ausgesehen, wenn er nicht zugeben wollte, dass er etwas ausgefressen hatte, es aber unmöglich leugnen konnte.

„Das mag mit der Waffe zu tun haben, die er dabei hatte", erklärte Benita zynisch.

„Es war eine Schreckschusspistole!", beeilte sich Enissa zu sagen.

Caro blieb skeptisch. „Wusstet ihr das? War das erkennbar?"

Ertappt schüttelte Enissa den Kopf. „Erst, wenn man genau hinsieht."

Sie sah nervös zu Benita. Die junge Frau wirkte nicht überrascht. Vielleicht war das wieder eines dieser Dinge, die sie einfach wusste.

„Dann verstehe ich den Aufstand. Wieso seid ihr nicht sauer?"

„Rob ist völlig harmlos und war in einer Notlage", meldete sich Benita zu Wort. Rob verfolgte das Gespräch mit roten Wangen.

Caro seufzte. „Und wie immer müssen Frauen in Ordnung bringen, was Robbie verbockt."

Nun fühlte sich der junge Mann angesprochen. „Ich brauche etwas Zeit, um nachzudenken. Du verrätst doch nichts, oder?"

„Das sollte ich. Aber ich kann es nicht", murmelte Caro. „Familie ist mir wichtiger als der Staat. Ich verpfeife niemanden."

Sie stand auf und ging in die Küche.

Samstag

Jump

Robin:

Der Diesel des Wohnmobils gab beim Anlassen ein knatterndes Geräusch von sich. Es gab ihm ein weniger wohliges Gefühl, wie es die Macht einer starken Maschine brachte, aber es war ein bestärkender Ton. Zuverlässig. Kraftvoll. Caro hatte darauf bestanden, seinen Kleinwagen in der Garage eines entfernten Bekannten unterzustellen, der nicht mit ihr in Verbindung gebracht werden konnte.

„Den Camper brauche ich gerade nicht, nehmt ihn. Darin habt ihr genug Platz."

Seine Cousine war großartig. Noch mehr Dankbarkeit weckte der Schlüssel in der Hosentasche bei ihm. Er gehörte zu dem Ferienhaus ihres Vaters an der Ostsee in Mecklenburg-Vorpommern. Er versprach, dort in Ruhe nachzudenken. Endlich hatten sie ein Ziel.

Sie konnten das Haus bis zum Abend erreichen. Er verriet den Mädchen nicht, wo es hinging. Zwar stand das Häuschen nicht am Strand, aber man kam in wenigen Gehminuten ans Meer. Sie würden beeindruckt sein.

Er entschied sich für die Autobahn. Die Eindrücke, die die vorbeifliegenden Landschaften hinterließen, waren nicht mit denen des gemächlichen Reisetempos der letzten Tage vergleichbar. Er selbst musste sich auf den fließenden Verkehr konzentrieren. Am Straßenrand nahm er hin und wieder Wälder wahr. Es war noch immer warm, doch heute verdeckten Wolken das Sonnenlicht. Die sommerlichen Farben um sie herum entwickelten weniger Strahlkraft. Es war der ideale Tag, um ihn im Auto zu verbringen.

84

Die CDs hatte er ins Handschuhfach gelegt. Nachdem Benita seine Sammlung missbilligte, lief das Radio. Sie hörten noch immer keine Meldung über die Suche nach ihnen. Hier war Erlen definitiv zu weit entfernt, als dass sie eine Nachrichtenmeldung wert waren, vermutete Robin.

Caro hatte ein Verpflegungspaket mit belegten Stullen eingepackt, außerdem gab es eine Flasche Cola für ihn und drei Mal Wasser für die heiklen Damen.

„Nun willst du auf einmal schnell vorwärtskommen", stellte Benita in ihrer wissenden Art fest. Trotzdem fragte er:

„Wieso denkst du das?"

Es war Enissa, die auf einem Sitz im Wohnraum des Wagens saß, antwortete.

„Bisher hast du nie von uns verlangt, während der Fahrt zu essen."

Benita grinste ihn frech an. Sie hätte ihm sicher noch mehr Gründe nennen können. Die Frau war unheimlich. Definitiv.

„Lasst euch überraschen", knurrte er unwillig.

Es gelang ihm. Aufmerksam sahen sie sich um, als er die Autobahn verließ und auf einer Nebenstraße in die tiefstehende Sonne fuhren. Hier war die Wolkendecke vom Wind in Fetzen gerissen worden. Neben ihnen blühte ein Feld voller Sonnenblumen, das gab ihm noch mehr unbeschwerte Sommergefühle. Dann kam er zum Ortsschild und bog zweimal ab, ehe er die Straße hinabfuhr, an deren Ende das Haus lag.

Die Frauen bekamen große Augen, als er die Haustür öffnete. Enissa lief quietschend durch die beiden Schlafzimmer, das Wohnzimmer und die Küche.

„Ich kann das Meer riechen!", jauchzte sie.

„Wir gehen gleich hin", schlug er vor. Auch Benita lächelte anerkennend.

„Was ist das für ein Haus?"

Rob dachte einen Moment nach, um die Informationen in seinem Kopf zu sortieren.

„Früher wohnte Opas Bruder hier, also mein ... Großonkel. Vor der Wende durfte ich zwei Mal mit der Familie hier Urlaub machen. Er starb 1991. Seitdem gehört es Opa, weil der Mann keine Kinder hatte. Caros Eltern kümmern sich darum. Sie haben es renoviert und vermieten es an Touristen, nutzen es aber auch selbst. Sie haben mich oft mit hierher genommen, wenn ich Ferien hatte. Caro erzählte, es hätte jemand abgesagt. Zuletzt waren ihre Eltern da und jetzt haben sie gerade eine Lücke für drei Wochen."

Rob mochte Benitas Lächeln. Obwohl sie bei ihm dieses unheimliche Gefühl hinterließ, sah er sie gerne an, wenn sie es nicht bemerkte. Das war allerdings unmöglich. Es gelang ihm immer nur für wenige Sekunden, dann wandte sie sich ihm mit fragendem Gesichtsausdruck zu. Oder mit diesem wissenden Blick, als wäre ihr klar, er mochte ihren Anblick. Vielleicht war das der Fall.

Der Strand war am Abend leer. Sie zogen alle drei ihre Schuhe aus und gingen so weit ins Wasser, wie es ihre Hosen zuließen. Die Frauen kreischten ausgelassen.

„Wir sollten günstige Badeanzüge kaufen", stellte Enissa fest.

„Morgen suchen wir welche. Ich zahle", kam es gutgelaunt von Benita.

„Bekomme ich auch eine Badehose?"

Sie schenkte ihm ein hintergründiges Lächeln. „Wenn du willst."

Als wüsste sie, dass er lieber darauf verzichten würde.

Sie gingen ein paar Meter am Strand entlang. Die Tageshitze hatte nachgelassen, oder vielleicht war sie hier auch nie so stark gewesen. Rob erinnerte sich, wie am Meer stets eine Brise geweht hatte. Als ihm danach war, sich Sand durch die Finger rieseln zu lassen, setze er sich mitten hinein. Die Damen folgten. Gemeinsam sahen sie zu, wie die Wellen der Flut sich immer tiefer ins Land fraßen.

Da kam eine Gruppe Jungs an den Strand, die in Partystimmung war. Sie öffneten die Heckklappe ihres Kombis und beschallten die Umgebung mit lauter Musik.

Benita kräuselte missfällig die Lippen. „Lasst uns gehen. Ballermann-Hits sind nicht meine Welt."

„Ist doch lustig", murrte Rob. Was war sie nur immer so verspannt?

„Lasst uns unsere eigene Party feiern", schlug Enissa vor. „Im Haus würde es die Nachbarn stören, aber was die da machen, können wir auch. Es gibt sicher einen Ort, an dem wir für uns sind, und Benita sucht die Musik aus."

Benita:

Der Vorschlag Enissas hatte was. Sie waren an eine Stelle gefahren, an der ein Wald dafür sorgte, dass die Touristen nicht weitergingen. Die Straße endete nahe am Sand. Rob kannte den Platz von früher. Der Wind hatte die Wolken weggepustet, die Sonne würde bald untergehen. Sie setzten sich mit Blick auf das Wasser auf eine Düne und betrachteten das Naturschauspiel. Es wehte eine angenehme Brise, das Meer rauschte, die Lichtspiele auf der Oberfläche reichten von warmem Gold zu feurigem Orange bis hin zu leuchtendem Purpur. Benita genoss die Ruhe um sich herum und in ihrem Geist. Enissa und Robin waren so hingerissen von den Farben, dass keine Gefühle außer Bewunderung von ihnen ausstrahlten.

„Und nun, Party?", fragte Rob eifrig. Seit ihrer Ankunft am Meer strahlte er gute Laune aus und schien seine Sorgen losgeworden zu sein. So war er ganz niedlich. Wahrscheinlich war das der eigentliche Robin, der nicht von Geldsorgen geplagt wurde.

Benita sah sich die spärliche CD-Auswahl nochmals an. Sie war nach wie vor nicht beeindruckt. Die 80er-Mania schien ihr noch am besten geeignet, und so wurde die Welt wenig später vom Klangteppich eines Synthesizers bedeckt.

Rob lachte, streckte beide Hände aus und winkte die Frauen zu sich auf eine freie Sandebene. Mit übertrieben komischen Zuckungen wollte er sie zum Mitmachen animieren.

Benita ließ sich darauf ein, und bald fiel auch Enissa in ihre comicartige Choreographie ein. Das Gezappel tat gut! Ihre Bewegungen wurden immer ausschweifender. Sie steckten sich mit ihrem Lachen gegenseitig an.

Am Ende des ersten Songs japsten sie erschöpft und glücklich nach Luft. Die folgenden Töne versetzten Benita in Erstaunen. Gute, laute Rockmusik! Sie hatte die Titelliste nur überflogen. Dass Van Halen das zweite Stück beigesteuert hatte, war ihr entgangen. Großartig!

Benita ließ ihren Geist völlig von dem treibenden Beat des Schlagzeugs und der rauen, wilden Stimme füllen. All die Emotionen, die ihre Seele verkleisterten, wurde verdrängt. Als Eddie Van Halen gutgelaunt erklärte, wieso er sprang, hielt sie nicht an sich und hüpfte ausgelassen in die Luft. Der Schweiß rann ihr den Rücken hinab, doch es tat gut, die Anspannung, die diese seltsamen letzten Tage in ihr angestaut hatten, in Energie umzusetzen.

Als das Gitarrensolo erklang, warf sie ihren Kopf in den Nacken und schüttelte ihren Bob, dass die Haare flogen. Enissa und Robin betrachteten sie fasziniert. Nachdem die laute Musik alle Wahrnehmungen in Benitas Gehirn verdrängte, musste sie hinsehen, um zu erkennen, wie die beiden von ihrem Enthusiasmus angesteckt wurden.

Im nächsten Chorus sprangen sie gemeinsam.

Es war fast Mitternacht, als sie ins Ferienhaus zurückkamen.

„Ich bin müde. Kommst du mit ins Bett?", murmelte Enissa. Sie und Benita teilten sich ein Doppelbett. Rob schlief auf einer Ausziehcouch im zweiten Schlafzimmer, das vermutlich für Kinder gedacht war.

„Oder magst du was mit mir trinken?", schlug Rob vor. „In der Vorratskammer sind sowohl Wein als auch Bier."

Benita war noch immer so voller Energie, dass sie sich nicht vorstellen konnte, schon schlafen zu gehen, und sagte es Enissa. Das junge Mädchen blieb jedoch dabei und verschwand ins Badezimmer, um Zähne zu putzen.

„Wein oder Bier?", rief Rob aus der kleinen Kammer hinter der Küche.

„Wein!"

„Weiß oder Rot?"

„Rot!"

Er kam zurück, stellte ein rustikales Weinglas vor sie und legte eine Packung Chips daneben.

„Sag mal, darfst du dich einfach bedienen?"

Rob grinste. „Mein Onkel hat nichts gegen diesen Raub. Ich war nach der Wende als Junge oft wochenlang mit ihm und seiner Familie hier in dem Haus. Die mögen mich alle. Damals lernte ich Caro so gut kennen, bevor sie Mutter wurde. Ich glaube, es gefiel ihr sogar, auf mich aufzupassen. Ihr Bruder war da schon so alt, dass er nicht mehr mit in den Familienurlaub kam. Und die zahlenden Urlaubsgäste nehmen sicher auch von den Sachen, das wird ja sonst schlecht."

„Das waren schöne Zeiten für dich", stellte Benita fest. Seine melancholische Glückseligkeit, ihre ausgepowerte, zufriedene Leere und das Glas Wein ließen die Sehnsucht nach Nähe in ihr aufsteigen. Sie rückte zu Rob.

Er sah sie erstaunt an. Dass er sich freute, sah sie zwar nicht, nahm es aber wahr. Sie saßen nebeneinander auf der kleinen Couch des Wohnraums. Vertraulich legte er einen Arm auf die Rückenlehne. Die Hand landete wie zufällig auf Benitas Schulter.

Sie sah ihn an. Die Augen wirkten warm, obwohl sie eine kalte Farbe zwischen blau und grau hatten. Seine Lippen waren wie zum Lachen geschaffen. Fasziniert ließ sie ihren Blick die Konturen entlangwandern.

Da erhob er die freie Hand und strich ihr über ihre Unterlippe. Begehren. Ein heißes, mächtiges Gefühl. Benita schloss die Augen und hob ihr Kinn.

Robs Lippen auf ihren, sanft und willkommen. Seine Zunge, die sich vorsichtig einen Weg in ihren Mund suchte. Rob war ein guter Küsser, bemerkte Benita erstaunt. Doch etwas fühlte sich falsch an. Sie schob ihn mit der flachen Hand von sich.

„Nein … das passt nicht."

Rob zog sich zurück und schenkte ihr einen wehmütigen Dackelblick.

„Sicher?"

„Nein", gab sie zu. Sein Begehren überwältigte sie, entfachte ihr eigenes. Sie legte ihre Finger um seinen

90

Nacken und zog ihn an sich. Ihre andere Hand glitt unter das Shirt über Robs Bauch. Nicht muskulös, aber flach. Sie ertastete den Rippenbogen.

Als er ihren Rücken streichelte, fühlte sich nichts mehr falsch an.

Sonntag

Sex und Stachelbeerkuchen

Enissa:

Sich räkelnd stellte sie fest, sie hatte geschlafen wie ein Stein. Die Ruhe heute Nacht hatte ihr gutgetan.

Ruhe?

Sie drehte sich um. Neben ihr schien niemand zu liegen. Sicherheitshalber tastete sie das Bett ab. Tatsächlich, ihre Augen täuschten sie nicht. Das Laken war kühl. War Benita schon aufgestanden?

Unschlüssig betrachtete sie das Kissen. Es wirkte unberührt. Wo war die Freundin?

Enissa schlüpfte in ihre Kleidung und hastete in den Wohnraum. Niemand da. Aus Robs Zimmer klang Schnarchen. Zumindest darüber, wo er sich befand, musste sie sich keine Gedanken machen.

War Benita eine Joggerin und schon am frühen Morgen losgelaufen? Sie hatten nie über Sport gesprochen. Überhaupt wussten sie so wenig Alltägliches voneinander. Trotzdem hatte Enissa das Gefühl, die beiden besser zu kennen als viele ihrer Kolleginnen, mit denen sie unzählige belanglose Gespräche geführt hatte.

Und doch hatte sie nun keine Ahnung, wo Benita steckte.

Um sich abzulenken, ging sie in die Küche und warf die Kaffeemaschine an.

„Du setzt die richtigen Prioritäten."

Benita! Ihre Stimme war belegt. Sie räusperte sich. Enissa drehte sich zu ihr um. Die roten Haare waren zerzaust, sie trug keine Sportkleidung, sondern die von gestern. Natürlich, woher sollte sie Laufhosen und -shirt haben, das zählte noch nicht als Hinweis. Dass sie im Slip vor ihr stand, schon eher. Sie sah aus, als käme sie gerade aus dem Bett. Aus welchem?

Wenn nicht aus dem, das sie mit Enissa teilen wollte und auch nicht von der Couch im Wohnbereich, blieb nur eine Möglichkeit.

Enissa starrte sie mit offenem Mund an.

Sie verurteilte Benita nicht. In ihrer eigenen Unerfahrenheit fiel es ihr schwer zu begreifen, was Menschen dazu bewegte, miteinander intim zu werden. War Robin ein Kerl, auf den sich eine Frau einlassen wollte? Er sah auf seine Art gut aus. An ihrem Arbeitsplatz war sie von sehr gepflegten Männern umgeben, die auf ihr Äußeres achteten. Dazu gehörte Rob mit Pferdeschwanz und Latzhosen definitiv nicht. Die Augen mochte sie allerdings, den Mund zu betrachten ließ sie lächeln. Er war jemand, mit dem sie gerne Zeit verbrachte. Aber sich berühren zu lassen, an Stellen, die höchstprivat waren? Körperteile zu fühlen, die sie sich nicht einmal wirklich vorstellen wollte, mit ihren Händen oder etwas anderem? Es war, als ob der nette, lustige, harmlose Kerl sich in ihrem Geist veränderte. Zu was eigentlich?

Benita und Robin? Ihre Reisegefährtin war offensichtlich kein schwerer Stein im Wind.

Die Augenlider unter den wirren Haaren begannen zu flattern.

„Manchmal braucht man einfach Nähe", antwortete sie, als wüsste sie, was in ihrem Kopf vorging. Schon wieder. Kannten sie sich so gut oder war mehr dahinter, als sie sich vorstellen konnte? Benita drehte ihre Handflächen in einer hilflosen Geste nach oben.

„Wir sind uns doch nah."

Das klang wie ein nörgeliges kleines Kind, war Enissa bewusst. Sie fühlte sich auf einmal ausgeschlossen und einsam. Keine Benita-Enissa-Rob-Einheit, sondern eine Benita-Rob-Einheit und Enissa daneben. Bisher war da dieses „Wir gegen den Rest der Welt"-Gefühl gewesen. Nun war sie alleine, weit weg von Familie und Kollegen. Sie hatte gedacht, sie wären so etwas wie Freunde. Nun befürchtete sie, die störende Dritte zu sein.

Der Rotschopf trat zu ihr und legte die Arme um sie.

„Das ändert nichts zwischen uns."

„Das ändert alles."

„Nein", erwiderte Benita bestimmt. Sie nahm ihre Kaffeetassen, stellte sie auf den Esstisch und zog Enissa neben sich auf die Couch.

„Wir drei, das ist eine emotionale Sache. Zwischen Rob und mir ist körperlich etwas geschehen. Das sind andere Ebenen. Das willst du gar nicht."

Wirkte sie auf Benita wie ein kleines Mädchen?

Genau das war sie, jedenfalls auf diesem Gebiet.

Sie war die gute Tochter, die so etwas nicht tat. Agir tasi rüzgar kaldirmaz. Sie ließ sich nicht vom Wind umwerfen.

Benita war eine gute Person. Sie tat es trotzdem.

Ihre Freundin kniff die Augen zusammen und presste die Hände an die Schläfen.

„Du bist verwirrt. Es tut mir leid, dass ich dich durcheinandergebracht habe. Enissa, es ist völlig okay, wie du bist. Körperliche Dinge sind nicht so wichtig, wie die meisten Menschen tun. Sie können einen sehr aufwühlen, aber wenn alles richtig läuft, sind andere Gefühle von größerer Bedeutung."

Enissa ließ den Kopf hängen.

„Da kann ich nicht mitreden."

„Ich weiß."

Robin:

Ein Lächeln lag auf seinen Lippen, als er erwachte. Das war bei ihm eigentlich normal, so war er. Nur im letzten halben Jahr nicht mehr.

Benita und Enissa taten ihm gut. Was für ein Glück, dass er sie kennengelernt hatte. So ein Pech, dass es bei diesem dummen Ereignis war. Darüber wollte er nicht nachdenken. Noch nicht. Er hatte es Caro versprochen, aber nicht gesagt, er würde sich sofort damit herumschlagen.

Lieber erinnerte er sich an die letzte Nacht. Er war verwundert, dass Benita mitgemacht hatte. Sie schien so gar nicht seine Kragenweite zu sein. Bisher hatte er die Befürchtung gehabt, sie sah ein bisschen auf ihn herab.

Dann war sie gestern mit ihm im Bett gewesen, oder auf der Couch. Zum Glück war das Ding stabil.

Ihre Brüste hatten ihn angemacht. Sarahs waren allerdings größer. An sie wollte er nicht denken. Er sollte sie anrufen, aber praktischerweise hatte er noch andere gute Gründe, sein Handy ausgeschaltet zu lassen. Bisher hatte er gedacht, ihm gefielen üppige Busen. Benitas erinnerten ihn an kleine Tropfen mit rosaroten Höfen und Nippeln. Als sie auf ihm saß und in Aktion war, wippten sie, bis er eine mit den Lippen einfing, daran saugte und ihre Warze prall wurde. Es hatte Benita gefallen.

Lag die Härte zwischen seinen Beinen am frühen Morgen oder an den Erinnerungen? Er hatte nicht aufgepasst, ob sie schon da gewesen war, als er aufwachte. Normalerweise konnte er so etwas nicht übersehen. Normal war aber inzwischen gar nichts mehr. Nun fühlte er die Erregung und war sich unsicher.

Er schlüpfte in seine Boxershorts, ein frisches Shirt und schlich sich unbemerkt am Rand des Wohnzimmers entlang ins Badezimmer. Wie gut, dass es frei war.

Die Frauen saßen zusammen am Esstisch und tranken Kaffee. Robin verzichtete auf seine Hosen. Es war warm, Boxershorts waren anständig genug, und vor wem wollte er sich verstecken? Benita wohl kaum. Enissa war ein harmloses Mädchen.

Die Kleine wurde rot, als er sich neben seine nächtliche Geliebte setzte. Verlegen sah sie zur Seite. Richtig. Verklemmt war sie außerdem.

Er gab Benita einen Kuss auf die Wange. Das gehörte sich so nach einer gemeinsamen Nacht, fand er. Und er wollte es. Vermutlich wusste Enissa Bescheid. Frauen quatschten über ihre Kerle.

Das Leben war schön.

„Was gibt's zum Frühstück?"

Benita lachte, Enissa sah ihn wieder an. Sie wirkte erleichtert über das unverfängliche Gesprächsthema.

„Gekauft haben wir nichts. Im Schrank deines Onkels gibt es eine verschlossene Packung Müsli. Wir haben aber keine Milch."

Das Problem ließ sich lösen.

„Das geht auch mit Kaffee und viel Dosenmilch, das habe ich schon einmal getestet. Für den ersten Hunger ist das mal okay. Danach gehen wir in ein Bauernhofcafé, das nicht weit weg ist. Da können wir zu Fuß hin. Es ist ohne Meerblick, dafür ist der Kuchen billiger und viel besser." Er lächelte in der Erinnerung.

„Ich glaube, ich brauche kein Müsli, bis wir dort sind.

Wenn es ein Bauernhof ist, verkaufen sie vielleicht auch am Sonntag so was wie Brot, Milch, Eier und Butter", erwiderte Enissa.

„Ja, Chefin!" Robin salutierte. Sie sah ihn erstaunt an, dann lächelte sie fröhlich. Von Benita erhielt er einen wohlwollenden Blick. Irgendwas musste er richtig gemacht haben. Gerade eben oder heute Nacht?

„Ich verzichte auch auf das Kaffee-Müsli. Iss du nur, wir sehen zu, dass wir schnell fertig werden."

Frisch geduscht machten sie sich auf den Weg zum Bauernhof. Benita war nicht so anschmiegsam, wie er erwartete. Sie ignorierte die Hand, die er ihr hinhielt. War sie nun wieder zickig? Aber ihre Blicke und ihr Tonfall blieben freundlich.

Hatte sie ihn nur für Sex benutzt?

Geil. Das wollte er schon immer mal erleben. Ob sie es wiederholen würde? Sie durfte ihn so oft benutzen, wie es ihr gefiel. Vielleicht sollte er ihr das sagen?

Auf dem Weg ins Café unterhielt er die Frauen mit seinen Kindheitsanekdoten aus den Urlauben. Sie lachten viel, was ihn bestärkte.

„Der Stachelbeerkuchen ist ein Traum!", schwärmte er, als er die Auswahl der Kuchen sah. Er sah aus wie in seiner Kindheit. Wahrscheinlich backte ihn noch immer die Oma der Kellnerin. Benita schloss sich ihm an, Enissa wählte Apfelkuchen. Er konnte der Versuchung nicht widerstehen und trank frische Milch dazu, wie er es als Kind getan hatte. Das Geschmackserlebnis versetzte ihn zurück in unbeschwerte Zeiten. Damals war es nicht ständig um Geld gegangen. Keiner hatte viel davon gehabt. Selbst wenn, was hätte man kaufen sollen? Das Leben erschien ihm sorgenfrei. Alles war einfach und geregelt gewesen.

Fürs Abendessen gab es einige Lebensmittel im Hofladen des Bauernhofs, wie Enissa gemutmaßt hatte. Um über den Tag zu kommen, bediente sich Rob an einem Apfelbaum. In einer Strandbude fanden sie tatsächlich bezahlbare Badekleidung. Handtücher holten sie aus dem Ferienhaus und verbrachten einen Tag am Meer, als wären sie Freunde im Urlaub.

Vielleicht waren sie das irgendwie.

Müde und erschöpft von Sonne und Wasser fielen sie danach im Ferienhaus über ihre Vorräte her. Im Wohnraum stand ein Fernseher, in dem Enissa einen Krimi einschaltete. Es ging um einen Serienmörder. Die Kleine fuhr auf so etwas ab, er fand es entsetzlich, wollte es aber nicht zeigen. Benita schien gar nicht richtig hinzusehen. Er rückte an sie heran und tat so, als beschützte er sie vor dem Irren auf dem Bildschirm, sie ließ es zu.

Die Nacht verbrachte sie in seinem Zimmer.

Beim Einschlafen fragte er sich, wann er sich zuletzt so gut gefühlt hatte.

Montag

Ein neuer Mitspieler

Steffen:

Der Wecker klingelte, wie ätzend! Steffen Mohr drehte sich um und zog das Kissen über den Kopf. Auf seinem Rücken fühlte er ein Gewicht. Kira! Die Katze war auf ihn gesprungen und trat ihn abwechselnd mit der linken und rechten Tatze auf die Schulterblätter. Durch das Shirt, das er zum Schlafen trug, waren ihre Krallen zu spüren, doch das kluge Tier gab sich Mühe, ihn nicht zu verletzen. Dazu schnurrte sie wie ein kleiner Motor. Das war ihre Art ihm zu sagen, dass es Zeit fürs Frühstück war. Sie würde danach gemütlich weiterschlafen.

Kira war eigentlich die Katze seiner Exfreundin. Sie waren übereingekommen, dass sie weiterhin bei Steffen wohnen durfte. Auch wenn er es nicht zugeben wollte, war das eines der besten Dinge, die von der Beziehung übrig geblieben waren.

Wobei das so negativ klang. Grinsend dachte er an den Dialog am zehnten Jubiläum zwischen Lea und ihm zurück. Der fühlte sich noch immer irgendwie skurril an, weil er völlig unerwartet kam. Sein Unterbewusstsein dagegen hatte ihn wohl erwartet.

„Auf zehn schöne Jahre!", hatte sie als Trinkspruch gewählt und in dem schicken Restaurant das Weinglas gehoben. Sie hatten es speziell für diesen besonderen Tag ausgesucht.

„Mögen noch viele folgen!", war seine Antwort gewesen. Es schien ihm dem Anlass zu entsprechen.

Sie hatte erst nichts geantwortet, dann aber gesagt:

„Denkst du das wirklich?"

Sie waren immer ehrlich zueinander gewesen. Und so hatte er lange nachgedacht, ehe er antwortete.

„Eigentlich nicht."

Das Gespräch, das folgte, war das Beste seit Jahren. Sie redeten, tauschten nicht nur Informationen aus.

„Gibt es etwas, das du bedauerst?", hatte er zum Beispiel gefragt. Er war neugierig gewesen, nicht verletzt, was ihn noch immer verwunderte.

„Nicht, dass wir zusammen waren. Es war eine gute Zeit. Was mir leid tut ist, dass ich nie mit meiner besten Freundin zusammengewohnt habe. Eine Frauen-WG, das vermisse ich im Leben."

„Ich will nicht, dass du etwas vermisst."

Sechs Wochen später gründete Lea mit seiner Hilfe ihre Traum-WG. Kira blieb bei ihm in der Erdgeschosswohnung mit Garten.

Er schrak zusammen und stemmte sich aus dem Bett. Was war in ihn gefahren? Am ersten Tag nach dem Urlaub war keine Zeit für wehmütige Erinnerungen. Eine schnelle Dusche, dann Bart und die kurzen Haare trocken rubbeln. Zum Glück brauchte weder das eine noch das andere allzu großes Styling. Eine gewisse Eitelkeit konnte er kaum verleugnen, aber die Zeitersparnis war wichtiger. Deshalb hatte er einen guten Haarschnitt, der ihm eine solche Behandlung verzieh und dabei gewollt unordentlich wirkte. Gerade noch in dem Rahmen, in dem seine Vorgesetzten ihn nicht kritisierten.

Das Sonnenlicht fiel durch das Badezimmerfenster. Ein Tageslichtbad, ein Grund, hier wohnen zu bleiben, obwohl die Wohnung außerhalb Erlens in einem kleinen Dorf lag. Aber was war schon das Partyleben der City gegen die ruhigen Abende auf der Terrasse zusammen mit Kira?

Es war ein Wetterumschwung für Süddeutschland vorhergesagt worden, doch noch ließ das Licht alle Farben leuchten. Dabei fiel Steffens eigentümliche Haarfarbe auf. Im Kunstlicht war es ein gewöhnliches Braun, Lea hatte es als dunkelaschblond bezeichnet. Die Sonne sorgte dafür, dass es in ganz unterschiedlichen Tönen reflektierte, schlammfarben, gold und rot. Im kurzen Bart war es vor allem rot. Noch gab es kein Silber darunter, aber wahrscheinlich würde sich das in den nächsten Jahren ändern. Sein Vater war vor seinem vierzigsten Geburtstag ergraut. Steffen mochte die Farbenvielfalt, denn er wusste, das war ein Hingucker. Obwohl er zufrieden war ohne Frau im Leben, gefiel es ihm, wenn sie ihn wahrnahmen und ihm Aufmerksamkeit schenkten. Irgendwann würde eine dabei sein, die er kennenlernen wollte. Solange bleiben Kira und er ein gutes Zweier-Team. Er trank einen Kaffee in Unterwäsche, dann schlüpfte er in die unauffällige, gepflegte Kleidung, die er im Dienst trug.

Polizeihauptkommissar Steffen Mohr ging im Anschluss an die Besprechung mit dem Chef gedankenverloren zurück zum Schreibtisch. Er hatte sich auf einen ruhigen Arbeitsbeginn gefreut, einen sanften Einstieg in den Alltag nach dem Urlaub in Portugal mit seiner Schwester und den Kindern. Im Briefing war ihm gerade vermittelt worden, dass er wegen der Abwesenheit den weniger brisanten Fall zu bearbeiten bekam. Die anderen steckten über beide Ohren in einer üblen Sache. Noch besser hätte es ihm gefallen, einfach nur ein bisschen Papierkram zu erledigen. Die Welt war verkommen, wenn eine Geiselnahme mit geringer Priorität eingestuft wurde.

Aber er konnte es nachvollziehen.

Polizeikommissar Bastian Decker, ein junger Kollege, verstärkte ihn. Decker war ein Leichtgewicht, wenig erfahren, frisch vom Studium. Es wäre nicht seine Wahl gewesen. Der Neuling schien ihn zu bewundern, himmelte ihn regelrecht an. Das war schmeichelhaft, eine tatkräftige Unterstützung hätte er eher von bewährten Kollegen erwarten können. Doch die durften am prestigeträchtigen Fall arbeiten. Steffen würde Entscheidungen im Wesentlichen alleine treffen müssen, mit allen Vor- und Nachteilen.

Weniger brisant mochte dieses Vorkommen tatsächlich sein und deshalb auch mit einer geringeren Mannstärke versehen. Es war seltsam, unverständlich. So etwas war oft schwierig aufzuklären. Verrückte Welt. Irrsinnig und verkommen. Er vertiefte sich noch einmal in die Berichte seiner Kollegen, die sich nun alle um das entführte Kind kümmerten.

Ein Mann tauchte mit gezückter Waffe in einer Bankfiliale auf, machte Beute, nahm zwei Personen als Geiseln und flüchtete. So weit, so klar. Er las die Berichte zum bisherigen Ermittlungsstand durch.

Zwar hatte der Mann einen Beutel voll Geld mit lächerlich kleinem Wert mitgenommen, doch der Bank fehlte nichts. Stattdessen lag eine Auszahlungsbuchung über den Hartgeldbestand vom Konto der Auszubildenden vor, die mit ihm die Geschäftsstelle verlassen hatte.

Hatte der Mann sie dazu gezwungen? Das ergab keinen Sinn, denn 179,70 Euro von einer achtzehnjährigen jungen Frau zu erpressen und die nach Erfolg zu entführen, war noch durchgeknallter, als es Kriminelle sonst häufig waren. Steffen dachte sich, dass die Geschichte das Potenzial hatte, sie irgendwann seinen Enkeln zu erzählen. Dafür sollte er aber herausfinden, was wirklich dahinter steckte. Und vielleicht darüber hinaus erst einmal die Mutter der potenziellen Nachkommen finden, die ihm noch fehlte.

War die junge Frau denn eine Geisel? Oder war sie mit ihm auf der Flucht vor ihrem Leben? Wieso waren sie dann zu dritt? Bisher konnte keine Verbindung zwischen den Dreien festgestellt werden.

Am nächsten Tag war das Mädchen in Nürnberg beim Shopping gesehen worden. Dabei war niemandem ein Mann aufgefallen, der sie in irgendeiner Weise bedroht hatte.

Stattdessen war sie in einer entspannten Kaffeerunde mit dem Bankräuber und der zweiten vermeintlichen Geisel gesehen worden. Die Angestellte der Bäckerei hatte gute Beobachtungen gemacht. Sie erklärte es damit, dass sie sich gefragt hatte, ob eine der beiden Frauen die Freundin des Mannes sei, und wenn ja, welche. Sie konnte sich keinen Reim darauf machen und entschied, dass es drei Freunde auf einem Ausflug waren.

Die zweite Geisel trug nicht dazu bei, Licht in die Sache zu bringen. Benita Kirschs finanzielle Situation gab ihr ein Motiv, Komplizin bei dem Raub zu sein. Sie könnte zusätzliches Geld gerade sehr gut brauchen. Das Überwachungsvideo der Bank zeigte ein anderes Bild. Vielleicht war sie eine gute Schauspielerin. Ihre Charakterisierung stellte sie als intelligente Frau dar, nur die Kündigung vor ein paar Wochen war nicht erklärbar. Wer weiß, was unter den Kollegen vorgefallen war, das man der Polizei nicht verriet. Oder sie hatte einfach die Nase voll von dem Job gehabt. Hier nachzuforschen erschien im Moment aber wenig lohnenswert. Zuerst musste er sich auf die Bank konzentrieren. Es war unwahrscheinlich, dass Benita Kirsch bei dem Versuch, sie zu überfallen, entgangen wäre, dass die Mitarbeiter keinen Zugriff auf die Bargeldbestände hatten.

Außerdem war da noch dieses Telefonat mit Franziska Wagner wegen der Schildkröte. Sie hatte ihrer Freundin versichert, alles sei in Ordnung. Wenn ich entführt werde, gilt meine Hauptsorge dann dem Haustier? Dass Menschen in Katzen, Hunde oder Pferde geradezu vernarrt waren, kannte er, besonders bei Ersteren konnte er es verstehen. Aber Schildkröten? Immer mal wieder etwas Neues, dachte er kopfschüttelnd.

Wäre sie eine Komplizin des Räubers, hätte sie nicht eher vorgesorgt, statt auf der Flucht eine Freundin mit der Versorgung des Tiers zu beauftragen?

War ihre angespannte finanzielle Situation ein Hinweis auf das geplante Verbrechen? Warum hatte sie Monate vorweg eine Kündigung ausgesprochen? Um ihre Spur zu verschleiern, möglicherweise … die Puzzleteile passten nicht zusammen. Steffen Mohr war stolz darauf, dass es ihm normalerweise schnell gelang, das große Bild zu erkennen. Hier jedoch schaffte er es einfach nicht. Er knirschte frustriert mit den Zähnen. Eine ärgerliche, schlechte Angewohnheit!

Deshalb sollte er sich wirklich nicht zu sehr mit Benita Kirsch beschäftigen. Er hatte die Fotos schon viel zu lange betrachtet. Die Frau gefiel ihm. Er wüsste zu gern, was für ein Mensch sie war. Aber das war die falsche Motivation, um sich in die Materie zu knien. Das konnte zu einer lästigen Ablenkung werden.

Beim Täter war es einfacher. Robin Römer, vierunddreißig Jahre alt, Verkäufer im

Elektronikfachhandel, war in kurzer Zeit von Mitarbeitern einer anderen Filiale der Bank erkannt worden. Er war dort Kunde mit einem beachtlichen Kreditengagement.

Der Fall wurde „Hood" genannt, nach Robin Hood. Die Familie des Täters stammte aus Thüringen, keine Verwandten in Erlen, die Schwestern wohnten in München, dem Ruhrgebiet und in Eisenach. Hier in der Stadt hielt er sich seit knapp zehn Jahren auf, davor lebte er eine Weile in Augsburg. Seine Lebenspartnerin, Sarah Hopfensitz, die keine Kenntnisse zur Tat zu haben schien, sprach offen über finanzielle Probleme. Recherchen der Kollegen hatten schnell Frau Hopfensitz als Kostenfaktor in Robin Römers Leben belegt. In den Verhören, die sie durchlaufen hatte, zeigte sie keine Loyalität ihm gegenüber. Fast konnte Steffen Mohr Mitgefühl für den Kerl entwickeln.

Seine Familie dagegen hegte offensichtlich eine hohe Zuneigung zu ihm, sowohl die Eltern als auch die drei älteren Schwestern. Die dortigen Kollegen hatten Gespräche geführt. Die Ermittlungen ergaben noch keine Hinweise darauf, dass sie etwas über den Verbleib des Mannes wussten. Er schien wenig Kontakt zu seiner Familie zu halten. Das wunderte Steffen. Sie würden ihm wahrscheinlich alles geben, was sie konnten. Er aber blieb bei einer Frau, die nichts wollte, als zu nehmen.

Die Bewegungsdaten der Verkehrsüberwachung deuteten darauf hin, dass er zu seinen Eltern fuhr. Zwei Kollegen warteten dort auf ihn.

Schlau kam dieser Römer Steffen nicht vor. Aber wo die Liebe hinfiel, herrschte nicht immer der Verstand. Und vielleicht kam es Sarah Hopfensitz nicht darauf an, dass der Mann klug war.

Gangster waren häufig nicht die Schlauesten. Wer

raubte heutzutage schon ganz klassisch eine Bank aus? Das war wirklich nicht mehr vorne in der Rangreihe der erfolgreichsten Verbrechen. Es gab weitaus lukrativere Betätigungsfelder für einen einigermaßen gebildeten und ehrgeizigen Kriminellen.

Dieser dagegen schien ungeplant gehandelt zu haben. Dazu die irrationalen Reaktionen der Geiseln. Er musste sich nochmal mit dem Stockholm-Syndrom auseinandersetzen, aber dafür schlugen sich die beiden zu schnell auf Römers Seite. Als hätten sie ihn bereits gekannt. Nichts wies jedoch darauf hin.

Steffen schnappte sich Bastian Decker und sah sich mit ihm in Ruhe noch einmal das Video aus der Bank an. Weder Enissa Altinay noch Benita Kirsch schienen hysterisch. Ängstlich, ja, so dass man ihnen abkaufte, dass sie von dem Ereignis überrascht wurden. Ein seltsamer Fall …

Benita:

Sie erwachte neben Rob. Wieder fragte sie sich, wieso sie sich auf ihn eingelassen hatte. Der unbedarfte Mann passte so gar nicht zu ihr, die das Leben eher zu schwer als zu leicht nahm.

Er war ganz appetitlich, obwohl langhaarige Latzhosenträger mit Ohren, gepierct wie eine Perforationslinie, sonst nicht in ihr Beuteschema gehörten. Wenn er nicht gerade eine Bank überfallen wollte, war er freundlich und aufmerksam.

Vor allem tat die Arglosigkeit gut. Seine Gefühle waren so klar, so vorbehaltlos. Benita begriff, er war dabei, sich in sie zu verlieben. Irgendwann musste sie ihm klarmachen, dass sie keine Zukunft hatten. Falls er es nicht von alleine bemerkte.

Aber für den Moment wusste sie, dass sie entspannt und fröhlich war, solange sie mit ihm zusammen war. Sex mit Rob zu haben war erfrischend. Es machte Spaß. Er war ein rücksichtsvoller Liebhaber, der wollte, dass sie die Lust ebenso auskostete wie er. Seltsamerweise störte sie die Schnarcherei im Moment weniger als der Gedanke, seine Hand auf ihrer Hüfte zu vermissen.

Rob war ein Langschläfer. Vorsichtig glitt sie von der engen Couch. Eigentlich sollten sie Enissa fragen, ob sie das Doppelbett bekämen. Aber das Mädchen war schon gestresst genug davon, dass sie und Rob ein Paar geworden waren, da wollte sie sie darüber hinaus nicht auf das Sofa verbannen. Seltsam, dass Enissa in ihrer aufdringlichen Selbstlosigkeit es nicht angeboten hatte.

Die Freundin saß am Esstisch vor einer Tasse Kaffee. Ihre Augen gingen unruhig hin und her. Etwas war ihr unangenehm.

„Was ist los? Raus damit!"

Enissa erschrak. Sie reagierte nervös und verunsichert auf die Aufforderung.

„Wieso denkst du, dass etwas los ist?", fragte sie mit hoher Stimme.

Sollte Benita mit: „Ich weiß es" antworten? Nicht schon wieder, entschied sie.

„Du kannst mir kaum in die Augen sehen. Das hattest du bisher drauf: Blickkontakt, Lächeln, willkommen heißen. Etwas hat sich geändert. Das ist, seitdem ich bei Rob schlafe."

Sie war sich sicher, hätte sie „mit Rob schlafe" gesagt, würde sich das Mädchen weiter zurückziehen.

Enissa rutschte auf ihrem Stuhl hin und her. Benita ließ ihr Zeit. Es schien sie zu beruhigen, ihre schwarzen Haare zurückzustreichen, ehe sie das Wort ergriff.

„Wieso tust du das? Rob ist nicht gefährlich, er ist auch einfach so freundlich zu uns."

Der Satz ließ sie losprusten. Sie fühlte, dass Enissa die Frage völlig ernst meinte. Nicht zu fassen! Schließlich fing sie sich wieder. Sie wollte dem Mädchen nicht vermitteln, sie würde sie auslachen.

„Weil ich es gerne will. Ich mag Sex. Rob ist auch im Bett ein lieber, fürsorglicher Mann."

Enissa setzte sich zurück. Ihre Neugier erkannte Benita trotzdem und ging darauf ein.

„Ich lasse mich nicht auf jeden ein. So eine Frau bin ich nicht. Meine Partner sind sorgfältig ausgewählt. Normalerweise hätte ich ihn nicht beachtet, aber er hat die letzten Tage gezeigt, dass er jemand ist, dem man vertrauen kann. Okay, sofern man nicht gerade Bankier ist. Was ihn da geritten hat, ist mir schleierhaft."

Ein spontanes Kichern ließ sie zusammenrücken.

„Dabei weißt du sonst doch alles."

„Schön wäre es. Ich habe nur ein starkes Einfühlungsvermögen."

Enissa warf ihr einen skeptischen Blick zu, ließ die Aussage aber so stehen.

„Ich kann mir das so schlecht vorstellen."

Benita wusste, sie musste vorsichtig sein.

„Ist dir noch nie jemand begegnet, nach dessen Berührung du dich gesehnt hast? Von dessen Küssen du geträumt hast?"

Enissa schüttelte stumm den Kopf.

„Gab es überhaupt schon einmal jemanden ...?"

Wieder verneinte sie und sah auf ihre Hände.

Benita atmete tief durch. Sie selbst verlor ihre

Jungfräulichkeit mit vierzehn an einen Jungen, der es nicht verdient hatte. Aus heutiger Sicht hatte sich seine Lust auf sie übertragen. Unerfahren in ihren eigenen Empfindungen gab sie mehrfach nach. Zumindest in diesen Situationen beherrschte sie ihre Empathie heute bereits ein wenig besser.

Enissas Lage konnte sie kaum nachvollziehen. Sie streckte ihre Fühler aus, um ihre Emotionen zu erforschen.

Peinlichkeit, Neugier, das verstand Benita. Doch warum Scham? Gab es einen Grund, sich dafür zu schämen, keinen Sex zu haben?

„Wieso ist dir das unangenehm?"

„Was denken die Leute von mir? Ich spreche normalerweise nicht darüber, aber es gibt auch welche, die mitbekommen haben, wie das bei mir ist. Freundinnen oder aufmerksame Mitschüler. Deutsche, die nicht wissen, wie das ist. Das war in der Realschule noch kein großes Thema und jetzt geht jeder davon aus, ich hätte es schon gemacht. Damit ich meine Ruhe habe, tue ich so, als ob. Denn falls ich es mal zugebe, sagen sie, das ist doch nicht normal und fragen, ob das aus religiösen Gründen wäre. Wenn ich antworte, so bin ich halt erzogen, kriege ich mitleidige Blicke. Und alle sehen mich an, als ob sie überlegen, was mit mir nicht stimmt."

Das war überraschend. Enissa machte in anderen Bereichen einen so selbstbewussten Eindruck.

„Du weißt, dass alles mit dir in Ordnung ist?"

„Manchmal habe ich Zweifel."

Verletzlichkeit. Benita empfand ein Gefühl, das sie nicht benennen konnte. Seelenwundheit beschrieb es am besten. Spontan umarmte sie das Mädchen.

„Und ich dachte, es ist schlimm, als Schlampe

bezeichnet zu werden, weil andere entscheiden, eine Frau ist zu schnell bereit, mit einem Mann zu schlafen. Das ist wohl ein Thema, bei dem man es nie richtig machen kann."

Enissa erwiderte die Umarmung und nickte.

„Oder es ist nur im eigenen Kopf", ergänzte Benita. „Wenn du dir sagst, es ist okay, wie du bist, dann reicht das aus. Lass nicht andere deinen Wert bestimmen."

Ein tiefes Seufzen erklang. „Leicht gesagt. Am Ende geht es doch immer darum, wie sie dich sehen."

Mehr fiel Benita nicht ein. Es war Enissas Entscheidung, ob sie ihre Worte annahm.

Das Thema wurde abrupt beendet, als Rob schlaftrunken aus dem Schlafzimmer kam. Er wankte am Rand des Wohnraums entlang zum Badezimmer. Die Shorts hingen so tief, dass der Ansatz seines Hinterns zu sehen war. Auf Benitas Gesicht schlich sich ein frivoles Grinsen. Von Enissa fühlte sie erneut Peinlichkeit und Scham. Das Mädchen sah starr auf den Tisch vor sich.

„Ich rede mit ihm", versicherte ihr Benita. Sie erntete ein dankbares Lächeln.

„Du lieber Himmel, muss das echt sein?"

Rob schniefte verärgert, als Benita ihn bat, Enissa gegenüber auf seine Kleidung zu achten.

„Ja. Sie ist es nicht gewohnt, mit anderen Männern als ihrer Familie unter einem Dach zu wohnen. Und selbst die laufen wahrscheinlich vor ihr nicht in Unterwäsche herum."

„Und deshalb kann ich mich nicht mehr benehmen, als sei ich zu Hause?"

„Sie ist anders aufgewachsen als wir. Bitte versteh das doch!"

Das konnte er nicht, erkannte sie. In Robs Kindheit

hatte es keine türkischen Gastarbeiterkinder auf der Schulbank neben ihm gegeben.

„Mir zuliebe", flötete sie. Eigentlich mochte sie ein so manipulatives Vorgehen nicht. Doch es wirkte.

„Na gut. Ich verstehe es nicht, aber dann mache ich es halt so." Dazu schenkte er ihr ein warmes Lächeln. Immerhin.

Der Tag ging gemächlich weiter. Fast schon zur Mittagszeit zeigte Rob ihnen eine ruhige Badestelle und sie genossen den Sommer.

Steffen:

„Wer ist Dr. Saygun?", wollte Steffen Mohr von der Sekretärin wissen, die ihm die Notiz gebracht hatte.

„Sagt dir Dr. Ümit Saygun nichts?", fragte sie überrascht.

„Sollte es?"

„Wie lange wohnst du nun hier? Sechs Jahre?" Sie schüttelte in gespielter Missbilligung den Kopf.

Bastian Decker erlöste ihn. „Dr. Saygun ist Allgemeinmediziner mit einer Praxis in Langenbach und Mitglied des Gemeinderats. Er genießt das Vertrauen der türkischstämmigen Bevölkerung und ist ihr inoffizieller Sprecher. An ihn wenden sie sich, wenn sie einen Fürsprecher in offiziellen Dingen suchen. Viele von ihnen haben die deutsche Staatsbürgerschaft und sie wählen quasi geschlossen Dr. Saygun. Er ist übrigens ein Fraktionskollege des Oberbürgermeisters."

Steffen seufzte. Nun konnte er die Notiz einordnen. Offenbar war Decker mehr von Nutzen, als er geglaubt hatte.

Dr. Saygun erkundigte sich nach dem Ermittlungsstand

111

zur Geiselnahme in der Bank. Das Ehepaar Altinay meldete sich mehrmals am Tag und bedrängte ihn, ob es Neues zum Verbleib ihrer Tochter gab. Sie waren nicht glücklich mit der Aussage, dass die Spur in Eisenach für den Moment erkaltet war. In der Nähe war der Fluchtwagen noch auf einem Wanderparkplatz gesehen worden. Danach schien er wie vom Erdboden verschwunden. Scheinbar glaubten die Altinays nicht, dass die Polizei alles in ihrer Macht stehende tat, um den Fall aufzuklären.

„Politik ...", knurrte Steffen verärgert. Dr. Saygun konnte er ignorieren, der Oberbürgermeister hatte Einfluss. „Ich werde morgen nach Thüringen fahren. Bastian, du bleibst hier, falls sich etwas Neues ergibt. Wir halten telefonisch Kontakt."

Dienstag
Böse Jungs und Joschi

Enissa:

Rob und Benita hatten sich in den letzten Minuten immer mehr auf sich konzentriert, rückten näher zusammen. So fühlte Enissa sich allmählich wie ein lästiges Anhängsel.

Sie verbrachten den Nachmittag wieder am Strand, nachdem sie am Vormittag ihre Vorräte aufgestockt hatten. Enissa wollte den beiden gerne türkische Leckereien zubereiten, doch sie fanden keinen Laden, der die notwendigen Zutaten anbot. Schließlich entschied sie sich für eine Reispfanne, der jedoch entscheidende Gemüsesorten und Gewürze fehlten. Trotzdem war Rob begeistert.

„Kannst du mir das beibringen?"

Hier am Strand war sie nun der Meinung, sie sollte dem Paar Zeit für sich geben. Sie verabschiedete sich und ging durch den Sand. Zuerst betrachtete sie das blaugraue Meer, das am Horizont mit dem blauen Himmel verschmolz. Obwohl es ein warmer Tag war, heizte sich der Untergrund nicht annähernd so sehr auf, wie sie es von den Türkei-Urlauben am Mittelmeer kannte. Es war windiger, die Luft machte ihre Haut rau. Gut, dass sie eine Tagescreme gekauft hatten. Die Wellen schwappten sanft ans Ufer. Der Strand war hier wenig besucht. Ein Kleinkind stakste einem Wasserball hinterher, während die Eltern versuchten, es zum Gehen zu überreden. Am Himmel jagte ein Schwarm Möwen sich gegenseitig die Beute ab. Wahrscheinlich waren sie bis gerade eben gefüttert worden.

Die Sonne wärmte den milden Wind soweit an, dass er die Haut streichelte. Ein Tag zum Wohlfühlen!

Auf Badetüchern lagen drei Jungs in ihrem Alter. Enissa blieb gedankenverloren stehen. Ob sie es waren, die am Samstag mit ihrem Auto am Meer gefeiert hatten? Sie dachte darüber nach, ob sie ihr bekannt vorkamen.

Einer der jungen Männer fing ihren Blick auf. Sie sah zur Seite. Trotzdem sprach er sie an.

„Kennen wir uns nicht?"

Enissa stutzte. „Haben wir uns Samstagabend am Strand gesehen?"

Er schnippte mit den Fingern. „Genau da."

Lächelnd kam er auf sie zu. „Mein Name ist Björn."

Reflexhaft erwiderte sie sein Lächeln. „Ich heiße Enissa."

„Ungewöhnlicher Name. Wo kommt der her?"

„Meine Familie stammt aus der Türkei."

Inzwischen waren auch seine beiden Freunde zu ihr gekommen. Einer berührte ihre schwarzen Haare.

„Eine rassige Hexe ist sie." Die Jungs feixten. Entsetzt trat Enissa einen Schritt zurück. Es war ihr unheimlich.

Die Männer verkürzten den Abstand wieder.

„Hattet ihr schon mal eine Türkin?", fragte einer die anderen.

„Ich habe noch keine kennengelernt."

Enissas Gehirn schlug Alarm. Die drei umringten sie. Sie trat einen Schritt ins Wasser. In direkter Nähe war niemand. Sie erinnerte sich an ihren Selbstverteidigungskurs in der Bank. Notwehr begann da, wo sie sich bedroht fühlte.

Definitiv der Fall.

Sie hatten geübt, ihre Hemmungen abzubauen, indem

sie trainierten, Männer in den Unterleib zu treten und die Nase zu brechen, natürlich am geschützten Objekt. Aber zuerst sollte sie schreien. Laut. Es musste sie jemand hören, wusste sie. Benita und Rob waren jedoch weit weg, das Elternpaar mit dem kleinen Kind gegangen. Würden andere Menschen kommen?

„Hilfe!", brüllte sie aus Leibeskräften, wie sie es geübt hatte.

Nun traten die Männer einen Schritt zurück. Björn fing sich sofort wieder, kam auf sie zu und fasste sie am Oberarm.

„Sag mal, spinnst du, Alte?"

„Lass los!", brüllte sie ihm entgegen. Ihre Stimme klang schrill und mädchenhaft in ihren Ohren.

Die drei standen wie angewurzelt da. Sie schienen nicht zu wissen, wie sie auf Enissas Alarm reagieren sollten. Als Björn sie nicht losließ, nahm sie all ihren Mut zusammen und holte mit dem Knie aus. Er wich aus.

Ihrer Faust auf seiner Nase konnte er nicht ausweichen, drehte nur den Kopf zur Seite. Sie hatte getroffen. Blut sprudelte.

„Bist du noch ganz dicht?", schrie er schrill. „Die Schlampe hat mir die Nase gebrochen!", heulte er. Die anderen Jungs sahen hektisch hin und her.

„Dann geht mal schnell zum Arzt mit ihm", keuchte eine neue Stimme seitlich. Enissa drehte sich ihr zu.

Ein junger Mann stoppte neben ihr.

„Oder wollt ihr noch was von der Frau? Sie hat euch gesagt, ihr sollt sie in Ruhe lassen."

„Schon gut, alles klar!"

Einer der Freunde hob abwehrend die Hände hoch, der andere packte den blutenden Jungen am Ellenbogen und zog ihn mit sich.

„Ich zeig dich an, du Fotze!", heulte Björn, während sie zurückwichen.

„Würde ich lieber lassen", rief der Neuankömmling. „Ich habe mitgekriegt, dass ihr sie belästigt habt. Das geht ganz schnell gegen euch."

Hastig packten die drei ein und verschwanden.

Der junge Mann sah Enissa fragend an. „Alles okay?"

Sie atmete tief aus und die Anspannung fiel von ihr ab. Tränen schossen ihr in die Augen.

„Ich habe ihn verletzt ...", schluchzte sie.

„Ja, das hast du gut gemacht", antwortete er glucksend. „Du hättest mich wahrscheinlich gar nicht gebraucht."

„Doch, bestimmt. Oh nein, ob er mich anzeigen wird?" Enissa schnappte nervös nach Luft.

„Der dich?", fragte ihr Helfer spöttisch. „Willst nicht eher du zur Polizei gehen? Ich komme mit, wenn du magst."

„Nein, keine Polizei", antwortete sie entsetzt. Sie wankte ein paar Schritte, dann ließ sie sich in den Sand fallen.

Der junge Mann ging neben ihr in die Knie. „Geht es dir wirklich gut?"

„Ja, alles in Ordnung." Es gelang ihr zu lächeln.

Sie betrachtete ihren Retter näher. Blaue Augen leuchteten aus einem braungebrannten Gesicht. Seine dunklen Haare waren an den Seiten kurz geschnitten und am Oberkopf zu einem kleinen Kamm geföhnt. Auffällig war die schmale, leicht gekrümmte Nase, die ihm markante Züge verlieh. Er war mittelgroß, schlank und breitschultrig. Recht attraktiv alles in allem.

„Ich bin Enissa", sagte sie und hielt ihm die Hand hin.

Der Händedruck war angenehm. Fest, aber nicht, als wolle er ihre Finger zerquetschen. Seine Haut war warm und trocken.

„Josef. Ich würde ja sagen, ich freue mich, dich kennenzulernen. Die Aussage ergibt aber wenig Sinn, weil ich mir wünsche, du hättest das gerade nicht erlebt. Du musst ja einen tollen Eindruck von den Leuten hier haben."

„Wieso?", fragte sie erstaunt. „Bisher waren alle sehr nett zu mir. Ich war in einem Café, habe eingekauft und mich überall wohlgefühlt. Wer weiß, ob die drei von hier sind."

„Schön, dass du das so sehen kannst." Josef klang erleichtert.

Sie sahen sich schweigend an. Dann setzte er sich zu ihr in den Sand.

„Wie lange bist du schon hier und woher kommst du?"

„Seit ein paar Tagen. Aus Süddeutschland", antwortete sie vage. „Du wohnst hier?"

„Nicht mehr. Ich bin hier in der Nähe aufgewachsen, aber jetzt studiere ich in Leipzig. Während meiner Semesterferien bin ich Betreuer in einem Sommercamp für Kinder und Jugendliche. Diese Woche ist die letzte neue Gruppe angereist aus Bayern und Baden-Württemberg."

Er sah sie fragend an. Sie biss sich auf die Zunge, um ihm nicht zu antworten, aus welchem Bundesland sie kam. Sie mochte Josef und wollte ihm vertrauen. Aber wegen Rob war es sicherer, so wenig Spuren wie möglich zu hinterlassen. Sie wechselte zu dem Thema, das ihr in den Knochen steckte.

„Weißt du, was an den drei Kerlen wirklich schlimm war? Eigentlich alles. Dass sie mich sexistisch als Freiwild behandelt haben ist grässlich, aber da bin ich als Frau nicht allein, und ich kann mich innerlich über ihre Triebhaftigkeit lustig machen. Das macht sie zu dummen, rohen Menschen. Leider auch zu gefährlichen. Dass sie rassistisch waren, war viel schlimmer. Das tut mehr weh. Damit fühle ich mich ohne meine Familie alleine."

„Was haben sie gemacht?"

„Als sie hörten, ich bin Türkin, war ich wohl ein attraktives Opfer für sie, weil ich exotisch bin. Es kam mir so vor, als hielten sie mich deshalb für ein Flittchen. Hier leben nicht viele Türken, richtig?"

„Nein. Aber für ein Flittchen hielten sie dich, weil sie dämliche Scheißkerle sind."

Enissa schüttelte den Kopf. „Wenn man südländisch aussieht, bekommt man schon mal die Warnung, nicht in den Osten zu fahren."

„So sind nicht alle, glaub mir das." Josef sah bestürzt aus. Sie wollte ihn wieder glücklich sehen. Er hatte ihr geholfen.

„Du nicht."

„Nein, ich nicht."

„Musst du nicht in dein Ferienlager zurück?"

„Heute nicht mehr. Ich hatte Frühdienst."

Josef legte sich hin und stützte sich locker auf die Ellenbogen auf. Es wirkte, als wolle er noch bleiben und sie kennenlernen. Enissa wurde heiß vor Freude. Wahrscheinlich hatte sie rote Wangen. Wie unangenehm.

„Was studierst du?"

„Toxikologie und Umweltschutz. Was machst du?"

Ja, er wollte sie kennenlernen. Enissa erschrak: Ihren Eltern missfiel es, wenn sie sich mit deutschen Männern anfreundete. Wer einmal mit einem von ihnen zusammen war, bekommt keinen anständigen Türken mehr. Etwas anderes war für ihre Mutter und ihren Vater aber undenkbar.

Hier und jetzt waren sie nicht da. Enissa gefiel der junge Mann und sie freute sich über sein Interesse. Also erzählte sie ihm von sich. Sie entspannte sich im Gespräch mehr und mehr. Von Josef, oder Joschi, wie sie ihn nennen sollte, erfuhr sie, dass er einundzwanzig Jahre alt war und, seit er achtzehn war, in dem Sommercamp mitarbeitete. Inzwischen durfte er eine Gruppenleitung übernehmen. Darauf war er stolz. Er war ein Einzelkind und bei seiner Mutter aufgewachsen.

„Willst du ein Eis essen gehen? Oder einen Kaffee trinken? Ich lade dich ein", schlug er vor.

Enissas Magen flatterte. Ob eine ihrer Kochzutaten nicht in Ordnung gewesen war? Sie sollte Benita und Rob fragen, ob es ihnen gut ging.

Benita und Rob!

Sie sprang auf. „Mist, meine Freunde wissen nicht, wo ich bin! Die machen sich Sorgen. Da muss ich Bescheid geben. Dann komme ich gerne mit. Ist dir das recht?"

Joschi lachte. „Logisch, solange du mitkommst. Wo sind deine Freunde? Darf ich dich begleiten?"

Enissa zögerte. So würde er sie alle drei sehen. Sollten sie in der Gegend gesucht werden, vielleicht sogar mit ihrem Namen, war es ein Risiko, dass er sie kannte. Andererseits wollte sie so gerne noch etwas Zeit mit ihm verbringen. Viele Menschen hatten sie bisher zu dritt gesehen: Im Café, im Supermarkt, an den Strandbuden ... Es war kein zu großer Unterschied.

Robin:

„Langsam werde ich nervös." Benita trommelte mit den

Fingern auf ihrem Oberschenkel, den Rob träumerisch betrachtete. Er dachte einen Moment nach. Richtig, sie hatten sich darüber unterhalten, dass Enissa sehr lange weg war. Als er sie vorhin romantisch und ausdauernd zu Wellengeräuschen küsste, war Benita aufgeschreckt, weil sie geglaubt hatte, den Schrei einer Frau zu hören.

„Du hörst doch das Gras wachsen", sagte er daraufhin.

„Das wächst ja auch wirklich."

Er konnte sie beruhigen. Stattdessen wurde nun er unruhig. Er sah sich um.

„Ist sie das nicht?"

Er deutete auf zwei Gestalten, die sich angeregt plaudernd näherten. Tatsächlich war es Enissa.

„Hey, Kleine, haben sie dich geschnappt?", sagte er zur Begrüßung.

Sie sah ihn stirnrunzelnd an, ging aber nicht darauf ein.

„Benita, Rob, das ist Joschi. Er hat mir aus der Patsche geholfen."

„Wusste ich es doch!", rief Benita triumphierend. Rob konnte es nicht leiden, wenn Frauen recht hatten und das auch noch bemerkten. Aber ... Moment mal!

„Patsche? Welche Patsche?"

„Ein paar Idioten wurden zudringlich", erklärte Joschi.

Rob sprang auf und ballte die Fäuste.

„Warum hast du mich nicht geholt?"

„Weil ich eine schnelle Lösung brauchte und du weit weg warst", antwortete Enissa. „Außerdem: Laut ‚Hilfe' zu rufen, erschien mir ausreichend. Wahrscheinlich hattest du eine andere Beschäftigung."

Was war denn mit der los? In diesem frechen Tonfall hatte sie bis jetzt nicht mit ihm gesprochen.

Benita stand auf und legte den Arm um seine Hüfte.

„Reg dich nicht auf. Es geht ihr gut."

War nicht gerade sie noch aufgeregt gewesen? So war es mit den Frauen: Von einem Moment auf dem anderen in einer neuen Stimmung. Aber sie musste es wissen. Sie verstand Enissa besser. Und sie kannte sich mit diesen Dingen aus. Gefühle und so.

Enissa warf der Freundin einen dankbaren Blick zu.

„Wir gehen einen Kaffee trinken. Ich finde zum Haus zurück."

„Wie lange bist du weg?", wollte Robin wissen. Das eröffnete ihm Möglichkeiten mit Benita.

„Bis wann habe ich Ausgang?"

Frech, definitiv frech.

„Weiß nicht? Zwei Stunden? Oder lieber bis zehn Uhr?"

„Nimm die spätere Zeit", schlug der Kerl neben ihr vor. Joschi. Konnte er ihm trauen? Hatte er nicht einen verschlagenen Blick an sich?

Benita stupfte ihn in die Seite.

„Dann machen wir uns keine Sorgen, wenn du bis zehn Uhr wegbleibst."

„Sie hat ja sicher ein Handy", warf Joschi ein.

„Nein ...", murmelte Enissa betreten. Er sah sie überrascht an.

„Kaputt", erklärte sie entschuldigend. Sie winkte zum Abschied und ging mit Joschi einen Weg zwischen den Dünen entlang.

„Lass uns heimgehen, wenn wir schon mal alleine sind", schlug er vor. Benita grinste ihn wissend an. Er schlüpfte in Jeans, ehe jemand die Ausbuchtung der Vorfreude in seiner Badehose bemerkte.

Hastig schloss er die Eingangstür, schlang die Arme

um Benita und biss in ihren milchig-weißen Nacken. Ihre weichen Haare kitzelten seinen Nasenrücken. Sie seufzte wohlig.

Als er sie ins kleine Schlafzimmer schieben wollte, sagte sie: „Lass uns zuerst duschen. Ich bin voller Sand, du doch bestimmt auch."

Er fasste es als eine Einladung auf, sie unter dem Wasserstrahl zu vernaschen. Vielleicht ging später noch eine Runde auf der Schlafcouch, wenn Enissas Bekanntschaft sie lange genug aufhielt. Hoffentlich vertrauten die beiden Frauen dem Kerl zurecht. Er sollte es nicht wagen, die Kleine zu bedrängen.

Tatsächlich ließ ihn Benita erst unter der Dusche und dann auf der Couch ran. Sie ging mit, zeigte ihm, was ihr gefiel, und das war eine Menge. Zudem schien sie genau zu wissen, wenn ihm etwas Spaß machte und freute sich darüber. Es war viel besser als mit Sarah.

Sarah … ob sie wohl auf ihn wartete? Er schaltete sein Handy nicht mehr ein, also blieb er ahnungslos. Wahrscheinlich würde sie unzufrieden keifen, weil er wie ein tölpelhafter Trottel vorgegangen war. Zuhause musste er mit ihr Schluss machen. Sie wusste nichts von der Idee mit der Bank. Vermutlich ärgerte sie sich, dass er gepatzt hatte.

Die dumme Sache mit dem Überfall … bisher hatte er es verdrängt. Sollte er weiter fliehen? Er hatte keine Beute gemacht, von der er in Saus und Braus in Südamerika oder sonstwo in der Welt leben konnte. Beziehungsweise die süße, unheimliche Benita und er. Dann sich besser stellen? Was würde ihn erwarten? War er denn ein Verbrecher? Sich selbst sah er nicht so.

Eine schmale Hand strich ihm durch die langen Haare,

die sich feucht lockten. Benita machte beruhigende Geräusche, als hätte sie bemerkt, wie sehr er das gerade brauchte.

Womit verdiente er eine Frau wie sie?

Mittwoch

Rosa Zuckerwatte und ein Brillenbär

Enissa:

Dass Benita und Rob noch schliefen, war nicht überraschend. Auf der Rückseite eines Kassenbons notierte sie: „Bin mit Joschi verabredet. Ich wünsche Euch einen schönen Vormittag, liebe Grüße, E.". Am Nachmittag würde sie zurück sein, da er arbeiten musste. Er wollte sie wiedersehen und hatte sie zum Frühstück eingeladen.

Ihr war nicht wohl dabei, ihn bezahlen zu lassen. Was, falls sie Erwartungen bei ihm weckte, die sie nicht bereit war zu erfüllen? Auf der anderen Seite profitierten sie alle drei davon, wenn ihre Finanzen geschont wurden. Das Wir-Gefühl mit Rob und Benita war stark. Mit einer Familie konnte man es nicht vergleichen, aber noch immer eine Einheit, die keiner Bezeichnung bedurfte, trotz der Liebelei Benitas mit Rob. Einfach Wir.

Enissa freute sich darauf, Joschi zu treffen. Nie zuvor hatte sie einen Jungen so kennengelernt, ohne Schule, Arbeit oder Familie. Wobei sie ihn schon zu Beginn als Held betrachtet hatte. Die ruhige Selbstsicherheit, mit der er sich gegen die drei Kerle gestellt hatte, beeindruckte sie sofort. Seine blauen Augen bildeten einen umwerfenden Kontrast zur dunklen Haut. Sie konnte sich kaum satt daran sehen.

Scheinbar gefiel sie ihm ebenso. Die Blicke, die sie austauschten, waren unglaublich intensiv. Warum das so war, verstand Enissa nicht, doch sie freute sich darüber. Als die warnende Stimme ihrer Mutter in ihrem Kopf erklang, begann sie in Gedanken ein Lied zu singen. Laut. Ein altes, deutsches Kinderlied, das sie in der Grundschule gelernt hatte, über Hänsel und Gretel, die Geschwister, die ihre Eltern verloren hatten. Was für ein Unsinn. Es war doch hell und warm hier, ganz anders als im gruseligen Wald. Beinahe musste sie lachen.

Beschwingt tänzelte sie auf die Bäckerei zu, in der sie verabredet waren.

Fremde Finger umschlossen ihre eigenen. Joschis andere Hand landete auf ihrer Taille und drehte sie im Kreis. Er lachte.

„Deine gute Laune ist ansteckend."

Enissa errötete. Die Berührung auf ihrer Hüfte schien kaum nachzulassen, als er seine Hand zurückzog. Sie fühlte sie weiter, während er ihr die Tür öffnete und sie wie ein Gentleman hineingeleitete.

Er bestellte zwei Frühstücksgedecke. Der Cappuccino verbreitete einen aromatischen Duft, mehr noch ließen aber die Gebäckstücke ihr das Wasser im Mund zusammenlaufen. Sie nahmen auf der Terrasse in einer windgeschützten Ecke Platz.

Eine Möwe hüpfte aufdringlich vor ihnen herum. Joschi schüttelte die Krümel auf seinem Teller vor ihr auf die Fliesen. Enissa warf ein Stück ihres Brötchens vor den Schnabel des Vogels. Solange sie sich mit dem Tier beschäftigte, musste sie nicht darüber nachdenken, was sie sagen sollte, um das Interesse des jungen Mannes neben ihr zu behalten. Als die Möwe mit der Beute davonflog, trafen sich ihre Blicke. Joschis Lächeln ließ ihr Herz pochen.

Sie selbst bestrich das Brötchen mit Honig, er wählte Erdbeermarmelade. Die zweite Hälfte wollte sie ebenso genießen.

Er stellte viele Fragen. Grundsätzliche Dinge wussten

sie voneinander, Familie, Beruf beziehungsweise Studium. Nun unterhielten sie sich über ihre Vorlieben. Er war kein engagierter Leser, sie nicht an Sport interessiert, in ihrem Musikgeschmack fanden sie dann Gemeinsamkeiten, die sie begeistert teilten. Anschließend fragte sie Joschi nach der Türkei aus. Er kannte das Land nicht, hatte seinen Urlaub bisher in Spanien oder Dänemark verbracht. Bereitwillig erzählte sie ihm von der kleinen Stadt, in der eine Tante wohnte, die sie manchmal besuchte, und dem Haus an der Ägäis, in dem ihre Familie oft die Sommer genoss.

„Vielleicht kannst du es mir irgendwann zeigen."

Zuerst blickte Enissa schüchtern zur Seite. Hoffentlich sah er ihr nicht an, von was sie gerade träumte. Sie räusperte sich und rang sich zu einer Antwort durch.

„Das wäre schön."

In ihrer Fantasie sah sie sich und Joschi auf ihrer Hochzeitsreise umringt von den Verwandten. Ärgerlich runzelte sie die Stirn. Sie war eine moderne Frau. Solche Träume sollten ihr fernliegen. Außerdem würden ihre Angehörigen einen deutschen Mann sowieso nicht akzeptieren.

„Was ist?", fragte Joschi. Er beobachtete sie zu genau.

„Da war gerade eine Wespe auf meinem Teller", schwindelte sie.

„Wo? Ich bin ein erfolgreicher Wespentöter!"

Sie kicherte. „Das hat sie wohl gerochen und ist verschwunden."

„Ich bin gut darin, dich zu beschützen", sagte er mit einem Augenzwinkern.

„Das habe ich bemerkt. Ich bin dir dankbar, großer Held."

Lächelnd legte er seine Hand auf ihre. Sie widerstand

dem Impuls, sie wegzuziehen. Mit dem Daumen streichelte er ihr Handgelenk. Sie schloss die Augen und genoss.

„Bringen wir uns vor Wespen und ähnlichen Untieren in Sicherheit und gehen an den Strand?", schlug er vor.

„Gerne", antwortete sie, obwohl sie es vorgezogen hätte, weiter seine Finger auf ihren zu fühlen.

Sie musste nicht lange warten. Kaum erreichten sie das Ufer, ging er mit ihr am Rand der Wellen entlang. Er hielt ihre Hand. Was für ein Glück, dass Rob ausgerechnet ihre Bankfiliale überfallen hatte. Nach den aufregendsten Tagen ihres Lebens folgten nun die schönsten.

„Wir mögen uns, oder?" Seine Stimme klang weich und warm.

„Ist das nicht offensichtlich?"

„Ich wollte auf Nummer Sicher gehen."

„Die Nummer ist sicher."

Als ihr der Satz entschlüpft war, sog sie erschreckt die Luft ein.

„So meinte ich das nicht. Ich wollte nicht sagen, dass ich eine sichere Nummer für Männer bin." Schwerer Stein sein, schwerer Stein sein, erinnerte sie sich.

„Das hätte ich auch nicht vermutet. Frauen, die sich mit Fäusten verteidigen, sollte man besser nicht falsch einschätzen."

Joschi blieb stehen und griff mit seiner zweiten Hand nach ihrer freien, so dass sie sich gegenüber standen.

„Ich würde dich gerne küssen."

Enissa antwortete nicht. Das sollte sie nicht tun ... aber sie wollte so sehr. Niemand bekommt es mit, flüsterte eine leise Stimme in der Ecke ihres Gehirns. Sie schloss die Augen und hob das Kinn. Ob er ihr Herz schlagen hörte?

Er legte die Lippen zärtlich auf ihre. Ein Prickeln fuhr

ihren Rücken entlang nach oben zum Nacken. Seine Zunge begehrte sanft Einlass in ihren Mund. Enissa konnte nicht anders, als ihn einen Spalt zu öffnen. Wow! Was für ein Unterschied zu Hakans Schlabberzunge! Himmlisch! Es war, als hätte Joschi eine vollkommen abweichende Anatomie zu dem Jungen, den sie zuvor geküsst hatte. Warm, gerade richtig feucht und kräftig. Jede neue Liebkosung war eine willkommene Überraschung. Sie seufzte träumerisch. Seine Hände lagen erst zärtlich auf ihren Wangen, dann auf ihrem Hinterkopf, um das Spiel in ihrem Mund zu intensivieren.

Als er sich langsam zurückzog, bedauerte sie es.

„Danke."

Er lachte fröhlich. „Gern geschehen, jederzeit."

„Wirklich?"

Wieder prustete er los.

„Absolut. Wie wäre es mit jetzt?"

„Wenn es dir passt … mir würde es gefallen."

„Im Moment habe ich keine unaufschiebbaren Pflichten."

Also das war der Grund dafür, warum manche Jungs Mädchen verrückt machten. Sie fühlte sich, als stände sie vor einer wichtigen Schwelle. Die brave Enissa, die immer an andere dachte, küsste einen unglaublich tollen Kerl! Einen, den nur sie sich ausgesucht hatte, unabhängig davon, dass ihre Eltern nicht einverstanden wären. Sie fühlte sich stark, selbstbestimmt wie die Heldinnen in den amerikanischen Serien. Es war, als sei sie ein neuer Mensch im Vergleich zu wenigen Minuten zuvor. Im Hinterkopf räusperte sich eine Stimme mahnend. Schnell knebelte und fesselte sie ihre Mutter, die offensichtlich dort wohnte. Nicht, dass sie das im wahren Leben tun würde. Sie hatte

Respekt vor ihren Eltern. Aber wer in ihrem Kopf hauste, musste sich an Enissas Regeln halten, nicht umgekehrt.

Vielleicht war die Verrücktheit, die Joschi ihr brachte, größer als ihr Wunsch, eine gute Tochter zu sein, stärker als alles, das man ihr beigebracht hatte. Möglicherweise würde sie sogar ihre echte Mutter fesseln und knebeln, wäre sie hier, in Anbetracht der Wonnen, die sie erlebte. Egal, hypothetisches Zeug. Genießen, Enissa, sagte sie sich.

Joschis Finger schlüpfte unter ihr Shirt und streichelte ihren Rücken am Bund ihrer Hose. Sie wusste, sie sollte ihn stoppen. Allein der Wille fehlte. Die Frau im Kopf, die behauptete, ihre Mutter zu sein, war gefesselt und geknebelt. Stattdessen legte sie ihre Hände auf die Jeans an seinem Hintern und hielt ihn fest.

Benita:

Dieses Mal war Rob schon aufgestanden, als sie aufwachte. Seltsam. Sie sah auf die Uhr an der Wand. Es war lästig, kein Handy zu haben. Vielleicht sollte sie Rob bitten, es ihr zurückzugeben. Wenn sie es einschaltete, konnten sie gefunden werden, das wollte er nicht. Sie auch nicht mehr, um ehrlich zu sein. Auf der anderen Seite war jede Minute nur ein Aufschub des Unvermeidlichen. Oder sollten sie wie Bonnie und Clyde durchs Land ziehen und Banken überfallen? Sie schnaubte belustigt und dachte an den Song der toten Hosen. Selbst wenn sie das wollte, hatte Rob bewiesen, wie gering seine Begabung dafür war. Bargeld gab es kaum noch irgendwo im Überfluss, die Leute zahlten mit Karten. Vielleicht war es in Spielcasinos anders, fiel ihr ein. Doch dazu benötigte man etwa elf Spezialisten, erinnerte sie sich an einen Kinofilm, nicht zwei Dilettanten. Und es war einfach nicht ihre Art. Selbst wenn sie die moralischen Bedenken überwinden könnte, welche Emotionen würden um sie herum branden? Angst, Zorn, Entsetzen, Frust fielen ihr spontan ein. Vielleicht Hass, das schlimmste Gefühl von allen. Sie bekam eine Gänsehaut. Niemals. Ein weiterer Gedanke drängte an die Oberfläche: Rob und sie waren ein Liebespaar, für den Moment. Nie und nimmer würden Sie Partner sein. Zwischen ihnen gab es keine Gemeinsamkeiten, nur riesengroße Unterschiede. In Erlen hätte sie ihn gar nicht bemerkt oder zumindest nicht ernst genommen, falls es durch einen Zufall geschehen wäre.

Sie streckte sich und ging in den Wohnraum. Rob aß eine Scheibe Toastbrot, schien es aber nicht auszukosten. Dabei war es so wunderbar, ihn wahrzunehmen, sobald er hingebungsvoll aß. Er war ein Genießer. Als sei dieser Sinn bei ihm viel stärker ausgeprägt als alle anderen. So, wie bei ihr das Einfühlungsvermögen. Quatsch, schalt sie sich. Wenn Rob aß, landete es in seinem Magen und nicht in dem der Person neben ihm, wie die Gefühle ihrer Mitmenschen seltsamerweise bei ihr selbst ankamen. Doch heute nahm sie nicht die Glückseligkeit wahr, die er sonst bei einer Mahlzeit ausstrahlte. Sein Gesichtsausdruck nun war finster, der Guten-Morgen-Gruß leise und ohne Lächeln. Sie sah ihn fragend an. Er blickte an ihr vorbei.

Was für eine Laus war ihm über die Leber gelaufen? Schon gestern Abend hatte er schlechte Laune gehabt. Er war vor ihr ins Bett gegangen. Sie hatte Kreuzworträtsel gelöst und auf Enissa gewartet.

Die süße Kleine. Sie wollte es nicht zugeben, aber Benita wusste, sie war bis über beide Ohren in Joschi verliebt. Es würde eine Freude sein, in den nächsten Tagen in der emotionalen Zuckerwatte der ersten Liebe zu versinken, die Enissa ausstrahlte. Rosa Zuckerwatte, die auf der Zunge zergeht. Benita hatte bei Joschi vergleichbare Empfindungen wahrgenommen. Sie hoffte, dass nicht irgendeine Katastrophe ihrem Glück im Wege stehen würde. Eine Festnahme oder Ähnliches zum Beispiel.

Der Gedanke entsprang den Gefühlen von Machtlosigkeit, Verzweiflung und Frust, die Rob umgaben.

„Machst du dir Sorgen, wie es mit dir weitergeht?"

„Hör auf mit deiner Scheiß-Hellseherei!"

Benita zuckte zurück. In diesem Tonfall hatte Rob nicht mehr gesprochen, seitdem er ihr mit der Pistole in der Hand befohlen hatte, mitzukommen. Und nach den ersten Stunden im Auto. Sie fühlte seinen Zorn kurz und heftig aufwallen.

„Selbst du weißt nicht immer alles", murmelte er kleinlaut, als die Wut nachließ.

Sie hatte doch recht, war ihr klar, auch wenn sie den faulen Hauch von Lüge nicht gespürt hatte. Es war der richtige Grund.

Wieder wich er ihrem Blick aus. Benita hatte Mitgefühl mit ihrem Liebhaber. Wie am Abend zuvor massierte sie ihm sanft die Kopfhaut. In seine Gefühle mischte sich eine Spur von Schmerz, vermutlich Kopfschmerz. Gestern hatte er ihre Berührungen dankbar angenommen. Heute hielt er ihre Hand fest.

„Lass."

Benita setzte sich ihm gegenüber und sah ebenso an ihm vorbei. Gerade noch hatte sie sich an der ersten Liebe berauscht, die Enissa ausstrahlte. Das zwischen ihr und Rob war nicht wirklich vergleichbar, aber natürlich gab es auch da dieses Glücksgefühl, das entsteht, wenn man den Partner liebevoll entdeckte. Vertrauen gibt und bekommt.

Zärtlichkeit zusammen genießt. Sich von der Lust des anderen mitreißen lässt. Gemeinsame Orgasmen des Körpers, für Benita auch immer der fühlenden Seele.

Das mochte keine rosa Zuckerwatte sein. Aber auf lila Schleierwolken hatten sie getanzt. Nun gab ihr Rob einen Schubs in die Tiefe. Nein, das nicht. Er war gesprungen und zog sie mit sich.

Was hatte sie erwartet? Immerwährende Glückseligkeit mit Robin Römer, dem ungeschickten Bankräuber? Eine Liebschaft, mit der sie Tag für Tag festere Bande knüpfen konnte und irgendwann die Hochzeitsglocken läuten hörte? Sie war naiv, schalt sie sich in Gedanken.

Es wurde Zeit, sich damit auseinanderzusetzen, was ihn zu Hause erwartete. Benita war klar, Rob steckte den Kopf in den Sand, solange es ging. Zwar beschäftige er sich gerade mit dem Scherbenhaufen seines Lebens, doch so weit, den Konsequenzen ins Auge zu sehen, war er noch nicht.

Das Mitgefühl, das sie für ihn empfand, tat fast körperlich weh. Er war ein Mensch, der so viel zu geben hatte. Er wollte alle glücklich machen, niemandem weh tun. Dennoch hatte er diesen destruktiven Weg eingeschlagen. Noch kannte sie ihn nicht gut genug, um vollkommen zu verstehen, was ihn dazu gebracht hatte. Es war niemals Geld alleine, dachte Benita.

An der Tat ließ sich nichts mehr ändern. Aber sie konnte ihm beistehen bei dem, was ihn erwartete. Sie musste herausfinden, was es war.

Benita ärgerte sich darüber, nicht telefonieren zu können. Es wäre so einfach. Sie könnte mit Franzi sprechen. Ihr Bruder war Jurist, zwar in einem Unternehmen und kein Anwalt, doch er würde ihr weiterhelfen. So aber blieb das

Internet. Im Dorf hatte sie ein kleines, altmodisches Internetcafé entdeckt, genauer gesagt, eine Bäckerei, die in einer Ecke einen Computer anbot, um gegen Geld zu surfen. So viel musste sie erübrigen.

„Ich gehe in den Ort", informierte sie Rob und zog sich an. Er quittierte es mit einem unwilligen Grunzen. Hatte er geglaubt, sie in dieser Stimmung verführen zu können?

Die Recherche war nicht einfach. Sie suchte verzweifelt nach Umständen, die für Rob sprachen. Schließlich wagte sie es sogar, sich im Internet auf Seiten auszutauschen, auf denen sie auf Juristen traf. Ihre Hoffnung, beim dritten oder vierten Mal zu einem anderen Ergebnis zu kommen, wurde enttäuscht. Es lief immer in dieselbe Richtung.

Kein Ausweg. Rob würde ins Gefängnis müssen, wenn er sich nicht auf Dauer verstecken wollte. Selbst falls Enissa und sie sich für ihn einsetzten, konnte er dem nicht entgehen. Im Gegenteil, den beiden Frauen drohte, sich der Beihilfe zur Flucht oder Ähnliches schuldig gemacht zu haben. Sie mussten das beenden. Schnell.

Der Gedanke schmerzte.

Nicht sofort. Sie würde Rob in Ruhe auf das vorbereiten, was ihn erwartete. Enissa sollte noch ein paar Stunden Verliebtheit genießen dürfen. In ihrer Brust gab es einen Stich. War das ihr Herz?

Es musste dennoch sein. Diese Woche, nahm Benita sich vor.

Robin:

Er sah der Geliebten nach. Ihre Stimme hatte anders geklungen als sonst. Was war los mit ihr?

Unsicherheit kroch kalt durch seine Eingeweide. Würde sie ihn verraten? Sie war eine Geisel, verdammt noch mal, er musste besser auf sie aufpassen! Er war so ungeschickt. Wie konnte er sie alleine weggehen lassen?

Enissa war auch weg. Rob, der Superschurke, fuhr mit seinen Geiseln quer durch Deutschland, damit sie Urlaub machten. Oder die Polizei anriefen. Oder beides.

Sie waren keine Gefangenen mehr. Warum nannte er sie in Gedanken so? Er wusste es doch besser. Gestern noch hätte er gesagt, sie seien Freunde. Belog er sich selbst? Freunde bleiben zusammen im gemeinsamen Urlaub. Nun saß er alleine hier herum. Gut, Enissa hatte einen Kerl gefunden, der ihr gefiel. Dafür hatte er Verständnis.

Aber Benita, die war doch nicht nur eine Freundin, sondern *seine* Freundin, oder? Immerhin schlief sie mit Begeisterung mit ihm und übernachtete neben ihm auf dem Schlafsofa, statt im bequemen Bett, obwohl er angeblich schnarchte. Sie hatten nicht darüber gesprochen, aber das war doch etwas, das Freundinnen taten? Sarah fiel ihm ein. Die beschwerte sich oft über das Schnarchen. Von der wollte er sich trennen, hatte nur leider noch keine Gelegenheit dazu gehabt. War er ein Bigamist? Nein, sowas war man nur, wenn man zwei Frauen heiratete. Den Wunsch hegte er nicht einmal bei einer davon. Die Träume von einer Familie mit Sarah hatten ihn für alle Zeiten geheilt.

Ob seine künftige Ex-Freundin das gewollt hatte? Dass er sie fragte? Rob wurde mulmig bei der Vorstellung. Wahrscheinlich erwartete sie einen Antrag, wie er in diesen Magazinen beschrieben wurde, die Frauen beim Frisör oder Zahnarzt lasen. Mit einem teuren Ring mit irgendwelchen Edelsteinen. Diamanten oder so.

Benita erwartete so etwas bestimmt nicht. Nicht bunt genug.

Was war sie denn nun? Seine Freundin? Sex-Freundin?

Die Geliebte, fiel ihm noch ein. Das klang schon wieder nach Diamantring. Sex-Freundin passte genauso wenig. Sie sollte seine Freundin sein.

Er konnte es nicht in Worte fassen, aber das war sie auch nicht. Weg war sie dafür definitiv.

Sollte er sie suchen? Vielleicht brauchte sie Abstand. Bei Sarah war das manchmal so. Sie ging dann mit Freundinnen in der Stadt aus. Oder sie fuhr in den Skiurlaub, nur für Frauen. Wobei die Fotos, die sie hinterher kichernd austauschten, auch Männer zeigten.

Benita war anders als Sarah. Das alles war sehr verwirrend. Geldsorgen, Frauensorgen, er wollte keine Sorgen haben.

Zuerst wünschte er sich, er würde aufhören nachzudenken. Er ging ins Dorf. In der Leinentasche mit dem Rest an Münzgeld wühlte er, bis er fünf Euro für eine Cola in seine Hosentasche stecken konnte.

Heute war es windiger, stellte er fest. Er suchte ein Café, dessen Terrasse niedriger lag als Strand und Straße. Dort bestellte er das Getränk, lehnte sich zurück und beobachtete das Treiben.

Der junge Kerl am Nebentisch sah seltsam aus. War der in eine Schlägerei geraten? Er hatte zwei Veilchen, aber anders als sonst. Sie gingen nicht rundherum, sondern begannen an der Nasenwurzel und setzten sich vor allem unter den Augen fort. Über den Nasenrücken hatte er einen blau-violetten Streifen, fast wie ein Brillensteg. Überhaupt sahen seine Veilchen aus wie eine aufgemalte Sonnenbrille. Er kicherte. Im Zoo hatte er mal einen Brillenbären gesehen. Der sah ähnlich aus.

„Was lachst du so dumm?", rief der Typ ihm aggressiv

zu. Rob glaubte, noch ein gemurmeltes „Wichser" zu hören.

Wollte der Kleine nochmal eins auf die Nase? Rob richtete sich auf. Wahrscheinlich war der Kerl größer als er, trotzdem sah er aus, als sollte er ihn so nennen.

Die beiden Leute bei ihm waren älter, bestimmt Mutti und Vati. Die Frau runzelte die Stirn und tätschelte dem Jungen beschwichtigend den Arm. Rob konnte nicht alles verstehen, was sie sagte. Offensichtlich rügte sie ihn wegen des Schimpfworts. Das hätte Robs Mutti auch getan.

Besser vernahm er die tiefe, schnarrende Stimme des Sohnes.

„Doch, sie hat mich einfach so geschlagen. Zuerst hat sie mit uns geflirtet, und als ich ihr näher kam und sie kennenlernen wollte, Zack, mit der Handtasche eins übergebraten."

Auch Vati verstand Rob gut.

„Hast du wirklich nichts gesagt, das sie falsch verstehen konnte?"

„Die hat wahrscheinlich gar nichts begriffen, weiß nicht, ob die überhaupt richtig deutsch kann. Die war eine Türkin."

Rob horchte auf. Hier im Nordosten gab es weniger Türken als in Süddeutschland. Sprach der von Enissa? Hatte sie nicht Ärger gehabt?

„Ich dachte, sie hat mit euch geflirtet?", hakte Vati nach. Mutti rückte näher an den Jungen heran, als wolle sie ihn bestärken.

„Dazu muss eine Frau nicht so viel reden. Sie hat mit ihrem Hintern gewackelt, die Brust rausgestreckt, die schwarzen Haare geschüttelt und uns hinter ihrer Brille heiße Blicke zugeworfen."

Das klang gar nicht nach Enissa. Aber die Beschreibung

traf auf sie zu.

„Wer weiß, wie die Frauen von denen sich verhalten
…", sagte Mutti und schüttelte missbilligend den Kopf. „Du
solltest zur Polizei gehen. Das ist Körperverletzung! Die
kann nicht hier in Deutschland Männer einfach so
schlagen."

„Da steht Aussage gegen Aussage. Sie hat ‚Hilfe‘
gekreischt, und dann kam tatsächlich einer, der dachte, sie
müsste gerettet werden. Nachher stellt sie alles ganz anders
hin."

„Wenn ich die sehe, kann sie sich auf was gefasst
machen", drohte der Vater.

Rob war inzwischen überzeugt, der Kerl sprach von
Enissa und Joschi. Wütend stand er auf. Er konnte es nicht
fassen! Das kleine, immer überfreundliche, zarte Mädchen
sollte eine Schlägerin sein?

„Wieso sind Sie so sicher, dass nicht er alles verdreht?",
fragte er mit geballten Fäusten.

„Was mischst du dich ein, Arschloch?", fauchte der
Sohn. Dieses Mal gab es keinen Tadel von Mutti. Sie und ihr
Mann sahen Rob empört an.

„Ich kenne das Mädchen. Die ist immer nur süß und
freundlich, egal, was du tust. Wenn sie sich gewehrt hat,
hast du sie schlimm belästigt!"

Mutti sog pfeifend die Luft ein.

„Was fällt Ihnen ein? Mein Sohn würde nie grundlos
eine Frau belästigen."

„Ach, es gibt einen Grund dafür, Frauen zu
belästigen?"

Rob war von seiner Schlagfertigkeit beeindruckt. Das
Zusammensein mit den Mädchen tat ihm gut.

Der Vater baute sich vor ihm auf. Er war breiter gebaut

als Rob, vor allem rund um den Bauchnabel, aber gut zehn Zentimeter kleiner. Trotzdem legte er sich ins Zeug, als wolle er ihn einschüchtern.

„Gerade belästigen Sie uns. Gehen Sie weg, sonst lasse ich Sie hinauswerfen!"

‚Von wem denn?', wollte Rob fragen. Die zierliche Frau hinter dem Tresen verfolgte das Gespräch unbeteiligt, während sie Brote mit Schinken und Käse belegte. Doch eigentlich war es ein Kerl nicht wert, der sich jammernd bei seinen Eltern ausheulte, weil ein kleines Mädchen ihn geschlagen hatte. Rob drehte sich weg, um die Cola zu bezahlen.

„Sie hat gar keine Handtasche", warf er dem Brillenbären zum Abschied vor die Füße.

Auf dem Rückweg ärgerte er sich vor allem über die Eltern. Hätten die den Typen nicht erziehen sollen? Na ja, vielleicht jetzt nicht mehr, er war bestimmt volljährig. In der Vergangenheit aber, unbedingt! Wahrscheinlich glaubten sie ihm immer jedes Wort, egal welches Unheil er ausfraß. Wenn der Nachbars Katze einen Silvesterböller an den Schwanz band, sagten sie noch, das Tier hätte sich reingesetzt und darin verstrickt.

Seine Eltern waren nicht so gewesen, oder? Na ja, er würde niemals Mädchen belästigen oder Katzen quälen. Da drang eine verdrängte Erinnerung an die Oberfläche. Ein Ausflug am Flussufer auf dem geborgten Fahrrad der Nachbarn. Er war ausgerutscht und mitsamt Rad ins Wasser gefallen. Das Rad war verbogen. Mutti war froh gewesen, dass ihm nichts passiert war, hatte ihm eine heiße Wanne gefüllt und ihm den Rücken geschrubbt. Er hatte Vati erklärt, er habe gefragt, ob er das Rad kurz benutzen dürfte.

Bestimmt klang die Geschichte des Nachbarn anders. Um die Reparatur des Rads hatte sein Vater sich gekümmert. Er hatte alles in Ordnung gebracht und die Version von Klein-Robbie zogen beide nicht in Zweifel.

War seine Familie doch wie die des Brillenbärs? Die ihn nie etwas ausbaden ließ, sondern ihn immer in Schutz nahm? Ein unangenehmer Gedanke.

Nichtsdestotrotz, Rob war ganz anders als der Kerl. Niemals würde er „Wichser" vor Mutti sagen.

Die Familie

Steffen:

Er hatte die Reisetasche in das Zimmer der Pension in Eisenach gestellt und sich direkt zu den Kollegen auf den Weg gemacht. Am Telefon und per Mail war er bereits ausführlich informiert worden. Persönlich mit den Menschen zu sprechen, war ihm dennoch wichtig, er wollte die eigenen Sinne einsetzen. Außerdem gefiel es ihm, Abstand zu Dr. Saygun zu gewinnen und dabei einen aktiven Eindruck zu vermitteln. Um Kira kümmerte sich seine Schwester. Die fellige Schönheit würde viel auf den Feldern und Wiesen um die Wohnung unterwegs sein. Gestern Abend hatte er lange mit ihr geschmust und den Fall mit ihr erörtert. Es half ihm, die Gedanken zu strukturieren, wenn er sie der aufmerksam lauschenden Katze mitteilte. Er würde sie vermissen.

Die Kollegen in Thüringen waren ihm gegenüber offen und freundlich, doch augenscheinlich fühlten sie sich kontrolliert. Dass die bundeslandüberschreitende Zusammenarbeit nicht immer auf Begeisterung bei den Beteiligten stieß, kannte er und ließ sich davon nicht beeindrucken.

Die Suche nach dem Fluchtwagen war bisher erfolglos verlaufen. Steffen legte sich nochmal ins Zeug. Vermutlich hatte der Flüchtige das Gefährt gewechselt. Er musste unbedingt wissen, womit er unterwegs war.

„Werten Sie noch einmal die Verkehrsüberwachung aus, und überprüfen Sie jeden als gestohlen gemeldeten Wagen", wies er die Kollegin an, mit der er das Vorgehen besprach. Sie versuchte, ein ausdrucksloses Gesicht zu behalten. Steffen konnte sich vorstellen, was sie wirklich dachte. Natürlich hatte sie das längst gründlich erledigt. Auch ihm gefiel es nicht, wenn andere auftauchten und ihm Vorschriften machten. Aber es war notwendig. Er wollte diesem seltsamen Fall auf den Grund gehen.

Eine Vernehmung von Robin Römers Eltern hatte wenig ergeben. Ihr Telefon wurde überwacht. Die Mutter Hilde zerfloss in Tränen, sobald die ersten Fragen gestellt wurden. Der Dialekt, in den sie verfiel, war so stark, dass Steffen sich von der Thüringer Kollegin ganze Passagen übersetzen lassen musste. Sie jammerte darüber, dass ihr Junge das niemals täte, alles sei ein großer Irrtum. Die Videoaufnahmen aus der Bank überzeugten sie nicht.

Wohl aber den Vater Georg. Es war Steffen unangenehm, einen Mann mit über siebzig beim Weinen zu beobachten. Er war zutiefst erschüttert, als er den Film noch einmal zu sehen bekam.

„Was haben wir nur falsch gemacht? Ich hätte ihn härter rannehmen müssen. Das wusste ich eigentlich, aber seine Mutter und die Schwestern haben ihn immer in Schutz genommen. Und er war niemals … böse. Selbst die Frechheiten, die jeder Bengel mal ausheckte, hielten sich in Grenzen."

„Er war doch so ein lieber und freundlicher Junge!", heulte die Frau.

„Mit seinen Schwestern werde ich noch sprechen", lenkte Steffen ab.

„Die Kleine lebt bei Düsseldorf, die Mittlere in München. Nur Ute ist hier."

„Die beiden jüngeren Schwestern wurden vor Ort vernommen", erklärte seine Thüringisch-Dolmetscherin. „Die Videoprotokolle haben wir."

Das wusste Steffen, hatte nur gerade nicht daran

141

gedacht. In Erlen hatte er sie selbst gesehen. Er nickte geistesabwesend.

Es dauerte eine Weile, bis er bei den Eltern aufgab. Sie hatten seit Wochen nicht mit ihrem Sohn gesprochen. Ohnehin schien es kein enger Kontakt zu sein. Das wunderte Steffen, denn offensichtlich bedeutete er ihnen viel. Doch es gab scheinbar nichts zu erfahren, das sich verwerten ließ.

Es tat ihm leid, das gutherzige Ehepaar in die Mangel zu nehmen. Unglaublich, dass dieser Familie ein Bankräuber entsprungen sein sollte.

Nach einer kurzen Pause traf Robin Hoods, nein, Robin Römers, älteste Schwester ein. Steffen schalt sich in Gedanken für den Kosenamen. Der Mann hatte die Beute wohl kaum unter den Bedürftigen verteilen wollen. Das Geld, das er nicht bekommen hatte. Er musste sich in Acht nehmen, keine unbeabsichtigten Sympathien zu entwickeln. Der Spitzname war schlecht gewählt.

Ute Lipinsky, geborene Römer, wirkte mit ihren riesig aufgerissenen Augen und ihrer eingesunkenen Körperhaltung verschüchtert. Die Stimme klang nasal, als hätte auch sie geweint.

„Das liegt alles nur an dieser Frau, dieser Sarah. Ich habe sie einmal gesehen. Die Schlange ist nicht gut für Robbie."

„Ich habe selbst mit Frau Hopfensitz gesprochen. Sie ist ahnungslos." Innerlich stimmte er der Bezeichnung ‚Schlange' zu.

„Lassen Sie sich nichts vormachen!", grollte Ute Lipinsky. „Robbie hat sie auch ständig Theater vorgespielt. Ich habe die beiden einmal besucht, dann reichte es mir."

Steffen erinnerte sich an Sarah Hopfensitzs Aussage, die

älteste Schwester habe versucht, sich in ihre Beziehung einzumischen, so dass sie Robin gebeten hatte, den Kontakt zu seiner Familie auf ein Minimum zu reduzieren.

„Sahen Sie sich davor regelmäßig?"

Steffen kannte die Antworten bereits, wollte bei der Frau aber alle Sinne einsetzen. Direkt zu hören, wie ihre Stimme sich in Nuancen veränderte, jede Geste zu sehen, ihre Pupillen und Augenbewegungen zu beobachten, die Hautreaktionen an ihren unbedeckten Armen wahrnehmen. Und der Geruch. Manchmal gab der Geruch mehr preis. Lügen konnte die Menschen zum Schwitzen bringen.

Doch es gab keinen Hinweis darauf, dass Ute Lipinsky etwas verbarg. Steffen glaubte, dass sie sich auch heute noch vor ihren Bruder stellen würde, aber sie schien nichts zu wissen.

Wieder erkannte er, dass Robin Römer eine liebende Familie hatte. Sie erwarteten alle keine außergewöhnlichen Leistungen von ihm, denn sie mochten ihn, wie er war. Wie konnte ein Mensch, der einen stabilen und sicheren familiären Hintergrund hatte, nur mit einer Waffe in der Hand in einer Bank enden?

Er gab Robins Schwester recht, was Sarah Hopfensitz betraf. Die offensichtlichen Qualitäten der Verkäuferin hatte Steffen in Erlen erkannt, als sie im engen Shirt und auf Highheels in die Wache stöckelte, doch nach wenigen Sätzen verspielte sie seine Sympathien. Was hatte Römer nur in ihr gesehen?

Am Ende des Gesprächs notierte er eine kurze Liste mit Namen. Freunde hatte Robin keine mehr in Eisenach. Alle, zu denen er ein Vertrauensverhältnis hatte, waren nach der Wende weggegangen. In dem Notizbuch stand der zweiundneunzigjährige Großvater, ein Onkel, eine Tante und deren Tochter. Seinen Opa besuchte Römer wohl hin und wieder, die anderen hatten ihm sehr nahe gestanden, als er in Eisenach wohnte.

Mit seiner Thüringer Kollegin fuhr Steffen in das Altersheim, in dem Otto Krasser, Hildes Römers Vater, lebte. Der süddeutsche Polizist war froh, sie an der Seite zu haben, obwohl sie eine mürrische Frau war, die scheinbar auf ihren Ruhestand zuarbeitete. Doch wer weiß, ob er den alten Mann verstehen würde.

Erstaunlicherweise hatte er damit keine Probleme. Otto Krasser kam aus dem Norden und sprach verständlich.

„Robin? Ein guter Junge. Zu gut, zu wenig Biss, immer nett zu allen."

Himmel, musste er sich das Lied von Sankt Robin noch einmal anhören?

„So nett ist das nicht, wenn man eine Bankangestellte mit einer Waffe bedroht."

„Mit einer Waffe bedroht?", wiederholte Otto Krasser in der für alte Menschen typischen, hohen und schnarrenden Stimme. Er lachte, verschluckte sich, eine Pflegerin half ihm dabei, sich wieder zu fangen. Steffen erntete einen bösen Seitenblick. Sie schien die Auffassung zu vertreten, es war unzumutbar, einen Mann in diesem Alter zu befragen.

Er trank ein paar Schluck des Früchtetees, den die Schwester ihm reichte.

„Wie kann ein zwölfjähriger Junge eine erwachsene Frau bedrohen? Wahrscheinlich war es eine Spielzeugpistole."

Steffen sah irritiert zu seiner Kollegin.

„Gestern wusste er es noch", zischte sie.

„Menschen in dem Alter haben eine unterschiedliche Tagesform", erklärte die Pflegerin überheblich. „Sie vergessen manchmal gewisse Dinge."

„Gehört Herr Krasser zu diesen Leuten?"

„Bisher nicht, aber solche Gespräche sind stressig für ihn. Da kann es eine Schutzfunktion des Gehirns sein, etwas zu vergessen."

„Wieso vergessen? Ich vergesse doch meinen Enkel nicht!", empörte sich der alte Herr. „Er kommt immer zu mir."

„Ihr Urenkel besucht sie, Herr Krasser. Das ist nicht Robin."

„Nein, das ist Robbie. Ich habe doch noch seine Karte von Weihnachten auf meinem Regal stehen. Da steht Robbie drin!"

„Das stimmt, Herr Krasser. Aber Robbie war der Mann, der die Karte im Advent gebracht hat, nicht der Junge, der jede Woche kommt."

Verwirrt sah der alte Herr von einem Gesicht zum anderen.

„Wie alt ist Robbie?"

„Ich weiß es nicht so genau", wich die Pflegerin aus.

Steffen ergänzte: „Robin Römer ist vierunddreißig Jahre alt."

Otto Krasser stand der Mund auf. „Wann ... wie ... hatte ich einen Unfall? War ich bewusstlos?"

„Nein, Herr Krasser. Die Zeit ist einfach vergangen." Die Pflegerin tätschelte ihm beruhigend den Rücken.

Steffen runzelte die Stirn. Spielte der alte Mann den Verwirrten, oder wusste er tatsächlich nicht, in welchem Jahr er lebte? Er tauschte sich wortlos mit seiner Kollegin aus. Sie bedeutete ihm zu gehen.

„Ich denke, Sie brauchen Ruhe", räumte der Polizeihauptkommissar ein und erhob sich. Die Pflegerin nickte beifällig. Sie verabschiedete sich kühl.

Der Händedruck von Otto Krasser war erstaunlich fest. Überrascht sah Steffen ihn an. Sein Grinsen war hämisch, doch nur für einen Moment. Dann erschien wieder der verwirrte Gesichtsausdruck, den er ihm zuvor gezeigt hatte.

„Haben Sie das gesehen?", ereiferte sich Steffen bei seiner Kollegin, als sie zum Parkplatz gingen. „Der verarscht uns doch!"

„Mag sein", räumte sie ein. „Aber er weiß nichts. Er hat seinen Enkel seit Weihnachten nicht mehr gesehen. Wenn sie telefonieren, reden sie übers Wetter und das Essen im Pflegeheim, haben mir zwei Pflegekräfte bestätigt. Wahrscheinlich wollte er dem Jungen nur noch einen Gefallen tun. Er hat nichts zu verlieren. Das bringt nichts."

Steffen grunzte unzufrieden, gab sich jedoch geschlagen. Hoffentlich war die Familie des Onkels nicht eine ebenso große Zeitverschwendung.

Prinzessin auf der Erbse

Enissa:

„Jetzt könntest du sie langsam wenden."

Rob stand an der Pfanne, Enissa gab Anweisungen. Er hatte auf Fleisch bestanden. In der Metzgerei des Dorfes kaufte sie frisches Rinderhack, das sie mit einem übriggebliebenen Brötchen und einem Ei zu Teig für Fleischbällchen gestreckt hatte. Kräuter hatte sie im Garten entdeckt. Benita und Rob boten ihre Hilfe an, und so war Enissa nun gleichzeitig Kapitän und Steuermann bei dem Versuch, ihre beiden Matrosen auf dem Ozean der Mahlzeitenzubereitung segeln zu lassen. Benita hatte sich auf den Salat gestürzt, das bewältigte sie alleine. Kochen gehörte nicht zu ihren Hobbys, aber sie hatte Routine. Für Rob dagegen schienen es völlig unbekannte Gewässer zu sein.

„Gab es immer jemanden, der für dich kochte?", fragte Benita entsetzt.

„Natürlich nicht!", empörte er sich. „Pizza kann ich alleine machen."

„Meinst du türkische oder italienische?", fragte Enissa interessiert.

Benita antwortete für ihn. „Er meint Tiefkühlpizza."

Das zählte für ihn? Bei ihrer Mutter gab es so etwas nicht. Ihre Brüder hatten einmal welche aus Trotz gekauft und sie gebeten, sie aufzubacken. Enissa hatte einen Bissen davon versucht. Das war doch nicht gekocht!

Sie freute sich, ihm die notwendigen Handgriffe für ein kleines, aber richtiges Gericht zu zeigen. In ihrer Familie war es ein Konfliktthema, ob Deniz und Ilyas kochen lernen sollten. Zwischen den Brüdern und ihrem Vater bestand

Einigkeit, dass es nicht ihre Aufgabe war. Enissas Mutter vertrat den Standpunkt, dass auch ein Junge heutzutage ein paar Dinge in der Küche beherrschen sollte, und so versuchte sie immer wieder, sich durchzusetzen. Enissa war hin- und hergerissen. Am liebsten würde sie sich raushalten, aber beide Eltern suchten sie als Verbündete. Sah sie eine Chance, erledigte sie alles selbst und stritt sich mit niemanden herum.

Rob dagegen war ein williger Schüler. So machte es Spaß, würde nicht Benita ab und zu mit den Augen rollen, wenn er etwas scheinbar Offensichtliches erfragte. Sie störte das nicht weiter. Er war Anfänger, da musste man eben Fragen stellen.

Enissa war gerührt, als sie den Stolz bemerkte, mit dem Rob seine selbst hergestellten Fleischbällchen verteilte: ein Viertel für sie, eines für Benita, die Hälfte für sich.

„Reicht euch das?"

Beide bestätigten ihm lachend, dass sie davon satt würden.

„Dachte ich mir doch."

Nach dem Essen konnte Enissa es nicht mehr länger aufschieben.

„Ich befürchte, jetzt dürfen wir nur noch Nudeln im restlichen Olivenöl machen mit Kräutern aus dem Garten. Es ist kaum Geld übrig. Auch nicht mehr für Kaffee am Strand, fürchte ich. Pulver haben wir und können ihn hier selbst kochen, das muss ausreichen."

Benita sah sie resigniert an. Wahrscheinlich hatte sie damit gerechnet. Robs Blick war entsetzt.

„Nudeln in Öl?"

„Das ist essbar", erklärte der Rotschopf ihm geduldig. „Kohlenhydrate und Fett, Energie bekommen wir also. Rob, du hältst ein paar Tage ohne Fleisch durch, glaub mir. Toastbrot mit Käse gibt es auch. Vitamine müssen wir uns über die Äpfel und die restliche Wassermelone holen. Zum Frühstück haben wir noch Müsli und Milch. Aber dann wird es knapp. Wenn wir uns zusammennehmen, reicht es für das Wochenende."

Enissa nickte zustimmend. Die Freundin hatte die Situation erfasst. Wahrscheinlich dachte sie schon länger darüber nach. Oder ihre feinen Sinne zeigten ihr Enissas Sorgen.

Rob war frustriert.

„Blöde Bank ohne Geld."

„Wenn du eine hohe Beute gemacht hättest, wären sie uns sicher anders auf den Fersen", vermutete Enissa. „Da würde die Versicherung viel mehr drängen. Das habe ich mal in einem Film gesehen."

„Sie werden uns so oder so bald finden", befürchtete Benita.

Rob stützte sich an den Schläfen auf.

„Verflixter Mist."

Die Kraftausdrücke gefielen Enissa, so altmodisch auf eine niedliche Art und Weise. Aber seinen Frust sah sie mit Bestürzung. Es war so eine gute Zeit gewesen, nie hatte sie mehr Spaß gehabt. Das Ende wirkte bedrohlich.

„Ich bin mit Joschi verabredet", wich sie der Situation aus.

„Ich hoffe, er zahlt für euch", murmelte Rob.

„Mach dir keine Sorgen. Wir brauchen nichts."

„Luft und Liebe reichen", kicherte Benita.

Sie wartete am Eingang des Zeltlagers auf den Jungen, der ihren Pulsschlag beschleunigte.

Zur Begrüßung erhielt sie einen sanften Kuss.

„Gehen wir baden?"

Sie nickte.

„Dann nehme ich was mit. Hilfst du mir beim Tragen?"

In einem Schuppen auf dem Grundstück lagerten verschiedene Wasserspielzeuge. Joschi griff nach einer aufgepumpten Doppelluftmatratze.

„Darfst du das?", fragte Enissa zweifelnd.

„Das gibt keinen Stress, ich klaue sie ja nicht."

Enissa schlüpfte aus dem einfachen Sommerkleid, das sie an einer Strandbude gekauft hatte. Darunter trug sie ihren Badeanzug. Unauffällig betrachtete sie Joschi. Seine Badehose saß knapp, keine Shorts wie bei Rob. Verlegen sah sie zur Seite, blinzelte aber heimlich und stellte sich die Anatomie dort vor. Selbst ihre Gedanken waren wagemutiger als zu Hause. Nur gegen das Blut in ihren Wangen konnte sie nichts unternehmen.

„Du bist süß", kommentierte er ihr Erröten grinsend. Ob nun auch er schon wusste, was in ihrem Kopf vorging? Oder hatte er ihren Blick verfolgt? Wie peinlich.

Joschi schob die schwere Luftmatratze ins hüfthohe Wasser. Er machte eine einladende Geste.

„Prinzessin ..."

„Wieso Prinzessin?"

„Die auf der Erbse hatte auch so dicke Matratzen."

„Ach so." Das Märchen hatte sie in der Grundschule einmal als Theaterstück gesehen.

Vorsichtig hievte sie sich auf die wackelige Unterlage. Joschi hielt sie für Enissa fest. Er warf ihr einen fragenden Blick zu. Auf ihr Lächeln hin schwang er sich gekonnt neben sie. Sie ruderte mit den Armen, um die Balance nicht zu verlieren.

„Du kannst das", stellte sie fest.

„Übung."

„Mit wem teilst du die Matratze sonst?"

Joschi warf ihr ein amüsiertes Grinsen zu. Sie schlug sich die Hand vor den Mund. Hatte er sie falsch verstanden?

„Keine Angst, ich weiß, was du meinst. In der Regel mit einem der Jungs im Zeltlager, wenn wir einen Jungen-gegen-Mädchen-Wasserkampf veranstalten. Ich bin ein Spezialist für dieses Gerät."

Sie drehte den Kopf zur Seite, damit er ihr erleichtertes Lächeln nicht sah.

Gemächlich paddelten sie ins tiefere Wasser. Um im Gleichgewicht zu bleiben, lagen sie beide in der Mitte, so weit es möglich war. Ihre Seitenflächen klebten aneinander. Ihr Oberschenkel an seinem, die Schultern berührten sich. Die Sonne wärmte ihren Rücken, doch die Hitze, die sie fühlte, wo Joschis Haut sich an ihre schmiegte, schien größer. Enissas Atem ging flach. Das Gefühl in ihrem Unterleib wühlte sie auf.

Joschi legte einen Arm über ihre Schulter. Sie wandte ihm ihr Gesicht zu. Sie waren sich so nahe, dass sich ihre Nasenspitzen beinahe berührten. Der Junge lächelte zufrieden, während Enissa Angst hatte, ihr wild schlagendes Herz könnte sie von der Matratze katapultieren.

Warme Lippen auf ihren. Eine Zunge, die verlockend um Einlass bat. Alles andere wurde unwichtig.

Ein Lauf und Konsequenzen

Benita:

Enissa floh geradezu vor ihrem Kommentar über Luft und Liebe.

„Was denkst du, dass da läuft?", fragte Rob.

„Noch ist nicht viel gelaufen, doch ich schätze, es könnte bald so weit sein. Sie schwebt auf Wolken und hat Schmetterlinge im Bauch. Das ist so niedlich!"

„Wann hat sie dir das alles erzählt?"

„Sie hat es nicht gesagt."

Sein Lachen klang unsicher. „Frauen fühlen so was, oder?"

Sie versuchte, keine Verlegenheit zu zeigen. Er wollte es noch immer nicht wahrhaben, ihr Anderssein, und das erleichterte sie. „So in der Art."

„Oder ist das die spezielle Benita-Hellseherei?"

Der Satz erschrak sie. Was war in ihn gefahren? Es passte nicht zu Rob, etwas genau wissen zu wollen. Deshalb war sie so entspannt in seinem Beisein. Dieses zurückgezogene, erwartungsvolle Lauern auf ihre Antwort mochte sie nicht.

„Lass den Quatsch."

Er ließ den Gedanken los und fand zurück in die ihm eigene ruhige Ausgeglichenheit, erkannte sie.

„Das mit uns beiden ist doch auch niedlich."

Da war sie wieder, die Erwartungshaltung. Ein gequältes Seufzen entschlüpfte ihr. Sie wollte ihm nicht weh tun.

„Wir sind keine Teenager mehr."

„Joschi wahrscheinlich auch nicht."

„Aber Enissa."

Rob drang nicht weiter in sie, doch an seiner Enttäuschung konnte sie erkennen, dass er sie richtig verstanden hatte.

Benita dachte an die Eruptionen von Gefühlen, die sie von Enissa empfand. Es war berauschend, fast wie eine Droge. Sie hatte häufig die Nähe von Frischverliebten gesucht. Es gab keine schönere Grundlage für einen glücklichen Tag. Der Nachteil war, dass es sie anfällig machte, sich selbst zu verlieben. Nicht immer war der Kerl, den sie als Zielobjekt fand, es wert.

Als ihre Kollegin frisch verliebt gewesen war und ihr in der Mittagspause ihr Herz ausschüttete, hatte Philipp am Nebentisch gesessen. Nicht, dass sie nicht schon zuvor gewusst hatte, was Nicole ihr erzählen würde. Gerade deshalb hatte sie die Verabredung mit Freuden angenommen.

Benitas glänzenden Augen fielen ihm auf und ihre rosigen Wangen. Zuerst flirteten sie mit Blicken, später mit Worten. Zurück an ihrem Arbeitsplatz kicherte Nicole: „Scheint, als wären wir beide verliebt."

Die Zeit mit Philipp war schön. Hinterher wurde ihr klar, dass sie auf einer Illusion basierte. Liebe war nie wirklich im Spiel gewesen.

Die Gefahr war bei Enissa größer. Sie stand ihr näher, als Nicole es je getan hatte. Normalerweise würde sie selbst mit auf die rosa Wolken gehen. Die Frau, die ihr im Moment am nächsten war, floss über vor Zuneigung für einen Mann, und bei Benita war ein Kerl, mit dem sie seit wenigen Tagen wirklich guten Sex teilte. Sie sollte ihn zwangsläufig durch eine grell-rosarote Brille sehen.

Tatsächlich verdrängte sie gerade jedes kleine Bisschen Verliebtheit, das sie empfand. Innerlich jubilierte sie.

Das bedeutete, Enissas Gefühle übertrugen sich nicht auf sie, obwohl sie stark waren und sie sich nahe standen. Benita beherrschte ihre Emotionen. Das selbst auferlegte Training, um sich abzugrenzen, war erfolgreich. Es hatte sich ausgezahlt, diese verrückte Reise mitzumachen. In Zukunft konnte sie sich vor all den Gefühlen, die sie beeinflussten, schützen. Es funktionierte bei der positiven Kraft, die von Enissa ausging. So gewappnet würde es Benita schaffen, sich gegen Zorn, Hass, Kummer, und was am schlimmsten war, Angst, abzugrenzen.

Sie würde nicht irgendwann verrückt sein.

Nun hatte sie das Gefühl, vor Glück überzufließen. Ihre größte Sorge, wenn noch nicht besiegt, dann zumindest so weit, sie in Schach zu halten.

Gerne würde sie die Freude teilen. Sie sah Rob an, den harmlosen, fürsorglichen Rob. Sie könnte ihm erzählen, was es mit der ‚speziellen Benita-Hellseherei' auf sich hatte. Er war nahe an die Wahrheit gekommen, sie hatte schon viel gesagt, vielleicht war ihm die Sache längst klar. Noch nie zuvor hatte sie jemanden so sehr an sich herangelassen wie Rob und Enissa.

Würden sie verstehen, was es für sie bedeutete? Dazu müsste sie von ihrer Mutter erzählen. Sie wünschte sich, sie könnte mit den beiden darüber reden. Endlich jemanden wissen lassen, was sie seit Jahren belastete. Es war schrecklich.

Die Freundin kam nicht in Frage. Sie war so ausgefüllt mit ihren Erlebnissen mit Joschi, dass in ihr wenig Platz für Benitas Gefühlswelt war. Ohne Zweifel würde sie es versuchen. Das war selbstverständlich für die junge Frau, wenn ein anderer Mensch mit einer Bitte an sie herantrat. Doch ihre Anteilnahme wäre nicht echt. Das konnte sie nicht.

Also blieb Rob.

Er betrachtete sie mit diesem offenen, arglosen Gesichtsausdruck. Sie war seine Hoffnungsträgerin, wurde ihr klar. Vorsicht, sie durfte die Hoffnung nicht von ihm übernehmen. Inzwischen wusste sie, wie ihr das gelang. Robs Erwartungen lasteten auf ihr. Als würde sie alles in Ordnung bringen. Die Verantwortung tragen. Benita sollte stark für ihn sein.

Sie brauchte selbst jemanden, der für sie da war. Das konnte er nicht sein.

Der Kummer darüber, Rob enttäuschen zu müssen, erdrückte sie wie ein Felsbrocken. Auch, dass er nicht genug Kraft für sie hatte, zog sie zusätzlich hinunter.

„Ich kann es nicht in Ordnung bringen", sagte sie und sah ihn traurig an.

„Was meinst du? Was sollst du in Ordnung bringen?"

Doch sie wusste, er hatte begriffen, was sie meinte. Die Hoffnung war weg, an ihre Stelle war nagende Sorge getreten.

Einen Moment sahen sie sich still und traurig an. Dann erhob sich Rob.

„Ich gehe eine Runde laufen."

Robin:

Tapp-tapp-tapp-tapp, machten die Sohlen der Schuhe auf dem Asphalt: So ein Mist, dass er die guten Laufschuhe nicht dabei hatte. Sie wären vielleicht auch für die Flucht nach dem Überfall sinnvoll gewesen. Nein, dachte er. Das brauchte er sich nicht merken. Es würde kein zweites Mal geben.

Gerade war der Drang zu laufen größer als seine

Bedenken, wie sich Füße, Beine, Knie und Hüfte später fühlten. Er hatte den Weg zum Strand eingeschlagen. Normalerweise gingen sie beinahe zehn Minuten, um ihn zu erreichen, im Lauftempo war er deutlich schneller.

Tapp-tapp-tapp-tapp. Eine fast meditative Ruhe breitete sich in ihm aus. Für eine Weile wollte er die unangenehmen Grübeleien vergessen. Tapp-tapp-tapp-tapp.

Das Geräusch änderte sich durch den Sand unter den Füßen, wurde zu mmp-mmp-mmp-mmp. Er hatte es sich schön vorgestellt, hier zu laufen. Doch es waren zu viele Leute da. Sie störten die Ruhe, er musste ihnen ausweichen. Das Tempo wurde vom Wind verlangsamt, dem er sich entgegenstemmte. Teils kam er von vorne, dann wieder von rechts. Im nachgiebigen Sand benötige er sowieso wesentlich mehr Kraft als sonst. Nur ein paar Meter, erreichte er den Holzsteg über die Dünen, ehe er in ein Wäldchen einbiegen würde.

Noch immer zu viele Menschen. Strandbesucher kamen ihm auf den schmalen Wegen entgegen. Endlich erreichte er einen Pfad auf einer Wiese und ließ die Leute und parkenden Autos hinter sich. Padd-padd-padd-padd machten die Füße.

Noch immer wurden seine Bewegungen vom Wind erschwert. Doch er genoss es, alle Gedanken von der salzigen Brise vertreiben zu lassen. Er hatte kein Zeitgefühl. Irgendwann schmerzten die Muskeln. Der Schmerz verging, der Lauf wurde gleichmäßig wie bei einer Maschine. Padd-padd-padd-padd. Sein Instinkt sagte ihm, dass er sich zurückorientieren sollte. Also schlug er die Richtung ein, in der der Strand lag. Er konnte die Wellen hören, das Gerede der Menschen, Kinder schrien. Ein asphaltierter Fußweg

Tapp-tapp-tapp-tapp.

Seine Muskeln schmerzten wieder, die Füße und Kniegelenke nahmen ihm die gering gepolsterten Schuhe übel. Doch die Gemütsverfassung war besser. An einer Bushaltestelle am Ortsrand setzte er sich auf die Bank. Die unwillkommenen Gedanken ergriffen ihre Chance, als seine Abwehr nachließ. Nun ließ er sie zu.

Benita. Sie war wohl nicht in ihn verliebt. Sagten die Mädchen nicht, sie bräuchten Liebe zum Sex? Scheinbar nicht jedes. Und er? Liebte er sie?

Er war ein Mann, er konnte einfach so mit einer Frau schlafen. Vor allem mit einer, die so aussah: gleichmäßige, helle Haut, niedliche Sommersprossen, ungewöhnliche Farben. Die Haare waren rotgold, je nach Licht überwog eine Schattierung. Dazu die grünen Augen. Smaragdgrün war ein Wort, mit dem man Frauen beeindruckte. Sarah hatte ihm in einem Schaufenster die bunten Edelsteine gezeigt, die hatten eine andere Farbe. Benitas Iris sah eher aus wie der Bach, den er überqueren musste, um zur Arbeit zu kommen. Nach Regen bei aufgewühltem Boden. Inzwischen sah er sie nicht mehr einfach als bunt an, die Schattierungen waren zu Benita-Tönen geworden.

Dazu ihre Figur, von der er nicht genug bekam. Sie hatte kleine Brüste, doch eindeutig weiblich. Kein Baumeln, nur Wippen, egal, wie sehr er sie in Bewegung brachte. Seine Finger und der Mund wurden wie von einem Magnet davon angezogen.

Ihre Beine waren lang. Models hatten schmalere Oberschenkel, aber Rob gefielen Benitas Rundungen dort. Die Sommersprossen darauf machten sie zu einer Besonderheit. Und ihr Hintern …

Dazu ihre seltsame Art, ihn zu verstehen. Er fühlte sich

wohl bei ihr. Es war unmöglich, ihr etwas vorzumachen, also tat er es nicht. Das war befreiend.

Ihr Lachen! Wie das Xylophon, das er in der Kindheit gehabt hatte.

Ja, mit so einer Frau schlief er gerne. Aber er liebte sie nicht, oder? Sie war seine Geisel. Okay, eine Freundin. Eine wie sie sollte er nicht lieben. Sie passte nicht zu ihm. Was wollten sie zusammen unternehmen, wenn sie kein Unterpfand für ihn mehr wäre und sie gerade nicht das Bett teilten? Er hatte gedacht, Sarah und er würden gut zusammenpassen. Letztendlich hatte er ständig versucht, eine Person zu sein, die er nicht war. Jemand, der Geld hatte. Denn so erträumte sie sich ihr Leben..

So war Benita nicht. Sie war eine Frau, die ernsthafte Unterhaltungen führen wollte. Gespräche, die Rob dazu brachten, sich vor die Spielekonsole zu setzen und keine Zeit zu haben. Seine Freundin in Augsburg war auch so gewesen. Trotzdem hatten sie es miteinander versucht. Sie mochte Robs Humor und lachte mit ihm. Am Ende reichte das nicht. Benita würde sicher noch mehr auf diese Art reden als seine Ex und weniger Spaß haben wollen. Im Bett vielleicht schon, aber sonst nicht. Nicht die Art, die er suchte. Es konnte nicht gut gehen.

Dann schoss ihm der Gedanke durch den Kopf, der weit bedrohlicher war: Geld, das große Schreckgespenst.

Er fühlte sich wohl mit Enissa und Benita. Wie auch immer die Alternative aussah, besser konnte es kaum werden. Wenn es in seiner Macht stünde, würde er ihren kleinen Roadtrip fortsetzen. Nach Spanien wollte er gerne mit ihnen fahren, daran hatte er schöne Erinnerungen. Der erste Urlaub im Ausland. Oder in die Türkei an die Orte, von denen Enissa ihm beim Kochen erzählt hatte. Das Essen dort schmeckte gut. Döner fand er toll, Enissas Kochkünste waren noch besser. Bestimmt würde es ihm in dem Land gut gefallen.

Wie sollte er an Geld kommen? Sein Arbeitsplatz war nach der Sache mit der Bank wahrscheinlich weg. Vielleicht galt er als kriminell. Er war kein Verbrecher, allerdings sah man ihn möglicherweise so.

Dann konnte er ja genauso gut einer werden. Die Schreckschusspistole sah aus wie echt, da machten die Leute erst mal mit. Er würde niemals auf einen Menschen schießen, nicht mal mit so einem Ding, aber das wusste ja niemand. Eine Bank zu überfallen war Blödsinn, das war ihm nun klar. Hatten die doch tatsächlich kein Bargeld mehr … Wo zahlte man heutzutage noch in bar? Bei Tankstellen auch nicht, da lief genauso alles mit Karte. Wozu brauchte er selbst denn Scheine und Münzen? Außer zur Zeit natürlich, da blieb ihm nichts anderes übrig, um nicht entdeckt zu werden, wie Enissa ihm beigebracht hatte.

Wenn er irgendwo was trinken ging. Kneipen, Bars, Cafés. Er dachte an die Kellnerin im Bauernhofcafé, das sie hier besuchten. Sie hatten sich mit ihr unterhalten. Ihrer Familie gehörte das Café. Sie kamen mit dem Sommergeschäft und der Kombination aus verschiedenen Einnahmequellen gerade so über die Runden. Niemals könnte er ihr etwas wegnehmen.

Er ging zurück zum Ferienhaus. Es war tatsächlich nur noch ein kurzes Stück. Auf dem Weg dachte er darüber nach, ob ihm ein besseres Ziel einfiel.

Nein. Mist. Wenn er ehrlich zu sich war, wollte er niemanden ausrauben.

Benita war zu Hause, Enissa fehlte. Das rote Haar hing an den Seiten einer von Tantes Zeitschrift herab, in der sie las. Rob war nicht in der Stimmung, sich zu ihr zu setzen. Er musste duschen.

Zum Glück gab es im Haus eine Waschmaschine, einen Trockner und Waschmittel. Er stopfte seine verschwitzten Sachen hinein. Enissa und Benita hatten beide gebrauchte Kleidung in den Wäschekorb davor gelegt. Er warf sie mit dazu. Bei Enissas BH zögerte er. Er sah so fein aus. Neugierig suchte er nach der eingenähten Waschanleitung. Doch, er durfte ihn waschen. Hinein damit. Zum Glück hatte Benita nicht gesehen, wie er die Damenwäsche untersuchte. Aber eigentlich war es gleichgültig. Sie würde sowieso bald mit ihm Schluss machen, glaubte er. Hoffte er. Er selbst konnte es sich nicht vorstellen, den Schritt zu tun.

Die düsteren Gedanken waren zurück. Nackt ließ er sich auf die Schlafcouch fallen. Wie sollte es weitergehen? Woher bekam er Geld, ohne zu stehlen?

Benita kam zu ihm und streichelte seinen Rücken.

„Was macht dir solche Sorgen?"

Spontan wollte er sie anblaffen, sie solle nicht wieder mit ihrer Hellseherei beginnen. Aber vielleicht sah man es ihm ja tatsächlich an.

„Geld. Immer das Geld", sprach er ins Kissen.

„Wir haben noch dieses Wochenende."

„Und dann muss mir was eingefallen sein."

„Wieso dir?"

„Oder auch dir. Aber wir brauchen Geld."

Benita legte sich neben ihn.

„Wir könnten aufgeben."

„Das gefällt mir nicht."

„Was ist die Alternative?"

Rob gab ein weinerliches Stöhnen von sich.

„Ich habe darüber nachgedacht, mit der Pistole noch

einmal was zu überfallen. Das müsste dann aber erfolgreich sein."

Benita knurrte.

„Das bist doch nicht du. Du willst niemandem etwas tun."

„Was soll ich denn sonst tun?", stieß er verzweifelt hervor. „Mich umbringen?"

Einen Moment war es still, dann packte ihn Benita an den Schultern. Grob drehte sie ihn um, so dass er ihr ins Gesicht sah. Es erschreckte ihn. Sie hatte hektische rote Flecken auf Hals und Wangen. In ihren Augen standen Tränen. Der Mund war ein schmaler Strich.

„Sag so etwas nie wieder!", zischte sie. „Du wirst dich nicht aus der Verantwortung stehlen, hörst du?" Sie holte aus und schlug ihm ins Gesicht.

„Spinnst du?"

Er hielt sich die Wange. Sie brannte. Noch nie hatte ihn eine Frau geschlagen.

„Nein, du! Wie kommst du dazu, so etwas zu sagen? Du weißt doch nicht, was du da von dir gibst!"

Sie zitterte vor Wut.

„Ben, ich weiß nicht mehr weiter."

So hatte er sie noch nie genannt. Einmal hatte sie erwähnt, dass die Mitschüler sie so angesprochen hatten und sie mochte den Männernamen eigentlich nicht. Doch er war mit großer Zärtlichkeit ausgesprochen worden und ihre Züge wurden weicher. Sie wirkte nicht mehr so furchterregend.

„Vielleicht musst du was Neues ausprobieren. Konsequenzen tragen, wäre mein Vorschlag."

„Konsequenzen? Was für Konsequenzen?"

Benitas Gesicht war ernst.

„Du wirst ins Gefängnis müssen. Vielleicht findest du einen Anwalt, der dich raushauen könnte. Im Fernsehen gibt es so jemanden immer, aber der ist teuer. Ich habe versucht, es herauszubekommen. Ich glaube, es geht nicht anders."

Rob verbarg sein Gesicht wieder im Kissen.

„Das ist unfair! Eigentlich habe ich doch gar nichts getan! Ich habe kaum Geld bekommen und zu euch bin ich immer nett gewesen. Ihr hättet schon lange abhauen können. Ihr wolltet nicht."

Wieder streichelte sie seinen Rücken.

„So ist das in der Welt der Erwachsenen. Sie kommt einem unfair vor."

Frusttränen flossen ins Kissen. Benita durfte sie nicht sehen.

Die Welt der Erwachsenen. Er dachte an die Eltern, an seine Schwestern. Es war ihre Welt. Wo war Robs?

Der Brillenbär fiel ihm ein. Der musste auch keine Konsequenzen fürchten, Mutti und Vati passten auf.

War er wie Björn? Er wollte nicht darüber nachdenken. Doch der Gedanke ließ ihn nicht los.

„Wie lange?", gelang es ihm, zu fragen.

„Sechs bis acht Jahre, glaube ich."

„Das darf nicht wahr sein. Ich gehöre da nicht hin."

„Nein, tust du nicht. Aber ich sehe keinen anderen Weg, der nicht alles schlimmer macht."

„Ich wünschte, ich wäre tot." Hoffentlich reagierte Benita nicht wieder so extrem. Er hatte den Satz nicht unterdrücken können.

Dieses Mal durfte er liegen bleiben.

„Tust du nicht. Du bist jemand, der in jeder Situation glücklich werden kann. Das mag ich an dir. Egal, wie schlimm es ist, ich wette, du findest dort deinen Weg. Und danach wirst du neu beginnen. Aber das heißt auch, du darfst ganz neu anfangen. Du schaffst das."

„Denkst du wirklich?", fragte er. Er wollte ihr glauben. Sie war klüger als er, es musste stimmen.

„Ja, denke ich."

Der Schlüssel

Steffen:

„Auf nimmer Wiederhören, Herr Dr. Saygun", murmelte er, nachdem der Gesprächspartner aufgelegt hatte. Welcher Idiot hatte dem Kerl seine Handynummer weitergegeben? Er hatte Besseres zu tun, als irgendeinem wählerbetüttelnden Politiker Auskünfte über eine laufende Ermittlung zu geben. Das war schon der zweite Anruf des Gemeinderats gewesen. Er schien ehrlich besorgt um das türkische Mädchen zu sein. Angeblich kannte er sie von Kindesbeinen an. Er war überzeugt, sie war ein unschuldiges Opfer, das dringend gerettet werden musste, sofern sie nicht bereits tot war. Wie nahe stand der Herr Doktor der jungen Frau wirklich? Den Wahrheitsgehalt von Politikeraussagen bezweifelte er.

Steffen schob den Frust beiseite und freute sich über die gewaltigen Fortschritte, die ihm gelungen waren. Er dachte an die Vernehmungen des heutigen Tages zurück.

Onkel und Tante von Robin Römer gaben ein ähnliches Bild ab wie seine Eltern. Sie sangen das Lied des lieben Jungen, der unmöglich ein Bankräuber sein konnte. Den erwachsenen Mann kannten sie dabei noch schlechter als Mutter, Vater und die Schwester des Verdächtigen. In der Kindheit hatten sie ein enges Verhältnis zu ihm gehabt. Wochenlang war er in den Ferien bei ihnen gewesen, wenn er nicht an einem der staatlichen Angebote teilnahm.

Und wieder fragte sich Steffen, wie jemand, der von solcher Fürsorge und Liebe umgeben war, einen Weg einschlug, auf dem er zum Bankräuber wurde. Aber er wusste, Robin Römer hatte es getan. Er war mit einer Waffe in eine Bank marschiert und mit zwei Geiseln herausgekommen.

Seine Hoffnungen für das Gespräch mit Caroline Krasser waren gering gewesen. Er strich sich gedankenverloren über den Bart und ging es Schritt für Schritt noch einmal durch.

Bei der Aufnahme ihrer Daten erschien sie ihm abweisend. Ihre Antworten blieben knapp, das Kinn herausfordernd gehoben. Das kannte er. Es gab Menschen, die waren aufgeregt, im Mittelpunkt zu stehen, wenn sie eine Aussage machten. Andere beichteten voller Gewissensbisse jeden Fehltritt, den sie je in ihrem Leben begangen hatten, das war kräftezehrend. Meistens erwarteten sie Absolution für Dinge, die ihn absolut nicht interessierten. Die dritte Gruppe zeigte Wut und Misstrauen gegenüber der Staatsmacht, die er verkörperte, als wäre er der Böse. Zu denen schien Caroline Krasser zu gehören. Kein Wunder, er ermittelte gegen einen Verwandten. Allen seine Eindrücke sagten ihm, dass Robin ein nicht allzu kluger, jedoch völlig gutartiger Mensch war. Womöglich war er ihr Lieblingscousin. Da konnte man schon mal trotzig werden. Davon abgesehen machte sie auf ihn einen wachen und aufmerksamen Eindruck. Mit ihr hätte er gerne mal ein Glas Wein getrunken, wären sie sich irgendwo sonst begegnet.

„Wie gut kennen Sie Robin Römer?"

„Als Kind und Jugendlichen sehr gut. Die letzten Jahre habe ich ihn nicht mehr gesehen."

Etwas fiel ihm auf. Ein schnelles Blinzeln. War sie generell nervös, mit jemanden von der Polizei zu sprechen? Um ihre Reaktion noch einmal zu testen, blieb er bei dem Thema.

„Wann genau haben Sie ihn zuletzt gesehen?"

„1998 begann er die Ausbildung in Augsburg. Ich glaube, im zweiten Lehrjahr sind wir uns mal begegnet, als er hier zu Besuch war. Das dürfte dann wahrscheinlich 1999 oder 2000 gewesen sein."

Sie wich seinem Blick aus. Er suchte Augenkontakt.

„Haben Sie seither noch einmal mit ihm gesprochen?"

„Nein." Sie sah auf den Tisch vor sich. Ihre Stimme zitterte. Das waren die schwierigen Momente. Der private Steffen hätte ihr gerne aufmunternd zugelächelt, der Polizeihauptkommissar sollte zufrieden sein, dass er sie allmählich knackte. Er erfüllte seine Aufgabe.

„Ich glaube Ihnen nicht."

„Aber das ist die Wahrheit!" Ihre Stimme klang empört, doch ein gehetzter Tonfall schwang mit. Er war an etwas dran. Sie hatte mit Römer Kontakt gehabt. Steffen war sicher. Die Eisenacher Kollegin, die ihn noch immer begleitete, übte Zurückhaltung. Ob auch sie misstrauisch war? Er sah sie an. Ihr Blick war auffordernd.

„Wann haben Sie ihn tatsächlich zuletzt gesprochen?"

„Ich sagte doch, das ist etwa fünfzehn Jahre her."

Er nahm sie noch eine Weile in die Mangel, aber Caroline Krasser blieb dabei. Dennoch, die verräterischen Anzeichen waren unübersehbar. Ihre Stimme bebte, sie konnte ihm nicht lange in die Augen sehen und schwitzte. Die Wangen glühten, sie räusperte sich nervös, er hörte, wie ihre Zunge am Gaumen klebte, obwohl sie viel Wasser trank. Als sie ihre Aussage unterschrieb, zitterte ihre Hand.

„Wir sind uns einig: Sie hat zumindest mit ihm telefoniert", stellte Steffens Kollegin fest, nachdem die Krasser gegangen war.

„Ich glaube eher, er hat sie gesehen. Wir wissen, er war hier in Eisenach. Seitdem ist der Fluchtwagen verschwunden. Wir sollten nach dem Auto suchen. Außerdem will ich erfahren, ob alle Fahrzeuge, die auf Frau Krasser zugelassen sind, noch da sind."

„Ich kümmere mich darum."

Steffen wusste, er war dem Ganzen auf der Spur. Das war ein wichtiger Schritt. Caroline Krasser war der Schlüssel. Er dachte an die beiden Geiseln. Robin Römer war angeblich ein anständiger Kerl, zumindest als Junge. Wie sehr hatte ihn die Zeit in der Fremde verändert? Waren Enissa Altinay und Benita Kirsch in Gefahr?

Freitag
Es

Enissa:

Die milde Morgensonne wärmte ihren Rücken. Sie war auf dem Weg zu Joschis Zeltlager. Dieses Mal hatte sie zu Hause die schwindenden Reste gefrühstückt. Pläne für den heutigen Tag würden sie schmieden, wenn sie sich trafen.

Hoffentlich fanden sie Zeit für sich alleine, ohne dass sie ständig von Ostsee-Touristen umgeben waren. Auf der Matratze im Wasser gestern an ihn gepresst zu liegen, ihn zu küssen, war unbeschreiblich gewesen. So nahe an ihm hatte Enissa durch die enge Badehose Regungen gefühlt, die sie nicht kannte. Natürlich wusste sie, was es zu bedeuten hatte, es aber selbst zu erleben, zu fühlen, zu wissen, sie hatte die Reaktion ausgelöst ... Ein Wirbelsturm unterschiedlicher Empfindungen tobte in ihr. Etwas war ihr klar: Es änderte alles, was sie bisher war. Trotzdem wollte sie mehr davon.

Joschi erwartete sie am Tor.

„Kommst du mit rein?"

Sie sah ihn verwirrt an.

„Ins Zeltlager? Wozu? Was hast du vor?"

Er lächelte hintergründig und eigentümlich unsicher.

„Lass dich überraschen."

Joschi ergriff ihre Hand und zog sie am Zaun entlang weg von den Zelten. Im Stimmengewirr nahm sie neben den lebhaften Kindern die lauteren, knappen Sätze der Betreuer wahr. Sie hatte den Eindruck, die Gruppe wurde zu einem Ausflug angetrieben. Joschi bemerkte ihre Aufmerksamkeit.

„Sie müssen rechtzeitig zu den Bussen. Heute fahren sie nach Stralsund ins Ozeaneum. Da sind sie den ganzen

Tag unterwegs. Ich habe hart darum gekämpft, frei zu bekommen, aber der Campleiter schuldete mir einen Gefallen. In einer Viertelstunde ist hier herrliche Ruhe und Einsamkeit."

Enissa lächelte ihn schüchtern an. Hitze stieg in ihre Wangen. Sie würden alleine sein, wie sie es sich wünschte. Joschi bemerkte es und streichelte mit dem Daumen ihr Handgelenk.

„Zeit ganz für uns."

Er führte sie zu dem Schuppen, aus dem er gestern die Luftmatratze geholt hatte. Sie trat ein. Es war weniger düster als beim ersten Mal. In einer Ecke leuchteten Dutzende kleine Windlichter und verbreiteten eine geheimnisvolle Stimmung. Gestern hatte es modrig und abgestanden gerochen, heute war die Luft angenehm. Die Hütte war gründlich gelüftet worden. Ein Duft nach Orangen umgab sie. Vielleicht ein Duftöl oder ein Raumspray?

Sie trat auf die Lichter zu. In ihrer Mitte lag die bekannte Doppelmatratze, dieses Mal jedoch bedeckt mit verschiedenen gemusterten Decken, wahrscheinlich Badelaken. Ein paar bunte Sofakissen waren einladend darauf drapiert. Eine Liegewiese. Die Schmetterlinge in ihrem Bauch feierten eine Party mit dem Ameisenvolk, das eingezogen war, als sie Joschi kennenlernte.

Sie wusste nicht, was sie sagen sollte. Ein türkisches Mädchen blieb Jungfrau. Sie musste dieses Geschenk für ihren Bräutigam bewahren. Wenn sie jetzt nicht von ihm wegging, veränderte sie ihre Zukunft radikal. Sie wandte sich von ihrer Familie ab. Nie wieder wären die Eltern stolz auf sie. Ihre Brüder würden sie verachten.

Aber hier war Joschi, der wundervollste Mann, den sie

je kennengelernt hatte.

Er brauchte keine Worte. Sanft nahm er ihr Gesicht in die Hände und küsste sie. Enissa erwiderte den Kuss, inzwischen ein vertrautes Terrain. Er griff unter ihr Shirt. Seine Finger strichen über ihre Taille, verweilten auf ihrem Kreuz und zogen sie näher an sich. Die Härte, die sich gegen ihren Bauch presste, gab ihr eine Gänsehaut. Sie legte die Stirn an seine Schulter und versuchte, ihren Atem zu beruhigen.

Er setzte sich auf die Matratze und klopfte neben sich. Enissa folgte der Aufforderung bereitwillig, aber nervös. Die Kinderstimmen wurden leiser. Kurz darauf brummte ein Dieselmotor auf und entfernte sich.

„Jetzt sind wir unter uns", stellte sie überflüssigerweise mit zitternder Stimme fest.

Joschi und sie saßen sich gegenüber. Die blauen Augen flitzten hin und her, seine Finger spielten unruhig miteinander.

„Magst du?"

Er lehnte sich zurück und holte einen Gegenstand neben der Matratze hervor: ein Piccolo-Fläschchen Sekt und zwei Becher.

„Gibt es etwas zu feiern?" Ihre Stimme klang hoch.

„Lass uns den Tag zu einem besonderen machen."

Enissa fragte nicht, was er meinte, so naiv war sie nicht. Sie waren sich am Dienstag begegnet. Ein kurzer Zeitraum. Auch Benita und Rob kannten sich nicht lange, als sie begannen, das Schlafzimmer zu teilen. Sie standen sich aber nach ihren gemeinsamen Erlebnissen eigentümlich nahe.

Enissa hatte das Gefühl, Joschi zu kennen. Nie hatte sie mit jemanden in so kurzer Zeit so viel Persönliches geteilt. Sie wusste, wie er sich anfühlte, und das war wunderbar.

Sie war achtzehn Jahre alt und noch Jungfrau.

Ob sie stolz darauf sein sollte, war sie nicht sicher. Zwar erfüllte sie damit die Wünsche und Erwartungen ihrer Familie. Ein türkisches Mädchen durfte keine Wahl haben. So etwas wie Aufklärung gab es nicht, Gedanken darüber waren verboten. Den Job hatte die Schule übernommen. Sie war in dem Unterricht besonders schweigsam geblieben, um niemandem ihre Unwissenheit zu zeigen.

Gleichzeitig fühlte sie sich als Dinosaurier. Alle die jungen deutschen Frauen, die sie kannte, führten offensichtlich intime Beziehungen zu Männern. Es machte sie nicht zu schlechten Menschen. Enissa hatte noch nie jemanden getroffen, dem sie genug vertraute, um den Schritt mit ihm entgegen der Werte zu gehen, die ihre Familie ihr beigebracht hatte.

Einmal hatte sie unter türkischen Frauen geflüsterte Tipps aufgeschnappt, wie sich Jungfräulichkeit vortäuschen ließ, ohne dass sie es genau verstand. Seitdem war ihr klar, auch hier widerstanden nicht alle der Versuchung. Eine aus ihrem Ort war sogar schwanger gewesen, ehe sie verheiratet war.

Sie war keine deutsche Frau, die sich diese Freiheit ganz selbstverständlich nahm. Aber nun war sie Joschi begegnet, ihrem Helden. Dem Mann mit den schönsten Augen, die sie kannte, einem Körper, wie ihn die Schauspieler im Fernsehen hatten und mit dem sie sich über unendlich viele Dinge unterhalten konnte. Wenn er sie küsste, entfachte das einen Flächenbrand in ihrem Inneren, dessen Herd sich in ihrem Unterleib befand.

Dennoch war es früh für den Schritt, sollte sie ihn tatsächlich wagen. Auf der anderen Seite wusste sie nicht, was auf sie nach diesem Wochenende zukam. Hierbleiben konnte sie nicht. Wenn sie es mit Joschi erleben wollte, musste es jetzt geschehen.

Sie würde es tun und war bereit, den Preis zu zahlen. Ihre Kehle war eng, doch der Blick auf den Mann neben ihr ließ sie vertrauensvoll lächeln.

Wie fühlte es sich an? Sie hatte gehört, es tat beim ersten Mal weh. Ein weiterer Grund, es hinter sich zu bringen, damit sie es ein zweites Mal ohne Schmerzen erleben konnte.

„Gerne."

Ihr war klar, die Antwort galt nicht dem Sekt alleine. Er strahlte sie an und goss die helle, perlende Flüssigkeit in die Becher.

„Auf die blöden Kerle, die dafür sorgten, dass wir uns kennengelernt haben", sagte er und stieß mit ihr an. Es klang nach Plastik.

Sie schüttelte den Kopf. Auf die wollte sie nicht trinken.

„Auf uns", schlug sie vor. War das anmaßend? Sich selbst zu feiern?

Er lächelte befreit. „Das ist besser."

Enissa trank selten Alkohol. Der Sekt war süßlich, aber trotzdem herb. Er sprudelte stark. Die Kohlensäure ließ einen Nebel in ihr Gehirn steigen. Sie war dafür dankbar, stellte den Becher jedoch beiseite.

Joschi rückte näher und küsste sie. In seinem Mund schienen kleine Bläschen zu prickeln. Der süße und herbe Geschmack passte zu ihm.

Er zog sie mit sich auf die Matratze. Aneinandergepresst lagen sie erst nebeneinander, dann rollte sich Joschi auf sie. Sie küssten sich gierig, schöpften kaum Atem. Er streichelte ihren Bauch, die Hände glitten höher. Mit den Daumen strich er durch ihren BH über die

Brustwarzen. Sie erhärteten und reckten sich seinen Fingern entgegen. Gleichzeitig wurden sie empfindlich, sandten Nervenimpulse durch ihren Körper. Enissa sog scharf Luft ein.

Wollte sie es wirklich? Es war ein gewaltiger Schritt für sie. Ihre Familie! Konnte sie ohne sie leben, falls sie ihr nicht verziehen? Der Preis tat so weh …

Es fühlte sich richtig an. Wie eine Fackel leuchtete der Gedanke in ihr auf und verbannte alle anderen: Ein Mann berührt meine Brust und ich mag es.

Ihre eigenen Hände bewegten sich wie ferngesteuert über Joschis Rücken. Sie schaltete ihre bewusste Wahrnehmung ein und erfühlte das kleine Tal an seiner Wirbelsäule, die Pyramiden der Schulterblätter, die Muskeln und Sehnen, die sie berührte. Ihre Finger wanderten wieder abwärts, verweilten in der Senke über dem Kreuz. Joschi seufzte wohlig, und so streichelte sie die Stelle länger. Dann ging es nach unten. Enissas Zeigefinger glitt am Hosenbund entlang, sie fasste ihren Mut zusammen und bewegte sich darunter. Es fühlte sich verrucht an, als ihre Hände auf den Hügeln waren und ihre Daumen durch die Senke strichen.

Abrupt richtete sich Joschi auf und zog sein T-Shirt aus. Fasziniert betrachtete Enissa den entblößten Oberkörper. Sie wusste bereits, er war haarlos. War das natürlich, fragte sie sich. Sie hatte gehört, viele Männer entfernten ihre Behaarung. Ihre Brüder brauchten sich damit noch nicht befassen, doch ihr Vater hatte einen üppigen Pelz auf Brust, Bauch und Rücken.

Sie ließ ihre Augen abwärts gleiten. Hier begann eine feine, dunkle Linie aus Haaren, die am Knopf seiner Jeans endete. Darunter war eine Beule zu erkennen. Das Wissen, was sie verursachte, verschlug ihr den Atem. Ihren Blick konnte sie nicht abwenden.

Joschi beobachtete, wohin sie sah.

„Fass ihn an, wenn du willst."

Sie schrak zusammen. Was erwartete er?

„Ich habe so etwas noch nie getan."

Er sah sie überrascht an.

„Was hast du noch nie getan? Einen Mann dort angefasst?" Er stockte. „Bist du eine Jungfrau?"

Das Blut schoss ihr in den Kopf. Bestimmt wollte er nichts mehr mit ihr zu tun haben, wenn sie die Wahrheit sagte. Aber sie musste es zugeben. Beschämt nickte sie.

„Wow." Joschi setzte sich zurück auf die Knie. „Dass du wenig erfahren bist, war mir klar. Und ich dachte, du wärst nur schüchtern."

„Bin ich", gab sie zu.

Er sah sie einen Moment an, als würde er sie gerade kennenlernen.

„Sollen wir aufhören?"

Enissa starrte ihn an. Erwartete er ernsthaft, dass sie ihn dazu aufforderte, weiterzumachen? Sie sollte es verlangen?

Bei allem, wozu sie sich bis jetzt überwunden hatte, war das der schwierigste Punkt. Es war eine Sache, sich verführen zu lassen, eine andere, dabei eine aktive Rolle zu übernehmen. Sie hörte, wie sie ein Wimmern von sich gab.

Joschi verstand sie falsch.

„Das ist okay, Süße, ich gehe nicht weiter, als du willst."

Warum denn nicht? Schrie eine Stimme in ihrem Kopf. Nimm mir die Entscheidung ab!

Doch er schwieg und sah sie abwartend an.

Sie seufzte. Nervös glitten ihre Augen durch den Raum.

174

Neben der Luftmatratze standen die Flasche und die leeren Becher. Und dahinter ... ein quadratisches, kleines Päckchen aus schwarzem Kunststoff. Sie streckte sich, nahm es in die Hand. Ein Kondom. Sie hielt es Joschi hin.

Er strahlte sie an und griff danach.

„Das nehme ich als ein: ‚Ich will'." Das Päckchen legte er neben sich. „Ich danke dir für dein Vertrauen. Das ehrt mich."

Er setzte sich, lehnte sich wieder auf sie. Enissa stoppte ihn, richtete sich auf und schlüpfte aus ihrem Shirt. Sie wollte seine Haut auf ihrer spüren.

Joschis Mund wanderte von ihren Lippen über ihren Hals zum Rand des BHs. Dort schob er die Träger herunter. Sie erhob sich leicht, so dass er ihn in ihrem Rücken öffnen konnte. Dann lagen ihre Brüste nackt vor ihm.

Seine Augen leuchtenden, als er sie ehrfürchtig betrachtete. Enissa fand ihren Busen in Ordnung. Er hatte die richtige Größe, um ihr Formen zu verleihen, und er war straff. Bei ihrer Mutter war das nicht so. Das lag an den drei Kindern, hatte sie ihr erklärt. Sie waren ab und zu gemeinsam in einem Hammam für Frauen gewesen, daher wusste sie, wie er und einige andere aussah.

Auch Joschi schien zu gefallen, was er sah. Sein Gesicht strahlte, als er die Lippen um eine dunkle Warze legte. Enissa warf ihren Kopf in den Nacken, schloss die Augen und genoss. Ein Ziehen ging von ihrer Brust aus und strömte durch ihren Körper. Sie stöhnte.

Er öffnete ihre Hose und schob sie hinunter. Plötzlich fühlte sie seine Finger in ihrer Scheide. Erschreckt sah sie ihn an. Das gehörte wohl dazu.

Joschi bemerkte ihre Reaktion.

„Du musst feucht sein, wenn wir miteinander schlafen

wollen."

„Was muss ich dafür tun?", fragte sie unwissend. Damit brachte sie ihn zum Lachen.

„Nicht du. Ich."

In ihrem Schoß bewegte er einen Zeigefinger. Erst vor und zurück, dann kreisend. Er umkreiste eine kleine, harte Stelle, von der Enissa wusste, sie war sehr empfindsam. Kein anderer Mensch hatte sie je angefasst. Dass sie sich selbst dort berührt hatte, war ihr Geheimnis.

Er löste unglaubliche Gefühle in ihr aus. Sie zitterte, krallte ihre Hände in seine Schultern. Er grinste.

„Wie fühlt sich das an?"

„Nicht aufhören!", wimmerte sie.

Er schob einen Finger in sie, vor und zurück, dann einen zweiten.

„Ich denke, du bist so weit", murmelte er. „Vertraust du mir?"

Sie nickte wild. Was auch immer er dort unten tat, war eine Sensation. Sie wollte mehr davon.

Er setzte sich, zog ihr Hose und Slip über die Füße und öffnete seine Jeans. Enissa sah für einen Moment verlegen zur Seite. Dann zwang sie sich dazu, hinzusehen. Dieser Teil seines Körpers würde ihr sehr nahe kommen. Sie sollte ihn betrachten können.

Er war nicht hübsch, aber faszinierend. Groß und steil aufgerichtet entsprang er der haarigen Stelle zwischen den Beinen. Joschi nahm ihre Hand und legte sie darauf. Er fühlte sich heiß, hart und angenehm glatt an.

„Reib", sagte er atemlos.

Enissa wurde rot, tat aber, worum er sie gebeten hatte. Vorsichtig griff sie zu. Sie fühlte ein Pochen. Joschi stöhnte und nahm ihre Hand, um das Tempo zu beschleunigen.

Enorm. Das Organ konnte noch härter und größer werden.

„Stopp, sonst ist das gleich vorbei", presste er irgendwann heiser hervor. Dann packte er das Kondom aus und rollte es über das angeschwollene Glied ab.

Er kniete sich zwischen ihre Beine, beugte sich vor und küsste sie wieder. Mit einer Hand erkundete er nochmals die Stelle in der Mitte ihrer Schenkel.

„Bereit?"

Noch einmal nickte sie schweigend. Dann fühlte sie einen Druck am Eingang zu ihrem Innersten. Vorsichtig schob sich Joschi weiter vor. Ein brennender Schmerz. Enissa keuchte erschreckt auf. Er sah ihr in die Augen. Sie schüttelte den Kopf und machte eine Geste, um ihn zum Weitermachen aufzufordern.

Als er ganz in ihr war, hielt er kurz inne, zog sich zurück, stieß wieder zu. Es brannte, aber weniger als beim ersten Mal, beim nächsten Mal ließ der Schmerz weiter nach, dann fühlte sie vor allem ein aufregendes Reiben. Andere neue Gefühle entstanden. Es war ähnlich wie die Momente, in denen er den harten Knopf umkreist hatte, nur druckvoller, mächtiger. Eine Spannung breitete sich in ihrem Körper aus. Sie drückte ihren Rücken durch.

Nun kombinierte er beides, stieß in sie und rieb mit der Hand an der Stelle, die dieses wilde Gefühl auslöste. Ihr Blickfeld verengte sich, sie schloss die Augen. Ihr ganzes Dasein schien sich auf das zu bündeln, was zwischen ihren Schenkeln geschah. Sie wimmerte überwältigt.

„Ich kann mich nicht mehr zurückhalten", keuchte Joschi in ihr Ohr.

„Mach", forderte sie ihn auf.

Tempo und Kraft der Stöße steigerten sich, die Finger kreisten schneller. Es war, als hätte sie abgehoben, gleichzeitig fühlte sie die Tücher unter ihrem Rücken viel deutlicher als zuvor. Alles war intensiver. Etwas zog sich in ihr zusammen, zwischen ihren Beinen, immer enger. Sie sog die Luft ein, als sie das Gefühl hatte, es nicht mehr aushalten zu können.

Es war wie eine Explosion, als würden Funken in ihren Körper geschleudert. Sie zuckte und schrie auf. Da drückte sich Joschi durch, tat einen tiefen Stoß und fiel nach vorne auf ihren Oberkörper.

Das war es. Sie hatte es getan. Sie war keine Jungfrau mehr. Unwiderruflich.

Es war der Wahnsinn. Deshalb machten also alle so ein Theater darum. Und trotzdem so simpel. Es schien sich wie von selbst ergeben zu haben. Wobei Joschi offenbar wusste, was ihnen beiden guttat.

„Wie hat es dir gefallen?", fragte er. Seine Stimme zitterte dabei. War er unsicher?

„Es war schön", versicherte sie ihm. Er strahlte sie an und umschloss sie in einer Umarmung.

Die Worte hingen in der Luft. In Enissas Kopf hallten sie nach. Sie stellte sich vor, ihre Mutter hätte sie gehört. Für sie würde eine Welt zusammenbrechen.

Ihre Mama war so stolz darauf, was für eine gute, brave und zuverlässige Tochter sie großgezogen hatte. Sie brüstete sich vor ihren Bekannten damit, dass Enissa immer eine Freude für sie war und nie Probleme verursachte.

Nun hatte dieses Vorzeigekind mit einem Mann geschlafen. In einer Gartenhütte. Mit einem Deutschen. Einem, den sie seit vier Tagen kannte.

Sie erinnerte sich, wie ihre Mutter über Aynur sprach, die mit siebzehn schwanger geworden war. Die Tochter der Nachbarn war inzwischen verheiratet und wieder geschieden, doch ihre Geschichte war legendär. Sie diente als abschreckendes Beispiel. Eine Frau ohne Ehre, die kein Türke, der etwas auf sich hielt, haben wollte. Die alleine stand, weil ihre Familie Distanz wahrte. Sie saß am Supermarkt an der Kasse. Einmal waren sie sich begegnet. Aynur sah anders aus, sie trug Kleidung, die ihre Eltern schockieren würde, viel zu offenherzig. Außerdem war ihre Nase gepierct und sie hatte ein Tattoo auf dem Oberarm. Es zeigte eine Rose, einen Namen und ein Datum, vermutlich die Geburt ihres Kindes. Sie sahen sich einen Moment lang in die Augen, dann taten beide so, als kannten sie sich nicht. Sah so Enissas Zukunft aus?

Wüsste ihre Mutter Bescheid, würde sie weinen und jammern. Ihre wäre vielleicht die Geschichte, die man den guten Mädchen erzählte, um sie zu ermahnen, brav zu bleiben. Mit einem Bankräuber davongelaufen, seinen Diebstahl gedeckt, mit einem fremden Mann im Bett gewesen. Sie würde keinen türkischen Ehemann finden, wie es ihre Eltern von ihr erwarteten. Wie ging die Geschichte aus?

„Du zitterst", stellte Joschi besorgt fest.

Der arme Kerl dachte bestimmt, er hätte etwas falsch gemacht. Dabei war es so richtig gewesen. Die Kerzen, der Sekt, das vorbereitete Nest, seine Zärtlichkeit und Vorsicht. Sie musste ihm zeigen, dass alles gut war.

„Mir ist es kühl", wich sie aus.

Joschi zog fürsorglich eine Decke über sie beide und hielt sie fester. Sie brauchte eine andere Strategie.

„Da fällt mir etwas ein, das ich dringend mit Benita besprechen muss." Tatsächlich wollte sie unbedingt mit der Freundin sprechen. Über Joschi und was sie getan hatte. „Glaub mir, es ist nicht wegen dir. Ich würde gerne bleiben, aber … ich muss gehen."

Er sah sie fassungslos an.

„Geht es dir gut?"

„Ja, es ist alles in Ordnung", log sie und zog sich an. Sie sah ihm an, dass er ihr nicht glaubte. Es tat weh. Er sollte sie doch mögen!

„Wann sehen wir uns wieder?"

Er klang hoffnungsvoll! Er mochte sie! Enissa jubilierte innerlich. Er wollte sie wiedersehen! Ihre Befürchtung, die Familie verloren zu haben, stand gegen den Wunsch, Joschi für sich gewonnen zu haben.

„Wie hast du frei?"

„Jetzt noch für ein paar Stunden." Keine Lachfältchen lagen wie sonst um seine Augen, die Stirn war gerunzelt, die Stimme klang dünn und enttäuscht. „Wenn die Busladung zurückkommt, bin ich dran mit Essens- und Abenddienst. Morgen muss ich ab mittags arbeiten."

„Sehen wir uns zum Frühstück, oder besser danach? Das Geld wird knapp, ich kann nichts kaufen."

Nun strahlte er sie an. „Ich lade dich ein und hol dich ab."

Sie küssten sich zum Abschied. Das Blut rauschte rhythmisch in ihren Ohren.

Unter Frauen

Benita:

Enissa stürmte in den Garten, als Benita beim Yoga mitten im Sonnengruß steckte.

„Hast du Zeit für mich?"

Automatisch streckte sie ihre emotionalen Fühler aus, während sie sich in eine aufrechte Körperhaltung brachte. Also war es geschehen. Ihre junge Freundin strahlte noch einen kleinen Rest des summenden Gefühls aus, das Benita als befriedigte Erregung erkannte. Zusätzlich nahm sie Nervosität und Aufregung wahr. War etwas schief gelaufen? Hatte Joschi ihr Vertrauen nicht verdient? Nein. Es gab einen anderen Grund, der sie aus dem Takt brachte.

Sie setzte sich auf die Gartenbank unter den Apfelbaum und klopfte neben sich. Enissa ließ sich darauf sinken. Rob streckte den Kopf zur Tür heraus. Mit einer erhobenen Handfläche signalisierte ihm Benita, dass die Frauen alleine bleiben wollten. Der gute Rob nahm es ohne Ärger hin.

„Erzähl."

„Ich war bei Joschi im Zeltlager. Er hatte uns ganz romantisch eine Ecke in einem Schuppen hergerichtet, mit Kerzen und Sekt und Kissen … da … da …"

Benita half ihr weiter.

„Du hast sie ihm geschenkt."

„Was?" Enissa sah sie entsetzt an.

„Deine Unschuld", versuchte Benita, eine positive Formulierung zu wählen.

Die junge Frau wurde rot. „Ja. Merkt man mir das an?"

„Keine Sorge, ich habe es nur daraus geschlossen, dass du in den letzten Tagen immer glücklicher wurdest", log sie.

„Außerdem ist Joschi jemand, der mir in deinem Alter auch

gefallen hätte. Worüber möchtest du reden?" Benita versuchte, ihr Vertrauen zu vermitteln. Vielleicht gelang es ihr ja, Gefühle dieser Art zu übertragen. Dann erschrak sie. „Ihr habt doch verhütet?"

„Ja, haben wir." Enissa sah zu Boden, unangenehm berührt von der Frage. Benita unterdrückte ein Seufzen. Das Gespräch würde anstrengend werden.

„Wie kann ich dir helfen?"

„Ich weiß nicht … Es hat mir gefallen … Bin ich jetzt eine Hure?"

Benita lachte, fing sich jedoch schnell wieder. Sie durfte das Vertrauen nicht gefährden, indem die Freundin den Eindruck bekam, sie würde ausgelacht.

„Schatz, nein, absolut nicht! Du hast wahnsinniges Glück gehabt, wenn dein erstes Mal schön war! Dann war Joschi dafür genau der Richtige. Wäre jede Frau eine Hure, der Sex gefällt, hätten wir eine halbe Welt voller glücklicher Huren."

„Wenn meine Eltern miteinander sprechen, glaube ich manchmal, das ist so. Dass es zu viele solcher Frauen gibt."

Benita lachte. Sie fühlte Enissas eigene Zweifel an dem Wahrheitsgehalt dieser Aussage.

„Dann haben wir unterschiedliche Vorstellungen darüber, was eine Hure ist, und ich gehöre gerne dazu."

„Gefällt es dir auch?"

„Was denkst du denn? Dass ich davon träume, ins Kloster zu fliehen, sobald mir meine Ketten abgenommen werden?" Sie hielt ihre freien Hände demonstrativ in die Höhe. „Und die meisten anderen Frauen wollen es ebenso. Die, mit denen ich darüber gesprochen habe, mögen es. Überwiegend zumindest. Ich kenne keine, die es verabscheut."

„Ich glaube, meine Eltern sehen das schon auch so, aber erst, sobald eine Frau verheiratet ist. So gehört sich das bei uns."

Enissa hatte ein schlechtes Gewissen, erkannte Benita. Wie schrecklich, sein Kind mit Werten in die Welt zu schicken, die es zu einem Sünder machten, sobald es sich verhielt, wie sie selbst es für völlig normal hielt. Sie dachte nach: Wie konnte sie dazu beitragen, das Mädchen selbstbewusst genug zu machen, um ihren Bedürfnissen nachzugeben?

„Frauen haben inzwischen zum Glück andere Ziele, als geheiratet zu werden. Ich kenne auch Türkinnen, die Erfolg im Beruf haben und nicht auf ihren Prinzen warten. Wir können uns Zeit lassen, etwas aus eigener Kraft erreichen, die Person, mit der wir unser Leben verbringen wollen, sorgfältig zu wählen. Und dafür sollen wir währenddessen auf Liebe verzichten?"

„Gibt es denn keine Liebe ohne das? Ich glaube nicht, dass viele andere Türkinnen es tun, auch wenn sie eine Karriere haben."

Ein schwerer Fall, dachte Benita.

„Ich kann nicht für jede türkische Frau sprechen, aber ich glaube, bei jungen, gesunden Menschen im Allgemeinen wäre es die Ausnahme. Es ist die Lust, die in jedem von uns ist. Generell geht es bestimmt auch ohne Sex. Eigentlich sehr oft, wenn ich es mir genau überlege. Denke an Eltern, Geschwister oder wirklich enge Freunde, das ist Liebe ohne Begehren. Aber eine romantische Beziehung? Das kann ich mir schwer vorstellen. Da will man dem anderen auch auf diese Weise körperlich nahe sein, ihn spüren, sich verbinden. Es ist die ultimative Art, sich Ja zu sagen. Abgesehen von einer Hochzeit natürlich. Was sagst du? Du hast es doch gerade erlebt? Kannst du dir vorstellen, einen Mann ohne diese Nähe zu lieben? Mich würde es zerreißen."

Enissa dachte nach.

„Es stimmt. Ich glaube, wenn man sich verliebt, will man sich berühren."

„Genau. Warum sollte das falsch sein, weil du eine türkische Frau bist?"

„Das ist bei uns einfach so."

Benita verstand, dass Enissa das nicht diskutieren konnte oder wollte. „Am Ende entscheidest du, was du sollst. Geht es dir um den Respekt der Männer? Gewinnen Frauen ihn wirklich damit, dass sie die Beine zusammenkneifen und ihre Bedürfnisse verleugnen? Wenn du das so siehst, bitteschön. Ich respektiere Frauen, die stark und selbstbestimmt sind, die wissen, was sie wollen, und es sich holen, sofern es niemandem schadet. Frauen, die nach ihren Bedürfnissen leben und zugeben, dass sie diese Wünsche haben."

„Haben Frauen wirklich immer das Bedürfnis nach Sex?", fragte Enissa. „Ich habe vielleicht das Bedürfnis nach Joschi, aber ohne ihn …"

„Hast du dich nie selbst berührt und es genossen?"

Benita strengte sich an, denn ihr war klar, das sollte sie nicht wissen. Gerade jetzt hielt sie es dennoch für enorm wichtig, um wirklich helfen zu können. Vorsichtig tastete sie sich vor. Wie fest war die Barriere? Es gab einen Punkt, an dem sie keinesfalls weitermachen durfte. Doch da gab die Mauer nach, ließ sie erkennen, was Enissa fühlte. Ertappt. Verlegenheit war da, aber kein Schuldbewusstsein. Gut. Sie antwortete nicht. Die erfahrene Freundin nickte, um zu zeigen, sie kannte die Antwort.

„Lebst du denn immer nach deinen Bedürfnissen?", fragte Enissa. „Sind es niemals die der Männer, denen du nachgibst?"

Ertappt, dieses Mal sie selbst. Aber die junge Frau konnte es im Gegensatz zu ihr nicht erkennen. Es würde ihr nicht helfen, die einzelnen Momente zu analysieren, in denen es möglicherweise anders gewesen war, weil Benita zu spät erkannt hatte, dass der Wunsch nicht von ihr selbst stammte.

„Nein. Ich will es so. Und ich lasse mir von niemandem einreden, dass das etwas Schlechtes ist. Ich kann wählen, wo und wie ich wohne, ebenso wie ich entscheide, was und für wen ich arbeite, und so ist es auch meine Wahl, mit wem und wann ich mit dem Menschen ins Bett gehe."

Enissa legte die Hände vor ihr Gesicht. In ihr kämpften die Argumente und Gefühle miteinander. Sie zitterte vor Anstrengung.

„Wenn es doch immer so einfach wäre. Meine Eltern … das kann ich nie wieder gut machen."

Benita erschrak. Enissa wurde von Angst überwältigt, dazu kam eine Art von Nervosität, die in Hysterie umschlug. Es war viel schlimmer, als sie vermutet hatte.

„Du bist volljährig. Wieso lässt du dich davon so fertig machen?"

Sie schluchzte. „Das verstehst du nicht. Ich kann nicht ohne meine Familie sein. Aber was ich heute getan habe … wenn sie mich nicht rauswerfen, dann werden sie mich zumindest verachten."

Benita umarmte sie. „Ich bin für dich da, und Rob wird es sein, in dem Rahmen, wie es ihm möglich ist. Vor allem aber hast du Joschi."

Noch immer Angst und Panik. „Glaubst du, er bleibt

bei mir, nachdem wir das getan haben?"

„Ja, mit fünf Ausrufezeichen. Er ist genauso verliebt in dich, da bin ich sicher."

Wenn es je notwendig gewesen war, jemanden emotional zu beeinflussen, dann dieses hilflose Mädchen. Benita strengte sich an. Sie stellte sich vor, durch ihre Hände würde eine warme Ruhe hinüber in Enissas fließen, die sie ergriffen hatte. Es war, als könne sie das Gefühl sehen. Es war von einem dunklen Rot, das ins Lila überging. Weinrot. Sie wusste nicht, ob es an ihr lag, doch ihre Freundin beruhigte sich.

„Denkst du wirklich, wir können uns immer aussuchen, wie wir unser Leben gestalten?"

„Natürlich steht uns nicht jeder Weg offen. Ich kann nicht Oberarzt in einer Klinik werden, weil ich mich als junge Frau dagegen entschieden habe, Medizin zu studieren, und ohne das geht es nicht. So ist es auch mit meinem alten Arbeitsplatz, an den es kein Zurück mehr gibt, da ich in einem Moment, in dem ich nicht ganz bei mir war, kündigte. Ich kann nicht in einer Traumwohnung wohnen, weil ich ohne Job dastehe, und nicht genügend Geld für die Miete aufbringe. Aber zumindest darf ich ablehnen, etwas zu tun. Und in deinem Fall würde ich es ablehnen, mich schuldig dafür zu fühlen, mit einem tollen Mann wunderbare Erlebnisse gehabt zu haben."

Enissa nahm die Hände herunter. Benita fuhr fort:

„Gib niemanden das Recht, über dich zu bestimmen, weil du Türkin bist. Das hast du selbst im Griff. Ich sehe, dass du andere Werte vermittelt bekommen hast. Eigentlich bin ich der Meinung, dass ich mich nicht einmischen sollte, wenn es um Dinge geht, die in unterschiedlichen Kulturen einen Stellenwert haben, den ich nicht verstehe. Aber hier sitzt du aufgewühlt und durcheinander und um dich sorge ich mich. Was ich gesagt habe, sind meine Vorstellungen davon, als Frau gut zu leben. Das wünsche ich auch dir."

„Danke", murmelte das Mädchen.

Sie blieben schweigend nebeneinander sitzen. Benita fühlte, wie es in Enissa arbeitete. Sie wollte ihr glauben, hatte aber noch Widerstände in sich. Mehr kann ich nicht für sie tun, dachte sie. Über die Hürde muss sie selbst springen.

Nach einer Weile bedankte sich die verstörte junge Frau nochmals und verschwand in ihrem Zimmer.

Aus dem Haus klang der Fernseher. Rob hatte sich an einer Nachmittagssendung festgesehen. Dadurch blieb Benita mit ihren Gedanken alleine.

Hoffentlich hatte sie Enissa einen Gefallen getan mit dem, was sie zu ihr gesagt hatte. Es entstammte ihren tiefsten Überzeugungen. Dann sprang ein anderes Bild wie ein Springteufel aus einer Box in ihr Bewusstsein. Sie hatte sich erwischt gefühlt, weil sie immer wieder erlebt hatte, dass sie mit einem Mann geschlafen und sein Begehren übernommen hatte, statt dass es ihr eigener Wunsch war. Einmal sogar mit einer Frau. Dabei war sie definitiv nicht lesbisch.

Wie war das mit Rob gewesen? Er hatte sie gewollt. Sie ihn auch? Benita erinnerte sich an ihre Vorbehalte. Ihr war völlig klar, dass Rob und sie als Paar keine Zukunft hatten. Unabhängig von seinem Irrsinn, eine Bank zu überfallen, fehlten jegliche Gemeinsamkeiten zwischen ihnen. Sie wusste, er war im Grunde des Herzens einer der anständigsten Menschen, die sie kannte. Aber reichte das? Was erwartete sie von dem Mann, mit dem sie zusammen sein wollte?

Bisher waren ihr immer die Gefühle und tatsächlich die Bedürfnisse anderer dazwischen gekommen.

Wenn das hier vorbei war, musste sie mit ihren neu gewonnenen Fähigkeiten arbeiten. Es war unglaublich wichtig, dass sie sich abgrenzen konnte und herausfand, was sie wirklich wollte. Sie selbst. Für ihre freie Selbstbestimmung.

Schluss

Robin:

Er betrachtete das kleine Häufchen aus Münzen und Scheinen. Morgen würden sie den letzten Einkauf damit bestreiten. Wenn sie bescheiden waren, konnten sie Vorräte bis Dienstag oder Mittwoch davon kaufen. Oder sie verwendeten eine der Bankkarten der Frauen und warteten darauf, dass man sie fand. Seine eigene war nutzlos. Die hatte ihm diese andere Banktussi schon vor ein paar Wochen gesperrt.

Auf einen Tag kam es nicht an. Er steckte einen der Scheine ein.

„Ben, kommst du mit ins Dorf, was trinken?"

Sie sah ihn irritiert an.

„Dafür sollten wir unser Geld nicht ausgeben."

„Es macht keinen großen Unterschied. Für ein Bier verzichte ich für einen Tag auf Wasser und Brot."

Sie zeigte ein gequältes Grinsen.

„Ich mag Bier nicht."

„Ein Glas Wein ist drin. Es ist sowieso dein Geld."

„Enissa?"

„Ich würde gerne nochmal mit dir alleine sein."

Benita klopfte an Enissas Tür und gab ihr Bescheid.

Schweigend gingen sie in eine Dorfkneipe. Nicht in ein schickes Café am Wasser, wo die Getränke teuer waren, sondern in die Spelunke, die keine Touristen anlockte. Sie wurde von den wenigen Leuten besucht, die das ganze Jahr über hier wohnten.

Die Einrichtung wirkte muffig, das Publikum war nicht so gepflegt wie die Touristen, die während der schönsten Zeit ihres Jahres so attraktiv sein wollten, wie es ging. Wenn er ehrlich war, hatte auch er hier die schönste Zeit des Jahres gehabt. Sonne, Meer, Freunde und eine Klasse-Frau im Bett. Eine Woche lang.

„Das war ein cooler Urlaub", murmelte er.

Benita lachte. „Der coolste!" Sie wurde ernst. „Er geht zu Ende."

Rob presste die Lippen zusammen und spürte Druck hinter den Augen und in seiner Nase. Er räusperte sich.

„Ich wollte hier Abschied feiern."

Benita rutsche auf ihrem Stuhl herum.

„Vom Urlaub? Deiner Freiheit? Oder von mir?"

Verdammt, sie war zu klug für ihn. Sie zwang ihn dazu, über Dinge nachzudenken, die er lieber vermeiden wollte.

„Von allem, schätze ich, wenn du das so willst."

Benita beugte sich zu ihm und nahm seine Hand.

„Es muss sein. Wir gehören nicht zusammen."

Rob nickte, dann schüttelte er den Kopf.

„Du bist das Beste, was mir passiert ist. So ein Mist, dass es nicht schon früher war. Dann wäre alles anders."

„Hätte-hätte-Fahrradkette", warf sie ein. „Wir hätten uns sonst niemals gefunden."

„Ich musste eine Bank überfallen, um eine Frau zu finden, die es wert ist."

Sie lächelte wehmütig.

„Das hast du wunderschön gesagt." Nach einem Schluck Rotwein sprach sie weiter. Robs Augen saugten sich an der dunkelroten Linie über ihrer Oberlippe fest. Dieser küssenswerten Lippe.

„Ich bin froh, dass alles so passiert ist. Ich war an einem absolut toten Punkt in meinem Leben angekommen. Hier habe ich viel erlebt, gelernt und bin weitergekommen. Das mit dir war schön. Du bist ein toller Kerl, Robin Römer, auch wenn du dir einen besseren Weg für deinen Lebensunterhalt suchen solltest. Du hast mir gutgetan."

„Trotzdem wirst du nicht bei mir bleiben. Eine Frau wie du ist nichts für jemanden wie mich."

„Da sind andere, die es wert sind, die vielleicht weniger kaputt sind als ich und besser zu dir passen. Du hast sie bisher nicht kennengelernt, aber ich bin sicher, es gibt sie."

Er starrte in das Bierglas. Das hatte er kommen sehen. Zum Glück hatte sie es so nett gesagt. Er selbst hätte es nicht geschafft, Schluss zu machen. Wie auch? Von der besten Frau seines Lebens trennte man sich nicht. Das machte schon sie, wenn es sein musste.

Benita stand auf. „Ich glaube, ich gehe zurück. Du hast das Geld."

Ihr Blick war voller Mitgefühl.

Sarah hätte mal mit ihm Schluss machen müssen. Vielleicht würde er dann jetzt nicht so im Mist stecken.

Aber dann hätte er Benita nicht getroffen und die kleine Enissa auch nicht. Was wäre schlimmer? Immer so weitermachen? Essen, schlafen, arbeiten, am Auto schrauben, an der Konsole zocken, ab und zu ein Läufchen, ein Bierchen und Sex. Das war sein Dasein. Nicht schlecht. Aber gut genug?

Dieses Leben war vorbei. Er hatte es kaputt gemacht.

Rob wollte nicht darüber nachdenken, was ihn erwartete. Gefängnis. Er dachte an die Filme, die er gesehen hatte und kniff den Hintern zusammen. Stimmte es, dass man die harmlosen, hübschen Kerle wie ihn dort vergewaltigte? Schweiß glänzte auf seinen Armen. Na ja, immerhin war er nicht mehr ganz so jung und knackig. Andere gründeten in dem Alter eine Familie, bauten ein Haus. Er sollte ins Gefängnis. Gut gemacht, Robin Römer.

War es das wirklich wert gewesen? Die Beute natürlich nicht. Du liebes Bisschen, er war wahrscheinlich der dümmste Bankräuber der Geschichte. Sich nicht mal so weit zu erkundigen, ob sie überhaupt an die Kohle herankommen in der Bank. Also waren Enissa und Benita die eigentliche Beute. Er dachte an diese Kreditkartenwerbung. Manche Dinge sind unbezahlbar. Freundschaft von Menschen, von denen er sie gewiss nicht verdiente. Die beste Frau seines Lebens: Klug, schön, sexy, die immer besser zu wissen schien, was er gerade brauchte, als er selbst.

Eine wie sie hätte er niemals für sich interessieren können. Oder? Würde er jemals wieder eine kennenlernen, die so gut war? Er, der Ex-Knacki über vierzig, der er am Ende wäre?

Seine Kehle war trocken. Er nahm einen tiefen Zug aus dem Glas.

So, wie er war, würde er keine Frau finden, die nur annähernd so viel Klasse hatte. Aber was hatte Benita über ihn gesagt?

Er sei ein toller Kerl, er täte ihr gut. Vielleicht bekam er doch eine Chance von so einer Art von Frau? Bisher hatte er es von vornherein ausgeschlossen. Hübsche gab es auch unter den weniger Komplizierten, glaubte er. Sarah war anspruchsvoll, nur anders. Er hatte gedacht, er könnte ihre Wünsche erfüllen, das ging mit Geld. Den Ansprüchen von Frauen wie Benita fühlte er sich an sich nicht gewachsen.

Sie hatte noch mehr zu ihm gesagt, als sie ihn geschlagen hatte. Er müsse lernen, Konsequenzen zu tragen, dürfte sich nicht aus der Verantwortung stehlen. Verantwortung. Bei Björn hatte er gedacht, der Kerl verschleiert, was er tut und lügt sich die Welt so zusammen, dass er fein raus ist. War er selbst besser? Zwar behauptete er nicht, liebe, kleine Mädchen wie Enissa seien wilde Furien, aber war er wirklich anders? Er log nicht, doch bog sich „Richtig" und „Falsch" so zurecht, dass es ihm gefiel.

Würde eine Frau wie Benita bei ihm bleiben, wenn er sich veränderte?

Er dachte ans Gefängnis. Das Wort „Besserungsanstalt" hatte er schon einmal gehört, als darüber gesprochen wurde. Wäre es ein Ort, an dem er sich ändern könnte?

Würde er als besserer Mann dort entlassen werden?

Samstag
Dünnes Eis

Enissa:

Heiße Freude überkam sie. Er war da, holte sie wie vereinbart ab! Sie hatte Zweifel gehabt. Nun flog sie in Joschis Arme.

„Du magst mich immer noch", stellte er zufrieden fest.

„Natürlich", antwortete sie verblüfft. „Wieso nicht?"

Joschi sah verlegen aus.

„Ich weiß ja nicht, wie es einem Mädchen nach dem ersten Mal geht. Du bist so schnell verschwunden. Ich hatte Angst, du hättest eine Ausrede als Grund genannt. Vielleicht war ich ein Wüstling für dich, der dir weh getan hat."

Sie schüttelte wild den Kopf. Irgendwann würde sie ihm erklären müssen, weshalb sie so reagiert hatte. Nicht heute.

„Nein."

Dann wagte sie zu tun, was sie vom ersten Blick auf ihn an gewollt hatte: ihn zu küssen. Stark und selbstbestimmt, hatte Benita gesagt. Also holte sie sich diesen Kuss.

Joschi strahlte sie an. „Zum Bäcker?"

Sie gab ihm ihr breitestes Lächeln und nickte. Hand in Hand gingen sie los.

„Enissa, ich mag dich sehr. Mit dir zu reden macht Spaß, ich fühle mich wohl, wenn du bei mir bist, so friedlich. Ich sehe dich gerne an, du bist schön. Und das gestern … es hat mich glücklich gemacht. Wie geht es dir?"

‚Ich liebe dich' war der Satz in ihrem Kopf. Sie wollte ihn nicht über die Maßen bedrängen und so sagte sie:

„Ich bin total verknallt in dich." Sie wurde rot. Joschi

lachte.

„Ja, so kann man das auch ausdrücken."

Als sie schwieg, fuhr er fort:

„Bis wann bleibst du hier?"

Wenn sie das so sicher wüsste. Sie wollte nicht gehen, hatte noch lange nicht genug von diesen freien Tagen ohne Verpflichtungen, vor allem von Joschi bekam sie nicht genug. Besser, sie dachte nicht darüber nach.

„Wir werden Anfang der Woche gehen müssen."

„Wieso? Und wohin?"

Dünnes Eis, erkannte Enissa. Sie wollte ihm antworten, und so sagte sie:

„Nicht mehr genug Geld. Ich denke, wir fahren nach Hause, nach Baden-Württemberg."

„Du denkst?"

„Ich will noch nicht."

Sie verstummte, als sie die Eingangstür zur Bäckerei öffnete.

„Das ist fein", sagte Enissa glückselig, als sie an einem kleinen Tisch in einer Ecke ihr in Cappuccino getränktes Croissant genoss.

Joschi lachte.

„Das klingt, als wäre das ein seltener Genuss für dich."

„In den letzten Tagen konnte ich mir das nicht leisten."

Er schüttelte den Kopf.

„Wenn du so knapp bei Kasse bist, warum gehst du dann überhaupt in den Urlaub? Nicht falsch verstehen, ich bin sehr froh darüber. Aber es wundert mich."

„Wir sind eher zufällig hier gelandet."

Sie hörte selbst, wie ausweichend ihre Worte klangen, wünschte sie sich doch, ihm alles über sich zu erzählen.

„Was bist du geheimnisvoll", seufzte Joschi. „Dabei dachte ich zuerst, du seist ganz offen und vertraust mir. Aber urplötzlich kommt ein Punkt, an dem du, wumm, die Mauer hochziehst."

„Ich vertraue dir doch", entgegnete sie verzweifelt.

„Dann erzähl mir, wie du hier gelandet bist und wohin du gehst."

Ihre Augen brannten. Sie blinzelte. Auf einmal konnte sie nicht mehr. Tränen flossen über ihr Gesicht.

„Ich möchte dir ja alles erzählen, aber es geht nicht nur um mich."

„Ich verspreche dir, von mir erfährt niemand etwas. Ich will dich nur verstehen."

Sie schluchzte. Andere Gäste sahen sie beunruhigt an. Um ihr Gesicht zu verbergen, wandte sie sich dem Fenster zu.

„Ich komme aus Erlen."

Joschi dachte nach.

„Davon habe ich gehört, erst neulich. Da war dieser Bankraub mit Geiselnahme."

Sie sah ihm in die Augen.

„Das waren wir."

„Wie bitte? Du bist eine Bankräuberin?"

Sie lachte nervös.

„Nein, ich bin eine Geisel."

Joschi starrte sie an.

„Rede keinen Unsinn. Du machst hier Ferien. Im Moment frühstücken wir gemütlich zusammen."

„Irgendwie ja, inzwischen. Doch es begann als Geiselnahme."

Er schlug sich die Hand vor den Mund.

„Und da dachte ich, ich muss dich vor sexistischen

Arschlöchern retten."

„Rassistischen", korrigierte sie automatisch. „Vor mehr brauche ich nicht gerettet zu werden."

„Aber ..."

Sie holte tief Luft und begann zu erzählen. Dass sie in einer Bank arbeitete, wusste Joschi. Dass am Mittwoch Rob mit einer Pistole aufgetaucht war. Die geringe Beute und wie sie versucht hatte, den Raub in Ordnung zu bringen. Wie sie mit Benita zu dritt in dem Kleinwagen flüchteten. Wie die andere ohnmächtig wurde und Rob sich sorgte, es könnte etwas Schlimmes mit ihr sein. Dass sie bald schon spürte, dass sie ihn nicht zu fürchten brauchte. Vielleicht war es der Blickkontakt gewesen, der ihr klar machte, er war furchtbar traurig und würde niemals jemandem wehtun. Wie sie erkannte, dass die Waffe eine Schreckschusspistole war. Und wie sie sich immer befreiter fühlte, obwohl sie eine Geisel war.

„Dann trafen wir Robs Cousine, Caro. Sie war toll."

In knappen Worten schilderte sie ihre letzte Etappe.

„Aber jetzt ist das Geld zu Ende. Meine Urlaubstage auch. Ich muss zurück."

Ihre Tränen waren versiegt. Es hatte ihr gutgetan, das alles auszusprechen. Nervös sah sie Joschi an.

Er schwieg lange.

„Das ist unglaublich", sagte er langsam, als fiele es ihm schwer, Worte zu finden. Er umfing seinen Oberkörper mit den Armen, die Augen waren weit aufgerissen.

„Ich weiß. Aber es ist die Wahrheit."

„Ich verstehe nicht, wieso du nicht wütend bist. Da kam ein Krimineller und hat dich aus deinem Leben gerissen, und statt zur Polizei zu gehen, erzählst du mir, wie nett er ist."

„Das ist so, er ist nett. Ich kann keinen Verbrecher in ihm sehen."

Joschi schüttelte den Kopf. Er lehnte sich zu ihr und legte seine Hand auf ihre Wange.

„Dafür, dass ein Entführungsopfer sich mit dem Geiselnehmer verbündet, gibt es doch ein Wort. Das Helsinki-Syndrom."

„Ich glaube, das ist Oslo."

„Quatsch!" Er dachte nach. „Stockholm, so war es. Aber der Begriff ist nicht so wichtig. Wie auch immer es heißt, Enissa, ich denke, du hast es."

Er sprach sehr betont und leise und seine Stimme hatte einen eindringlichen Klang, als müsse er sie überzeugen. Die Hände hielt er ihr flehend entgegen.

„Joschi, ich bin nicht verwirrt und verstört. Die letzten elf Tage waren die besten meines Lebens. In erster Linie, weil ich dich kennengelernt habe, aber auch wegen Rob und Benita." Sie suchte nach Worten. „Weißt du, ich glaube, die außergewöhnliche Situation hat uns sofort emotional aneinandergebunden. Noch niemals bin ich jemanden so schnell nahe gekommen wie den beiden. Es fühlte sich gut an. Ich wurde dadurch offener. Als wir uns trafen, konnte ich dir zeigen, wer ich wirklich bin, nachdem ich das bei ihnen geübt habe."

Nun war Joschi irritiert.

„Heißt das, du hast dich nur in mich verliebt, weil du vorher Geisel in einem Banküberfall warst?"

Sie griff nach seiner Hand.

„Nein, natürlich nicht. Ich glaube, ich bekam dadurch mehr Selbstvertrauen. Damit konnte ich vor mir zugeben, dass ich gerne mit dir zusammen bin. Nur deshalb kann ich dir das zeigen. Dass ich mit dir zusammen sein will.

Unbedingt."

„Ich doch auch. Ständig denke ich an dich, ganz gleich, was ich gerade tun sollte. Bitte bring das in Ordnung, solange es noch geht. Irgendwann bist du sonst seine Komplizin."

Das Wort war wie ein Eimer voll eiskaltem Wasser über ihrem Kopf.

„Komplizin? Ich bin eine Geisel!"

„Du hast gesagt, er würde dich nicht aufhalten, du hättest gehen können."

Joschi hielt ihr sein Handy hin.

„Bitte ruf die Polizei an."

Wieder füllten sich ihre Augen mit Tränen. „Ich kann nicht."

„Du musst. Sonst werde ich es tun."

„Nein, bitte nicht", flehte sie. „Gib uns zumindest noch dieses Wochenende. Vielleicht kann ich Rob überreden, sich selbst zu melden."

„Werdet ihr abhauen, wenn ich euch die Zeit gebe?"

„Nein!"

Er atmete erleichtert auf. „Gut. Ich will dich nicht verlieren. Versprich mir, dass du es wirklich tust."

Sie schluckte den Kloß im Hals herunter. „Ich verspreche es dir." Irgendwie musste die Geschichte ihr Ende finden. Es war eine schreckliche Vorstellung, dass sie es sein würde, die es auslöste. Sie wollte mit Benita sprechen. Vielleicht sah sie es auch so. Zusammen könnten sie Rob überreden.

„Vorher musst du etwas anderes erledigen", sagte Joschi fest.

„Was?"

„Ruf deine Eltern an. Sie sind sicher krank vor Sorge."

Bei der Meldung am Telefon klang ihre Mutter angespannt.

„Mama?" Enissas Stimme zitterte. Hoffentlich konnte ihre Mutter nicht hören, dass sie keine intakte Jungfrau mehr war. Wer weiß, was für geheime Fähigkeiten sie hatte.

Sie hörte ein Schluchzen.

„Enissa, meine Tochter, mein Baby! Endlich! Wie geht es dir? Wo bist du?"

Im Hintergrund jubelten ihr Vater und die Brüder. Aber es waren noch mehr Stimmen zu vernehmen. Das Haus schien voll zu sein.

„Mir geht es gut. Alles ist in Ordnung. Ich werde bald heimkommen."

„Wir kommen und holen dich ab! Wo bist du?"

„Bitte, kommt nicht. Ich brauche noch ein bisschen Zeit, um hier ein paar Dinge zu klären."

Ihre Mutter schwieg. Dann übernahm ihr Vater das Telefon.

„Kýzým, du kommst heute noch nach Hause! Sag mir, wo du bist, die Polizei holt dich."

Er hatte wie so häufig seine Worte auf Türkisch begonnen und dann auf Deutsch weitergemacht. Die traditionelle Anrede ‚meine Tochter' blieb bei ihm immer in der Sprache ihrer Vorfahren. Damit ließ sich so viel ausdrücken. Je nach Tonfall war es eine liebevolle, besorgte, fürsorgliche oder auch einmal strenge Aussage. Dieses Mal war er außer sich.

„Bitte, Papa, vertrau mir. Alles wird gut, aber lass mir noch zwei Tage."

„Die Polizei sagt, du arbeitest mit dem Verbrecher zusammen. Das kann ich nicht fassen. Bedroht er dich? Hört er dir gerade zu?"

„Nein, er ist ein sehr freundlicher Mann. Das ist alles ein Irrtum. Bitte glaub mir, ich werde es in Ordnung bringen."

Die letzten sechs Worte hallten in ihren Ohren nach wie ein Echo. Sie wollte es in Ordnung bringen? Das kleine, schwache Mädchen? Wie konnte sie das schaffen?

Vielleicht gar nicht. Aber sie würde es versuchen und ihr Bestes geben. Sie allein. Nicht ihre Eltern, nicht ihre Brüder, nicht Joschi. Sie, Enissa Altinay.

Zum Haus zurück rannte sie beinahe, den Zettel mit Joschis Handynummer fest umklammert, als wäre er eine Kostbarkeit. Für sie war er das. Mit jedem Schritt sagte sie den Satz vor sich hin, den sie zu Benita und Rob sagen würde.

„Wir müssen reden!"

Grenze

Benita:

Erstaunt sah sie ihre junge Freundin an. Glühende Wangen, die Hände zu Fäusten geballt, die Haltung vornübergebeugt, als würde sie einen Angriff planen. Am meisten verwunderte sie, dass Enissa nicht ‚bitte' gesagt hatte oder andere Höflichkeitsformen verwendete. Das war ungewöhnlich. Auch Rob schien es bemerkt zu haben. Sie fühlte seine Überraschung, ohne ihn anzusehen.

„Worüber?", fragte er, während Benita gleichzeitig: „Ja", sagte. Es war offensichtlich, welches Thema sie schon zu lange vermieden hatten.

„Ich habe gerade mit meinen Eltern telefoniert. Wir müssen zurück nach Erlen."

Robins Erstaunen wuchs.

„Wie konntest du telefonieren?"

„Mit Joschis Handy."

Rob fuhr auf. „Dann finden sie uns jetzt!"

Benita nahm wahr, wie Enissas Entschlossenheit wankte. Sie dachte darüber nach, wie sie ihr den Rücken stärken konnte, als die junge Frau selbst dazu zurückfand. Grad um Grad wurde aus der weichen Unsicherheit fester Wille. Es war, als hätte sie eine Kraftquelle. Joschi, natürlich.

„Wir können nicht für immer davonlaufen und uns verstecken! Ich habe eine Familie, die sich Sorgen macht. Ich muss eine Ausbildung beenden. Mein Leben ist nicht perfekt, aber es ist nun einmal meines und ich will es im Griff haben."

„Zurück zu den Eltern, für die du immer brav bist?"

Benita wusste, Enissa hatte recht, doch sie fühlte ihre Zerrissenheit und hatte das Gefühl, sie ansprechen zu müssen.

Das Mädchen fuhr aufgebracht herum.

„Sie haben mich so erzogen, weil sie es für richtig halten. Ich glaube, ich bin eine gute Person geworden auf dem Weg."

„Aber unsere Reise hat dich verändert", bohrte Benita weiter.

Enissa setzte sich. Plötzlich sah sie wieder wie das kleine Mädchen aus, das in der Bank am Bedienerplatz gestanden hatte. Sie schöpfte tief Atem, bevor sie langsam und bedächtig sprach.

„Das hat sie tatsächlich. Ich werde vieles ändern. Genau deshalb muss ich zurück."

„Was?", wollte Rob wissen. Benita fühlte seine Neugier und das Interesse an Enissa, das aus Zuneigung erwuchs.

„Ich weiß, dass ich mit Joschi zusammen sein will. Er wohnt in Leipzig. Zuerst dachte ich, ich ziehe dorthin, wenn die Ausbildung zu Ende ist, und suche mir dort Arbeit. Das ist für meine Eltern aus zwei Gründen undenkbar: Ich gehe weit weg von zu Hause, und das wegen eines Jungen. Sie werden Angst haben, dass ich mich in eine Frau verwandle, die von Mann zu Mann tingelt."

„Bekommst du bei so etwas nicht richtig Ärger?", fragte Robin weiter. „Ehrenmorde und so."

Enissa schnaubte. „So ist meine Familie nicht. Wir sind keine Fundamentalisten, und meine Eltern und Brüder lieben mich. Das zählt."

Benita spürte die Wärme und Sicherheit, die Enissa bei diesen Worten empfand. Es schnürte ihr die Kehle zu.

„Aber ich will mehr vom Leben. Meine Noten waren immer gut. Ich könnte die Hochschulreife machen und studieren. Joschi hat mir von Leipzig erzählt. Das klingt nach einer tollen Stadt. Mal sehen, was da für Fächer angeboten werden. Dann hätte ich einen anderen Grund, um dort zu wohnen."

„Wovon willst du da leben?", fragte Rob, fasziniert von ihren Plänen.

„Vielleicht bekomme ich ja Bafög. Und ich kann nebenher arbeiten, so wie es andere auch machen. Ein bisschen bescheiden leben, dann geht das."

Es war gut, dass Rob diesen Satz hörte. Dass sie bereit war, zu verzichten, weil sie etwas erreichen wollte, brachte seine Emotionen in Bewegung.

„Gibt es nichts, zu dem ihr zurückwollt?", ergänzte Enissa verblüfft in Robins Richtung.

„Wozu sollte ich zurückwollen?", fragte er grollend. „Ich muss ins Gefängnis."

„Bist du dir sicher? Es ist doch eigentlich nichts Schlimmes passiert."

„Es wird trotzdem als Bankraub mit Geiselnahme gesehen werden", sprang Benita ein.

Enissa sah verlegen auf ihre Hände.

„Ich sagte doch schon, es wurde nichts geraubt. Die Kasse stimmt."

„Wie das, Enissa?" Benita spürte die Wahrheit in den Worten, sie konnte aber nicht erkennen, wie das möglich war.

„Ich habe eine Auszahlung gebucht über die 179 Euro 70. Seht es als meinen ersten Beitrag in die Gemeinschaftskasse an."

Robin klappte die Kinnlade herunter.

„In der Bank? Wir kannten uns nicht."

Sie zog die Schultern hoch. „Ich wollte nicht, dass du wegen so eines Betrags Ärger bekommst."

„Mann! Dann habe ich ja noch gar nichts gezahlt!"

Benita ließ die Information sacken. Das passte zur alten Enissa, selbstlos bis zur Selbstaufgabe. Rob umarmte das Mädchen gerührt.

„Danke!"

„Es bleibt dabei, dass er bewaffnet eine Bank überfallen hat. Dass es keine echte Waffe war, spielt keine Rolle."

„Du weißt, dass sie nicht echt ist?", fragte Rob treuherzig. Gegen ihren Willen musste sie lachen. Weder Enissas noch Robs Gefühle noch sein Verhalten, hatten ihr seit langem den Eindruck vermittelt, es wäre ein bedrohlicher Gegenstand.

„Erinnerst du dich nicht? Enissa erwähnte es bei Caro. Dann bleibt unsere Entführung."

„Wir könnten sagen, wir wollten mitkommen."

„Und haben in der Bank geschauspielert? Enissa, es würde aussehen, als wären wir mitschuldig. Willst du mit Rob in Gefängnis? Ich glaube, du hast andere Pläne."

Benita fühlte die Traurigkeit und die Hilflosigkeit, die ihre Gegenüber umgaben.

„Jetzt sagst du mir sicher gleich wieder, ich müsste mich den Konsequenzen stellen", gab Rob erstickt von sich. Was sie fühlte, war keine gegen sie gezielte Aggression. Er machte sich selbst Vorwürfe, dazu kam Hoffnung, die auf Benita gerichtet war.

Sie ging zu ihm, nahm ihn in die Arme.

„Ich kenne keinen Ausweg, auch wenn ich es mir wünsche."

Enissa war peinlich-berührt von Robins Schwäche, wusste Benita. Sie sahen sich an und suchten nach einem Themenwechsel.

„Wie ist es nun bei dir?", fragte Enissa sie schließlich.

„Hast du zu Hause keine Familie, die sich um dich sorgt?"

„Nein, alle tot."

Benita wünschte sich, die anderen könnten fühlen, wie es ihr ging. Dann würden sie nicht mehr fragen. Sie empfing Mitleid und Erschrecken und etwas Neugier.

Sie machten weiter.

„Das tut mir leid. Wann sind deine Eltern gestorben? Oder waren es mehr als deine Eltern, gab es einen dieser Unglücksfälle, bei denen eine Familie ausgelöscht wurde?"

Seit wann war Enissa so unsensibel?

„Nein, nur die Eltern und eine Tante. Meine Mutter starb, als ich klein war, die Tante bekam Krebs und verlor den Kampf vor sechs Jahren, mein Vater hatte einen Herzinfarkt zu viel drei Jahre danach."

Bestürzung. Rob sagte nichts, legte aber seine Hand auf ihren Rücken. Enissa brachte ihr Entsetzen zum Ausdruck.

„Das ist furchtbar! Dass dir so viele Tragödien passiert sind … und das bei einem so empfindsamen Menschen wie dir."

Benita versuchte, das Schreckliche in ihr zu verbergen.

„Das Schicksal fragt nicht danach, wie wir es verkraften und wie oft es uns schon übel mitgespielt hat."

„Und deine Mutter … war sie auch krank?"

Enissa, nein! Sie schrie innerlich auf.

„Selbstmord."

Bestürzt schlug die Freundin ihre Hand auf den Mund. Ihre dunklen Augen hinter der Brille füllten sich mit Tränen.

Die Grenzen verschwammen. Enissa und Rob teilten ihren Schmerz. Noch nie zuvor hatte Benita es auf diese Art gefühlt. Ihr Vater hatte unter seinem eigenen Kummer gelitten, der anders war, als der eines Kindes. Ihre Tante war vor allem hilflos gewesen und von der Verantwortung für das kleine Mädchen erdrückt. Sonst hatte es keiner gewusst. Sie hatte es niemandem gesagt. Den Kindergarten hatte sie gewechselt, als sie mehr Zeit mit ihrer Tante verbrachte.

Das geteilte Gefühl legte sich wie ein Stein auf ihre Brust und löste sich in Tränen und einem Schluchzen.

Enissa ging zu ihr und umarmte sie nun.

„Erzähl uns davon, wenn es dir guttut."

Nein! Nein … doch … vielleicht …

Das Bild von Mama, wie sie von der Decke hängt und sich dreht, das Gesicht wie eine Horrormaske … Geh weg! Ich darf nicht mehr daran denken …

Benita muss tapfer sein. Mama kommt nicht zurück, es muss ohne sie gehen. Irgendwie. Es tut weh. Allein. Ohne Mama. Papa ist traurig.

Für immer alleine.

Sie atmete zittrig ein, doch die Luft schien nicht auszureichen. Das Schluchzen war ihres.

„Ben, was ist?", fragte Rob.

Sie sah ihn an. Alle seine Gefühle waren fürsorglich auf sie gerichtet, Enissas voller Mitgefühl. Es gab keine Menschen, denen sie sich je so sehr hatte öffnen wollen.

„Sie hat sich erhängt. Mein Vater und ich haben sie gefunden. Ich habe sie gesehen."

Die Erinnerung kam zurück, als sie es aussprach. Unkontrollierte Tränen. Als ihr Blick etwas klarer wurde, nahm sie die anderen wahr. Enissa weinte selbst, Robins Augen waren weit aufgerissen, seine Wangen blass. Es gab nur ein Gefühl, das von beiden auf sie übertragen wurde: Entsetzen.

Sie wollte den Schrecken nicht fühlen, sie musste schweigen.

Musste sie?

Benita konzentrierte sich, zog die Mauern in ihrem Geist hoch, die sie brauchte, um fremde Emotionen auszusperren. Dann sprach sie zum ersten Mal in ihrem Leben über ihre Mutter und sie.

„Mama hat immer gewusst, wie ich mich fühlte. Sie war stets da für mich, hat alles getan, damit es mir gutging. Ich glaube, alle kleinen Kinder fühlen sich, als sei ihre Mutter ein Teil von ihnen. Bei mir war das noch stärker. Wir waren eins.

Aber dann begann es, Mama schlecht zu gehen. Als ich ganz klein war, gab es nur mich und sie und am Rand meinen Vater. Aber dann hatten wir mehr Kontakt zu anderen Menschen. Ich kann mich nicht mehr genau erinnern. Als es vor allem andere Mütter und ihre Kinder waren, ging es noch. Die anderen Mütter stritten mit ihr. Ich weiß nicht, worüber. Festgehakt hat sich bei mir, Mama sollte sich nicht einmischen. Dabei verstanden die anderen nur nicht, wie klug meine Mama war. Sie erklärte ihnen doch nur, was die Kinder wollten, die es noch nicht so gut selbst sagen konnte. Aber die Begegnungen waren kurz.

Dann gab es immer mehr Menschen in unserem Leben. Das war nicht gut für sie. Sie war immer traurig. Meine Eltern stritten. Papa sagte, es ginge wieder los, sie müsse sich helfen lassen. Mama sagte, das bringt alles nichts, keiner würde sie verstehen.

Sie hat versucht, sich zu verstecken, aber es ging nicht. Wenn irgendjemand etwas Schlimmes erlebte, litt meine Mama. Sie fühlte es mit. Und es gab immer einen Schmerz irgendwo um sie herum, den sie erlebte. Da war sie dann nicht mehr meine liebe Mama, die immer auf mich aufpasste. Ich konnte fühlen, wie sie innerlich zerbrach, es war furchtbar. Es war, als käme alles in ihr durcheinander, wie bei einem Wirbelsturm. Und der Sturm hörte niemals auf.

Bis sie ihn gestoppt hat."

Verwirrung von Enissa und Rob.

„Sie war zu mitfühlend", fasste die junge Frau ihr Verständnis zusammen.

„Auf eine bestimmte Art. Sie musste exakt das fühlen, was andere Menschen empfanden, und sie konnte das nicht verhindern. Sie wusste nicht mehr, welche Gefühle in ihrer Seele entsprangen und was von außen auf sie eindrängte."

„Hat sie es dir erzählt?", fragte Rob.

„Nein. Ich habe es gewusst. Ich bin wie sie."

Robin und Enissa schwiegen einen Moment.

„Das ist deine Hellseherei", stellte Rob fest.

Sie nickte. Benita war überwältigt: Er glaubte ihr und verstand sie. Rob kam zu ihr, nahm sie in den Arm wie ein Kind und streichelte über ihren Kopf.

„Ich hatte so lange Angst, dass es mir eines Tages geht wie ihr, dass ich es nicht mehr ertrage und verrückt werde", schluchzte sie.

„Du hattest Angst?", fragte Enissa. „Jetzt nicht mehr?"

Benita wischte sich über ihr Gesicht.

„Auf unserer Reise ist irgendwas passiert. Am Anfang waren wir alle drei so voller Gefühle, dass es mich überschwemmte. Deshalb fiel ich in Ohnmacht. Aber ich wurde nicht verrückt. Auf einmal konnte ich ganz schwach die Linie zwischen uns erkennen, wo meine Emotionen endeten und eure begannen. Ich konzentrierte mich darauf, und ich bekam heraus, wie ich mich abgrenzen kann. Deswegen blieb ich. Weil ich es üben wollte. Und jetzt schaffe ich es. Ich bin dadurch sicher, ich muss nicht verrückt werden."

Enissa verarbeitete die Erzählung noch. Rob hingegen sah sie mit teilnahmsvollen Augen an. War das ein Effekt seiner Gutgläubigkeit? Dass er diese unglaubliche Geschichte einfach so akzeptieren konnte?

„Das ist gut. Ganz habe ich es nicht verstanden, aber dass es dir besser geht, macht mich froh. Trotzdem, ich bin immer noch total außer mir über das, was du erlebt hast. Das ist Horror! Meine Güte, Ben …"

Sie nahm seine Gefühle an. Er vertraute ihr, da war kein Zweifel in ihm. Überwältigendes Mitgefühl. Und Zorn?

„Was macht dich wütend?", fragte sie erstaunt.

„Dass ich nicht in der Zeit zurückreisen kann. Ich will das kleine Mädchen beschützen, das das alles nicht verdient hat."

Sie lachte hilflos. „Wer hat das schon?"

Rob zuckte mit den Achseln. „Du nicht."

Er streichelte wieder ihren Hinterkopf. „Du am allerwenigsten."

Benita fühlte sich aufgehoben. Sie hatte es erzählt. Rob glaubte ihr. Sie tastete nach Enissas Gefühlen. Natürlich fand sie Mitleid und Entsetzen, aber daneben war das, was sie so sehr brauchte: Vertrauen und Akzeptanz.

Versprechen

Robin:

Sein Zorn ließ nicht nach.

„Was ist das für eine Welt, in der ein so wunderbarer Mensch wie du so etwas erleben muss?"

Benita zuckte mit den Achseln. „Ich sage doch: Das Schicksal fragt nicht nach."

Enissa sprach leise und vorsichtig. „Vielleicht hat sie das alles, ich meine, ihre ganze Geschichte, zu so einem Menschen gemacht?"

Rob stieß empört die Luft aus.

„Das heißt also, weil ich es immer gut hatte, bin ich nicht okay?"

Die Frauen zögerten einen Moment. Warum hielten sie sich zurück? War etwas an ihm tatsächlich nicht in Ordnung?

Enissa traute sich schließlich, ihm zu antworten.

„Versteh das bitte nicht falsch. Wir wissen, du bist eigentlich ein guter Mensch. Aber immerhin ... du wolltest meine Bank überfallen. Du hast uns mit einer Waffe gezwungen, mit dir zu kommen."

„Das war keine echte", knurrte er.

„Aber das wussten wir nicht. Unsere Angst war vor einer tödlichen Waffe", meldete sich Benita in mattem Tonfall zu Wort.

„Wie wird ein Kerl wie du ein Bankräuber? Dass Geld ein Problem war, habe ich begriffen, aber trotzdem ...", grübelte Enissa.

Rob dachte nach. Lange und angestrengt.

„Es ist ja nicht so, dass ich nicht weiß, dass es falsch ist. Aber irgendwie ... ich glaube, immer wenn ich als Kind was

Böses gemacht habe, gab es jemanden, der mich in Schutz nahm. Es passierte nie etwas."

„Blieb das denn so?", wollte Benita wissen. Sie sah erstaunt aus.

Verlegen wich er aus. „Na ja, so richtig schlimme Sachen waren es ja nie. Im Beruf habe ich getan, was ich sollte. Mir war schon klar, dass ich das muss."

„Und dass man Banken nicht überfällt, war dir nicht klar?", fragte Enissa spitz. Erschrocken über ihren Satz schlug sie sich die Hand vor den Mund.

Rob knurrte unwillig. Er sollte einen Witz reißen, der ihn aus dieser unangenehmen Situation befreite. Es fiel ihm keiner ein.

„Doch. Sicher war es mir klar. Aber ich wusste nicht mehr weiter."

„Was ist passiert?", fragte Benita geduldig. „Ich weiß, du warst verzweifelt. Das war wegen deiner Freundin, oder?"

Sie verstand ihn, wie immer. Richtig, das hatte sie gemeint, als sie sagte, sie könnte seine Emotionen fühlen.

„Und dem Geld natürlich," presste er hervor.

„Von einem Kreditbearbeiter hörte ich mal, es kommt nicht darauf an, wie viel man verdient, sondern wie viel man ausgibt. Das stimmt. Hast du so viel für sie ausgegeben?"

Enissa war manchmal eine kleine Klugscheißerin. Reichte es nicht, dass er für eine der beiden ein offenes Buch war, musste ihn das Mädchen nun auch noch erziehen? Aber vielleicht war es die richtige Frage.

„Zuerst reichte es immer irgendwie. Viel Geld hatte ich nie, trotzdem ging es auf. Dann lernte ich Sarah kennen. Ich war gleich so verschossen in sie. Am Anfang war auch alles gut. Ihre ersten Wünsche konnte ich noch erfüllen. Mal essen gehen, ihr Blumen kaufen … aber irgendwann wurde es zu viel."

„Was wollte sie?", fragte Benita.

„Alles Mögliche. Dieses ganze Dekozeugs für die Wohnung. Schmuck. Urlaub. Klamotten. Schuhe."

„Konnte sie sich das nicht selbst kaufen?" Enissa war erstaunt.

„So viel verdiente sie nicht als Verkäuferin im Klamottenladen."

„Du wohl auch nicht. Warum hast du ihr das nicht gesagt?"

„Am Anfang habe ich es versucht. Dann sah sie mich immer so an. Erst enttäuscht und traurig, später, als hätte sie keinen Respekt mehr vor mir. Ich wollte sie nicht verlieren. Also fing ich an, mir Geld zu leihen."

„Diese Geschichten kenne ich aus den Akten der Mahnabteilung."

„Hast du meine auch gelesen?"

„Nein. Es waren genug andere da." Enissa seufzte traurig. „Aber deshalb gleich einen Bankraub begehen? Da geht man in eine Privatinsolvenz und versucht, von vorne anzufangen."

„Dazu muss man gelernt haben, Verantwortung zu übernehmen und Konsequenzen zu tragen", erklärte Benita.

Robin legte seinen Kopf in die Hände. Schon wieder bekam er das Stichwort zu hören. Die Frauen waren klüger als er.

„Ich will nicht ins Gefängnis."

Noch einmal kamen Enissa die Tränen.

Benita sah ihn ernst an. „Du wirst es überstehen, und dann kannst du neu anfangen."

Am liebsten würde er selbst nun heulen wie ein Mädchen. Er hatte inzwischen darüber nachgedacht.

Es ging nicht anders.

„Besucht ihr mich?"

Rob wusste nicht, dass zwei Frauen ausreichten, einem das Gefühl zu geben, es sei ein ganzer Chor beruhigender Stimmen. Sie versprachen zu kommen.

Steffen:

Um ein moderates Vorgehen festzulegen, hatte er seine volle Autorität eingesetzt. Er war überzeugt, es war nicht nötig, das Ferienhaus der Familie Krasser zu stürmen.

„Ich bitte Sie, sichern Sie die Fenster und die Terrassentür."

Als er das lose Ende gefunden hatte, war es einfach gewesen, den Knoten zu entwirren. Im Internet fand er das Häuschen, bekam heraus, dass es gerade nicht belegt war und konfrontierte Caroline Krasser mit der Vermutung, dass Robin Römer dort war. Da knickte sie ein. Nun stand er hier mit Kollegen aus Bad Doberan und dem unerfahrenen Bastian Decker. Er war zu ihm gestoßen, als Steffen erkannte, die Spur wurde heiß. Weitere Unterstützung sei nicht abkömmlich gewesen. Vielleicht war das auch gut so. Keiner stellte sich seinem Instinkt entgegen.

„Ihre Entscheidung, Ihre Verantwortung", knurrte der ältere Kollege aus Mecklenburg-Vorpommern. Die Einsatzkräfte verteilten sich.

Steffen drückte den Klingelknopf. Hoffentlich irrte er sich nicht. Sein Magen zog sich empfindlich zusammen. Mama hatte ihm geraten, lieber Schreiner als Polizist zu werden. Er hatte doch als Junge immer so viel Spaß beim

Schnitzen und Sägen gehabt. Vielleicht hatte sie ja recht. Normalerweise machte er sich keine derartigen Gedanken, aber dieser seltsame Fall ließ ihn alles in Frage stellen. Konnte er seinem Instinkt wirklich vertrauen, oder führte er die Leute in eine gefährliche Situation? Bastians Hand näherte sich nervös dem Waffenholster, seine eigene war feucht.

Eine hübsche junge Frau mit rötlichen Haaren öffnete. Benita Kirsch, war ihm klar. In echt war sie noch interessanter anzusehen, als er vermutet hatte. Professionell bleiben, Steffen, sagte er sich.

„Polizei. Kommen Sie herein. Wir erwarten Sie bereits."

Hatten die Frauen Römer überwältigt? Zur Aufgabe überredet? Neugierig traten Steffen und Bastian ein.

Am Esstisch saß Robin Römer mit einem Gesichtsausdruck wie ein Grundschüler, dessen Fußball die Fensterscheibe des Pfarrers zerschossen hat, neben ihm Enissa Altinay. Er reckte ihnen die Unterarme entgegen.

„Handschellen?"

„Nicht nötig, wenn Sie brav sind."

„Versprochen."

Verhört

Enissa:

Der Polizeihauptkommissar, Herr Mohr, machte einen sympathischen Eindruck, abgesehen davon, dass er Rob festgenommen hatte. Aber das war wohl leider seine Aufgabe. Er lächelte sie an, wirkte selbstbewusst und war ziemlich attraktiv. Allerdings mochte sie keine Männer mit Bart. Würde er in einer ihrer Krimiserien mitspielen, fände sie ihn trotzdem faszinierend. Er gäbe einen tollen TV-Ermittler ab. Dass sie im echten Leben in so eine Situation kommen konnte, hatte vollkommen außerhalb ihrer Vorstellungskraft gelegen. Polizeikommissar Bastian Decker dagegen machte einen unsicheren Eindruck. Herr Mohr teilte ihr zuerst mit einem freundlichen Lächeln mit, ihre Familie freue sich auf ihre Rückkehr, und auch Dr. Saygun wäre erleichtert.

„Was hat mein Hausarzt damit zu tun?", fragte Enissa verwirrt. Herr Mohr schmunzelte, Herrn Deckers Kopf ging wie bei einem Tennisspiel zwischen ihnen hin und her.

„In dem Fall Gemeinderat Dr. Saygun. Er steht Ihren Eltern in jeder Hinsicht bei."

„Es tut mir leid, dass meine Mama und Papa Beistand brauchen. Sofern er Ihnen irgendwelchen Ärger machte, bedaure ich das auch", murmelte Enissa.

„Können Sie denn etwas dafür?"

„Ich hätte mich früher melden sollen."

„Sie hatten kein Telefon. Gemeldet haben Sie sich schließlich heute vom Mobiltelefon eines gewissen ...", er blätterte, aber es war Herr Decker, der aus seinem eigenen Notizbuch vorlas: „Josef Kupke, wohnhaft in Leipzig, gerade hier für einen Sommerjob."

„Kupke heißt er ...", murmelte Enissa verträumt. Sie hatte ihn nie gefragt, damit er sie seinerseits nicht aushorchte. Enissa Kupke ... das klang interessant. So gegensätzlich.

„Wer ist das?", fragte Herr Mohr weiter.

„Ein Freund", antwortete sie ausweichend.

„Wessen?"

„Meiner", sagte sie und freute sich über den Klang. Mein Freund Joschi.

„Wie lange ist er schon Ihr Freund?"

„Seit Dienstag."

Ihr wurde heiß. Erst so kurz und sie hatte bereits mit ihm geschlafen. Hoffentlich fragten sie nicht so genau nach.

„Bitte lassen Sie ihn in Ruhe", fügte sie hinzu. „Er wusste nichts darüber, weshalb ich hier bin. Heute früh habe ich ihm zum ersten Mal davon erzählt. Er bat mich, die Polizei anzurufen. Das hätte ich bald gemacht. Aber nun sind Sie ja schon da. Zuerst wollte ich mit Rob und Benita sprechen. Deshalb habe ich nur mit meinen Eltern telefoniert."

„Hatten Sie denn vorher die Gelegenheit zu telefonieren?"

„Nein." Sie hielt es für unklug, das näher zu erklären. Glücklicherweise wollten sie darüber nichts wissen. Schließlich hatte sie Rob nie darum gebeten.

„Beginnen wir doch am Anfang", schlug der jüngere Polizist mit der zitternden Stimme vor. Wahrscheinlich war die Situation auch für ihn ungewohnt. „Schildern Sie uns bitte, was geschah, seit Robin Römer Ihre Bank betrat."

„Zuvor noch eine Frage", unterbrach Herr Mohr. „Kannten Sie ihn und Benita Kirsch zu diesem Zeitpunkt bereits?"

„Nein, ich traf dort beide zum ersten Mal, soweit es mir bewusst ist", antwortete sie. Dann lehnte sie sich zurück und rief sich die Ereignisse vor Augen, mit denen alles begonnen hatte.

Sie gab sich Mühe, es ausführlich zu schildern, so dass die Männer verstanden, dass es kein Bankraub war, wie sie ihn erwarteten.

Der erste Punkt, bei dem es zu Nachfragen kam, war die Tasche mit Hartgeld.

„Um welchen Betrag handelte es sich?"

Enissas Handflächen wurden feucht. Es war besser, sie gab es zu.

„Um die Summe, die ich als Auszahlung von meinem Konto gebucht habe. Hundertneunundsiebzig Euro und ein paar Cent."

Offensichtlich wussten sie Bescheid.

„Hat Robin Römer Sie zu der Auszahlung aufgefordert oder haben Sie sich durch die Waffe dazu gezwungen gefühlt?"

„Im Gegenteil. Er sagte mir, ich solle es bleiben lassen, weil er gehen wollte."

„Warum haben Sie das trotzdem getan?", fragte der Jüngere.

„Damit er keinen Ärger bekommt. Da schenkte ich ihm das Geld lieber."

„Einem Fremden, der sie gerade überfiel?"

„Ja. Er wirkte verzweifelt und nicht, als hätte er großen Spaß daran."

Herr Mohr blinzelte ein paar Mal, ehe er ihr mit der Hand bedeutete, fortzufahren.

Sie erzählte weiter, wie Rob sie bat, mit ihm zu kommen, bis sie bei ihrer Flucht in dem kleinen, roten Auto angelangt war.

„Hat Robin Römer Sie bedroht oder Ihnen Angst gemacht?" Dieser Herr Mohr schien zu verstehen, dass sie ihm genau das versuchte zu vermitteln: Rob war niemand, vor dem sie sich fürchtete.

„Nur in der Bank."

„Hätten Sie zu irgendeinem Zeitpunkt flüchten können?"

„Ja. Rob hätte mich nicht aufgehalten."

„Sagte er Ihnen das?"

„Nicht direkt, glaube ich. Am Anfang war ich aufgeregt, da habe ich möglicherweise nicht alles verstanden. Als wir losgefahren sind, waren wir alle noch sehr nervös. Erst zu einem späteren Zeitpunkt war klar, er würde niemals etwas tun, das Benita oder mir schadet. Irgendwann war es einfach offensichtlich. Es war unnötig, es zu hören."

„Warum blieben Sie dann?", fragte der andere. Wenn sie in der Bank einen Kunden beraten durfte, klang sie ähnlich steif und kontrolliert wie er gerade. Wahrscheinlich war er auch eine Art Azubi, der noch übte.

„Weil er froh darüber war, dass ich blieb." Ihr war klar, dass dieser Antwort weitere Fragen folgen würden, aber es fiel ihr nichts Besseres ein.

„Wieso war das von Bedeutung für Sie?", übernahm Herr Mohr wieder.

Sie zuckte mit den Achseln.

„Weil er so unsicher war. Ich fühlte mich mit Benita und ihm wohl."

„Mit einem Mann, der Sie mit der Waffe bedrohte?", fragte Herr Decker mit fassungsloser Stimme.

„Er hat sie nicht mehr in die Hand genommen, als wir

unterwegs waren. Am nächsten Tag bemerkte ich, dass es nur eine Schreckschusspistole war. In der Bank haben sie uns in einem Selbstverteidigungskurs mal erklärt, woran man das sieht."

„Hätten Sie dieses Training einsetzen können?", hakte Herr Mohr nach.

„Mag sein. Es gab keinen Grund dafür."

Er raschelte mit dem Papier vor sich, Bastian Decker räusperte sich mehrmals.

Als sie von Benitas Ohnmacht berichtete, wurde Herr Mohr aufmerksam.

„Wissen Sie, was die Bewusstlosigkeit auslöste? Hatte Frau Kirsch große Angst in dem Moment?"

„Damals dachte ich, das sei so. Inzwischen habe ich verstanden, dass Benita sensibler ist als andere Menschen. Wir standen alle drei unter enormer Anspannung, Rob wahrscheinlich am meisten. Der gesammelte Stress um sie herum wurde ihr zu viel. Aber dann lernte sie, damit umzugehen, und alles war in Ordnung."

Herr Mohr sah zweifelnd aus. Vielleicht verstand er sie nicht einmal. Schließlich hatte sie versucht, sich vage auszudrücken.

Enissa erzählte weiter. Als sie von der Nacht in Eisenach bei Caro sprach, wurde er aufmerksam.

„Was wusste Caroline Krasser davon, was ihr Cousin getan hatte?"

„Ich kann mich nicht mehr erinnern." Das funktionierte in den Krimiserien, wenn ein Zeuge lieber schweigen wollte. Die Kommissare fragten nicht. Sie erzählte von der Fahrt im Wohnmobil an die Ostsee.

„Und dann kamen wir hier an."

Sie wollte nicht mehr berichten und von Joschi

erzählen. Es war ihre Privatsache. Herr Mohr war noch nicht zufrieden.

„Wie ging es hier weiter?"

„Es war wie Urlaub", wich sie aus. „Sonne, Strand, Meer. Nur das Geld wurde knapp."

„Ich glaube, das war noch nicht alles. Ich hätte erwartet, mehr über Josef Kupke zu erfahren."

„Eine Strandbekanntschaft."

„... die ein Freund wurde. Wie?"

Enissa seufzte. Dann rang sie sich dazu durch, den Angriff auf sie darzustellen und Joschis Eingreifen.

„Haben Sie den Vorfall der Polizei gemeldet?", fragte Herr Decker.

„Nein."

„Warum nicht?"

„Weil ich meinen Namen hätte nennen müssen. Damit würde man uns doch sofort finden. Das war mir zu früh."

Die beiden Polizisten tauschten Blicke aus. Auf dem Gesicht von Herrn Mohr erschien ein leicht leidender Ausdruck.

„Das war am Dienstag. Und seitdem?"

„Sagte ich doch. Wir machten Urlaub zusammen. Ich freundete mich mit Joschi an, Josef Kupke."

Hoffentlich fragten sie nicht nach.

„Haben Sie mit ihm über die Ereignisse in Erlen gesprochen?"

Erleichterung überflutete Enissa. Es war nicht von Belang.

„Erst heute, kurz bevor Sie kamen."

„Erwarteten Sie uns deshalb?"

„Benita wusste, dass mehrere aufgeregte Leute draußen waren, die unter Stress standen."

„Woher wusste sie das?"

„Benita weiß solche Dinge. Sie kann es fühlen."

Jetzt war es raus. Herr Mohr seufzte wieder schwer und schüttelte den Kopf. Sein jüngerer Kollege sah ihn mit einem Kugelschreiber in der Hand an, als erwarte er, dass man ihm sagte, ob er die Information notieren sollte.

Benita:

Alle ihre Sinne waren scharf für das Verhör. Bastian Decker war positiv erregt, Steffen Mohr leicht frustriert, aber auch neugierig. Als Letzterer sie anblickte, erkannte sie weitere Regungen in ihm. Interesse, Wohlgefallen, Sympathie ihr gegenüber. Das konnte ein Vorteil sein. Insbesondere, da er offensichtlich der Entscheider der beiden Kommissare war. Sie schenkte ihm ihr schönstes Lächeln. Er freute sich darüber. Das gefiel ihr. Unter anderen Umständen würde sie ihn gerne kennenlernen wollen. Vielleicht waren es die roten Haare in seinem Bart, die ihr Interesse weckten. Sie mochte ihre Haarfarbe.

Zuerst nahm Bastian Decker ihre persönlichen Daten auf. Steffen Mohr ließ sie währenddessen ebenso wenig aus den Augen wie sie ihn.

„Bitte schildern Sie uns die Ereignisse, seitdem Sie die Filiale der Erlener Bank am Mittwoch letzte Woche betreten haben."

Benita versuchte, die Geschichte zusammenzufassen, wie sie sie ohne ihre besonderen Sinne erlebt hätte.

Als sie eine Pause machte, warf der ältere Polizist ein:

„Im Auto bekamen Sie einen Ohmachtsanfall."

„Das stimmt", gab sie zu.

„Wissen Sie, weshalb? Gibt es dafür eine medizinische Erklärung? Ist Ihnen das schon einmal passiert?"

„Nein, nein und nein."

Er ärgerte sich über sich selbst, erkannte Benita. Drei Fragen ohne Pause waren ein unkluges Vorgehen. Bastian Decker wirkte ein bisschen enttäuscht, als erwarte er die absolute Perfektion des anderen.

„Was, vermuten Sie, hat den Anfall ausgelöst?"

Nun waren beide zufrieden mit Steffen Mohr. Stimmt, die Frage war besser formuliert.

„Stress, nehme ich an."

„Wie hoch würden Sie Ihren Stresslevel beschreiben?"

„Recht hoch, sonst wäre ich sicher nicht ohnmächtig geworden."

Robs Stress war höher, ging ihr durch den Kopf.

„Als Sie wieder zu sich kamen, in welcher Situation befanden Sie sich?", brachte sich Bastian Decker ins Gespräch.

„Ich lag auf meinem Sitz in Liegeposition. Rob und Enissa schienen besorgt um mich zu sein."

Benita vermutete das nicht einfach nur, sie war sicher. Das wollte sie den beiden aber nicht verraten.

„Änderte das etwas an Ihrem Stresspegel?", fragte Steffen Mohr.

Seine Fragen hatten ein Ziel. Benita erkannte nicht, was es war.

„Ja, er wurde geringer durch die Anteilnahme." Und weil ich wusste, ich hatte nichts zu befürchten.

Er wirkte zufrieden mit der Antwort. Es war, als hätte er eine Bestätigung erhalten, nach der er suchte. Benita verstand die Zusammenhänge.

„Sie denken, ich leide am Stockholm-Syndrom", stellte sie fest.

Er hob die Augenbrauen, Bastian Decker entfuhr ein

Nicken. Sofort strahlte er Ärger über sich selbst aus.

„Wie kommen Sie auf den Gedanken?", fragte der erfahrenere Kommissar.

„Weil Sie denken, es ging mir besser durch die Zuwendung des Mannes, der mir Angst machte."

Sie blendete Bastian Deckers Empfindungen aus. Bisher hatte er sie kaum weitergebracht, war er doch mehr an seinem Kollegen als an ihr interessiert.

„Sie wissen, was ich denke?"

Steffen Mohr klang spöttisch, aber sie fühlte Abwehr und Misstrauen. Der Verteidigungswall war größer als sonst, als wäre er von vornherein auf der Hut gewesen.

„Das weiß ich nicht, ich nehme es nur an."

Er nickte zufrieden.

„Sind Sie anderer Meinung?"

„Ja."

„Weshalb?"

Er glaubte ihr nicht, hatte Mitleid mit ihr. Das ärgerte Benita. Sie gab ihm eine ehrliche Antwort.

„Weil ich mir ganz sicher war, Robin würde weder mir noch Enissa etwas tun."

Wieder die Wachsamkeit. Er schien ein paar Worte sagen zu wollen, hielt inne und begann einen anderen Satz.

„Warum sind Sie nicht gegangen, wenn Sie sich so sicher waren?"

„Ich empfand keine Bedrohung. Zuhause erwartete mich nur meine Schildkröte und ich bin der Überzeugung, Sie wissen, dass ich ihre Versorgung organisierte. Ich hatte nichts Besseres zu tun. Warum sollte ich eine entspannte Situation verschlimmern?"

Er nahm sich mühsam zusammen, aber Benita fühlte seine Verblüffung und den Frust über ihre Antwort. Er wusste nicht weiter. Zwar empfand sie kurz Triumph, doch sie bezweifelte, dass es eine gute Entwicklung war.

„Sie waren mit Menschen zusammen, die Sie nicht kannten, einer davon bewaffnet. Sie wohnten zu dritt in einem Kleinwagen. Entspannte Situation?"

„Ja."

„Wie kamen Sie zu dem Urteil?"

„Es gibt Dinge, die weiß ich."

Innerlich hielt Benita den Atem an. Sie hatte ihr Geheimnis eben vor den Polizisten enthüllt.

Bastian Decker geriet in Panik, als müsse er etwas vor ihr verbergen. Sie war nicht interessiert daran. Wichtiger war, der Unglaube von Steffen Mohr schien zu ihrer Überraschung erschüttert. Er hörte es nicht zum ersten Mal. Enissa oder Rob hatten ihre Fähigkeiten erwähnt, wer auch immer vor ihr verhört worden war. Sie musste getrennt von den beiden warten. Benita änderte ihre Strategie. Sie würde versuchen, die Polizisten aus dem Konzept zu bringen.

„Ich denke, Sie überschätzen sich."

Offensichtlich hatte sich Steffen Mohr für die gleiche Taktik entschieden.

„Das dürfen Sie glauben. Ich bin anderer Ansicht."

Sie hatte ihn zornig gemacht. Vielleicht war das zu frech gewesen. Mit gesenktem Kopf warf sie ihm ein entschuldigendes Lächeln zu. Es half.

„Erzählen Sie weiter", schlug Bastian Decker vor, dessen Bein nervös auf und ab wippte.

Sie berichtete von ihrem Besuch in Eisenach.

„Sie baten Robin Römer, nicht zu seinen Eltern zu gehen. Wieso?"

„Wir beobachteten das Haus einen Moment. Eine Nachbarin kam vorbei. Die Reaktion des Vaters machte mich misstrauisch. Irgendwas stimmte nicht."

Obwohl Bastian Decker gerade mit ihr gesprochen hatte, konzentrierte der junge Mann sich noch immer auf seinen Kollegen. Das irritierte Benita. Wieso war der interessanter als sie, die Zeugin? Doch eigentlich war ihr das nur recht.

Steffen Mohr war enttäuscht von ihrer Antwort, hakte aber nicht nach. Sie schwiegen sich an, bis er sie bat, fortzufahren.

Als sie ihren Besuch bei Caro erwähnte, wurde er aufmerksam.

„Was denken Sie, wusste Caroline Krasser etwas von dem Vorfall in der Bank?"

„Fragen Sie sie."

„Ich frage aber Sie. Ist das nicht eines von den Dingen, die Sie wissen?"

Er zog die Schlinge enger. Warum war das für ihn von Belang?

„Ich kann keine Gedanken lesen."

„Was können Sie dann, Frau Kirsch?"

Ihr Magen flatterte nervös. Aber wenn Sie ihm klarmachen wollte, dass Rob wirklich ein harmloser, vertrauenswürdiger Mann war, musste sie bei der Wahrheit bleiben.

„Ich habe ein hohes Maß an Empathie, kann also die Gefühle anderer Menschen erkennen."

Er lehnte sich zurück und betrachtete sie herausfordernd. Decker hatte seine Augen weit aufgerissen.

„Was fühle ich?", fragte Steffen Mohr provokativ.

Benita war aufmerksam, Bastian auch.

„Ich glaube, Sie versuchen gerade, ihre Gefühle zu verändern. Sie erinnern sich an etwas Lustiges. Eigentlich empfinden Sie Frust und Neugier. Außerdem gefalle ich Ihnen. Und jetzt sind Sie sauer."

Steffen presste die Lippen zusammen und antwortete nicht. Stattdessen sortierte er seine Unterlagen. Nun war es blanke Überraschung, die er neben einem kleinen Anteil an Peinlichkeit ausstrahlte. Der Polizist glaubte ihr. Sie konnte damit aufhören, ihm etwas vorzugaukeln.

Sie richtete ihren Fokus auf Bastian Decker. Er war verblüfft, Zweifel hatte er aber keine, stellte Benita erfreut fest. Dazwischen mischte sich Sensationslust und Melancholie. Sie wurde nicht schlau aus ihm. Egal, er war ohnehin weniger von Belang.

„Bleiben wir bei den Fakten", knurrte Steffen Mohr schließlich. „Wie ging es weiter?"

Sie berichtete von ihrer Ankunft an der Ostsee.

„Alles war zunächst so entspannt. Wir konnten durchatmen. Das hat uns gutgetan."

„Gingen Sie mit Robin Römer ins Bett?"

Die Frage von Bastian Decker war wie ein Faustschlag. Die Quelle dieses Vorgehens schien seine Melancholie zu sein. Steffen Mohr dagegen wirkte zufrieden mit der Entwicklung. Er wollte sie verletzt sehen, aus dem Konzept bringen. Und er war eifersüchtig. Oder waren das beide Kommissare? Sie konnte es schlecht auseinanderhalten. Decker hatte kein persönliches Interesse an ihr gezeigt, das war doch nur Mohr? Unwichtig.

„Ja", antwortete Benita knapp und sparte sich den Kommentar, dass ihn das nichts anginge.

„Denken Sie ernsthaft, das ist kein Stockholm-Syndrom?", spottete Steffen Mohr.

„Ja. Aber mir ist klar, dass es für Sie so aussehen muss." Sie beugte sich vor und sah ihm fest in die Augen.

„Bitte glauben Sie mir, der Grund ist, dass ich seine Gefühle kenne und ihn als den wertvollen Menschen wahrnehme, der er ist."

„Einen Bankräuber?", fragte Bastian Decker nach.

„Wir haben alle unsere Schwächen und machen Fehler. Robs war ein sehr großer. Ich versuchte, den Einfluss, den ich auf ihn hatte, dafür einzusetzen, dass er sich stellte. Ich denke, ich habe es geschafft. Aber Sie waren schneller."

Verunsicherung. Beide haderten mit sich. Benita lächelte ihnen aufmunternd zu. Bastian Deckers Gefühle schienen unsortiert, Steffen Mohr war vor allem verletzt, seitdem er erfahren hatte, dass zwischen Rob und ihr mehr vorgefallen war.

Robin:

„Sie hatten die Absicht, den Bargeldbestand der Bank an sich zu bringen. Als Sie erkannten, dass dort nicht wie im Fernsehen eine Theke voller Scheine lagert, gingen Sie nicht mit eingezogenem Schwanz wieder hinaus, sondern nahmen Enissa Altinay und Benita Kirsch mit. Sie zwangen die beiden Frauen mit einer täuschend echt aussehenden Waffe, Sie zu begleiten, wie wir den Aufnahmen der Überwachungskamera der Bank entnehmen können."

Der ältere der Polizisten hatte die Stimme bedrohlich erhoben, der jüngere sah Rob nicht an. Wobei ‚älter' wahrscheinlich ein unpassender Begriff war. Er dürfte in seinem eigenen Alter sein. Ansonsten hatten sie bestimmt nichts gemeinsam. Solche Typen, muskulös und mit Hipster-Bart, hingen vermutlich ständig im Fitnessstudio herum und schleppten Frauen ab.

„Das stimmt schon, aber das war nur eine Kurzschlussreaktion. Ich bin sonst gar nicht so.", versuchte er, ihnen klarzumachen.

„Es ist nicht von Bedeutung, wie Sie sonst sind. Tatsache ist und bleibt, Sie haben die Filiale der Erlener Bank mit einer Waffe betreten, um sie auszurauben. Dann entführten Sie zwei Frauen. Sie haben uns erklärt, beide noch nie zuvor gesehen zu haben."

„Das stimmt."

„Erzählen Sie uns, wie es dazu kam, dass Sie zehn Tage später in einem Ferienhaus hier an der Ostsee auf uns gewartet haben."

Robin stammelte: „Nicht direkt gewartet … erwartet ja. Aber wir haben nicht dagesessen und nichts gemacht."

Der Polizist sah ihn spöttisch an. Wenn er mit seinem Kollegen oder mit den Frauen sprach, trat er eigentlich ganz sympathisch auf. Nur bei ihm verhielt er sich ruppig. Arroganter Schnösel! Aber vielleicht machte man das ja so gegenüber Verbrechern. Rob musste ihn davon überzeugen, dass er das nicht war. Wahrscheinlich war es keine gute Idee gewesen, auf einen Anwalt zu verzichten. Er hatte gedacht, so was bräuchten nur echte Kriminelle.

„Was haben Sie denn gemacht?", fragte der Ältere süffisant. Wobei er ja nicht alt war, erinnerte er sich noch einmal. Nur älter als der andere.

„Alles Mögliche. Schwimmen, am Strand spazieren gehen. Kuchen essen. Was man halt so am Meer macht."

„Urlaub?", fragte der Polizist trocken. Endlich hatte er es begriffen. Mohr hieß er, richtig.

„Ja, genau", erklärte ihm Rob erleichtert.

„Dafür mussten sie Frauen mit vorgehaltener Waffe zwingen, mitzukommen? Es lief wohl nicht so gut mit Sarah Hopfensitz, oder?"

„So war das doch nicht …", flehte Rob.

„Dann erzählen Sie uns, wie es war." Endlich kam der junge, harmlose Polizist zu Wort.

Rob schnaufte schwer und versuchte, seine Gedanken zu ordnen. Wo sollte er beginnen? Er entschied sich, zuerst zu schildern, wie er den Boden unter den Füßen verloren hatte, als er kein weiteres Geld bekam. Von den Mahnungen der Bank. Der leeren Garage, weil er seine Autos verkauft hatte, die ihm so viel bedeuteten, aber nicht genug einbrachten, um ihm mehr als drei Monate Ruhe zu geben. Sarah hatte sich über den Kleinwagen lustig gemacht und dann so getan, als schwammen sie wieder in Geld. Rob hatte ihr nicht gesagt, sie müsste aufhören, ihr großzügiges Leben zu führen.

Schließlich war das Ende gekommen. Forderungen der Bank, Mahnungen des Versandhauses, keine Scheine mehr aus dem Automaten. Auf einmal war ein leerer Kühlschrank erschreckend.

Die Schnapsidee mit dem Überfall, auf die ihn die unfreundliche Mitarbeiterin in seiner Bankfiliale brachte. Die hatte so getan, als wäre er ein Schmarotzer. Dabei hatte ihr Kollege ihm die Kredite anfangs gerne gegeben. Dann war ihm eingefallen, wenn sie schon so tat, als nähme er ihre Bank aus, könnte er es tatsächlich tun. Das würde ihr recht geschehen.

Was für ein unsinniger Gedanke. Es war ihr doch völlig schnuppe, was mit dem Geld ihrer Firma passierte. Schließlich war es nicht ihr Eigenes. Der Einzige, dem er geschadet hatte, war er selbst.

Die Zweigstelle hatte er schnell ausgewählt. Zu hastig. Er hätte sie besser beobachten sollen. Bargeldlose Filiale! Wer erwartete denn so etwas?

Die Situation hatte ihn überfordert. Vielleicht wäre er

einfach wieder gegangen. Doch dann war Enissa so nett zu ihm. Sie und Benita mitzunehmen, war nicht sein Plan gewesen. Zum Glück hatte er es getan. Sie zu treffen, war das einzig Gute an diesem Mist.

„Weshalb war es gut, die Frauen kennenzulernen?", fragte der jüngere Polizist entspannt im Plauderton. „Lief etwas mit einer? Oder mit beiden?"

Rob sah ihn entsetzt an.

„Darum geht es doch gar nicht. Sie sind Freunde. Die findet man nicht so einfach."

„Aber mit einer Waffe in einer Bank findet man Freunde?", spottete Mohr. Fragte der Kerl das ernsthaft?

„Normalerweise nicht. Bei uns hat es funktioniert."

Der Jüngere notierte etwas auf einem Blatt. Er schien für die Schreibarbeiten zuständig zu sein.

„Und lief dann was zwischen den Freunden?", fragte der andere mit einer komischen Betonung auf dem letzten Wort.

Was würde Benita sagen, wenn er einem Wildfremden erzählte, sie hätte mit ihm geschlafen? Wirkte das wie Prahlerei? Aber der Mann war von der Polizei …

„Fragen Sie das doch die Frauen."

„Also mit beiden?"

„Nein!" Was hatte der für einen Eindruck von der kleinen Enissa?

„Welche soll ich denn fragen?"

„Benita."

„Haben Sie sie dazu überredet, mit Ihnen eine sexuelle Beziehung einzugehen?"

„Nein! Was denken Sie von mir?"

„Ich denke gar nichts. Aber ich weiß, dass Sie eine Bank überfallen haben und zwei Frauen mit Waffengewalt dazu gezwungen haben, mit Ihnen zu kommen."

Rob schluckte.

„Benita ist etwas Besonderes. Ich weiß nicht, warum sie mit mir zusammen war, aber ich musste sie nicht überreden."

Steffen:

Über den Notizen grübelte er darüber nach, was er von den Dreien erfahren hatte. Dürfte er ohne Gesetze Recht sprechen, ließe er sie am liebsten laufen, nicht nur, weil er Benita so gerne unbelastet kennenlernen wollte. Es war niemandem Schaden zugefügt worden. Aber das war weder seine Aufgabe noch Befugnis. Er würde diesen Josef Kupke befragen, um die Geschehnisse an der Ostsee mit den Eindrücken eines Mannes außerhalb zu vergleichen. Doch er konnte nicht außer Acht lassen, dass man nicht mit einer gezogenen Waffe in einer Bank nach Geld verlangen durfte, Schreckschusspistole hin oder her.

Und man konnte Menschen nicht einfach unter Androhung von Gewalt dazu bewegen, mit einem zu kommen, selbst wenn die Opfer es hinterher nicht als Entführung empfanden. Kein Richter würde das so sehen.

Nichtsdestotrotz, der Großteil seiner Arbeit war getan. Bis auf den unangenehmen schriftlichen Teil. Normalerweise könnte das Bastian übernehmen, aber in diesem Chaos? Wie sollten sie von Benita Kirsch berichten?

Sie hatte ins Schwarze getroffen, als sie seine Emotionen darstellte, Wort für Wort. Tatsächlich hatte er versucht, sich an eine Situation im Urlaub zu erinnern, als einem Jungen am Strand eine Kugel Eis auf den nackten Rücken einer blondierten, braungebratenen Sonnenanbeterin gefallen war und sie gekreischt hatte.

Frustriert war er darüber, nicht die Antworten zu bekommen, die er erwartete, neugierig war er, wie weit Benita Kirschs Fähigkeit tatsächlich ging.

Verdammt noch mal, ja, sie gefiel ihm. Wie peinlich, dass sie es bemerkt hatte. Sie und Bastian. Der würde nichts sagen, schließlich war Steffen sein Held. Er hatte ihn geradezu angehimmelt. Sie sollten sich mal unterhalten, dass das zu weit ging. Wäre er eine Kollegin, würde er vermuten, sie sei in ihn verliebt.

Hatte Benita während des ganzen Gesprächs seine Gefühle gelesen? Er versuchte, sich zu erinnern, konnte aber nicht den gesamten Verlauf rekonstruieren, nur die Worte, die in den Notizen standen. Er hatte sich auf andere Dinge als die eigenen Emotionen konzentriert.

Diese Frau war unheimlich. Und doch so interessant. Das durfte seine Objektivität nicht beeinflussen. Außerdem musste er glaubwürdige Berichte abliefern. Vertrauenserweckend und dabei ehrlich. Das würde schwierig werden. Wer glaubte schon, dass es Menschen gab, die die Gefühle anderer so genau erfassen konnten?

Ob man Benita Kirsch und Enissa Altinay ein Fehlverhalten zur Last legen würde? Gut möglich, allerdings kein schweres Vergehen. Schlimm, wenn sich die Justiz mit solchen Dingen beschäftigen musste.

Irgendwann wäre der Fall „Hood" und seine Folgen ausgestanden. Dann sollte er eine Möglichkeit finden, Benita Kirsch wiederzusehen.

Epilog

Enissa:

Kaffee! Der gute, starke, bei dem man hinterher den Kaffeesatz lesen konnte! War sie zu Hause?

Nein, natürlich nicht. Zwar wohnte sie inzwischen wieder bei ihren Eltern, doch an diesem Morgen erwachte sie in einem anderen Bett. Wie erwartet, waren Mama und Papa entsetzt gewesen, was aus ihrer guten Tochter geworden war, als sie von ihrer kleinen Abenteuerreise zurückkehrte. Benita unterstützte Enissa, sie hatte ein paar Monate in deren Gästezimmer verbracht. Ganz langsam näherte sie sich nun ihrer Familie wieder an. Zu Beginn besuchte sie nur Ilyas, dann kam Deniz dazu. Die Brüder bildeten ihre Brücke zurück ins Elternhaus. Zuerst waren es nur kurze Begegnungen, kleine Telefonate, doch schließlich erwies sich die Liebe zueinander stärker als alle Unterschiede. Inzwischen war Joschi sogar zweimal zum Essen bei ihnen gewesen. An der Mühe, mit der ihre Mutter die Mahlzeiten zubereitete, erkannte Enissa, wie ernst sie es damit meinte, ihn willkommen zu heißen. Ihre Eltern lebten in Deutschland, seit sie selbst Kinder waren, so dass es kein völlig fremdes Szenario war. Es machte sie dennoch traurig, dass sie es nicht geschafft hatten, der Tochter die Werte der Heimat zu vermitteln. Das war die Gratwanderung, wenn man sich zwischen den Kulturen bewegte: Es konnte jederzeit in die eine oder andere Richtung kippen, und so nahmen sie es letztendlich hin.

Enissa stand auf, schlüpfte in ihre Pantoffeln und ließ sich von der Nase in die Küche leiten. Ihr Freund hatte ein üppiges deutsches Frühstück vorbereitet, aber offensichtlich den Kaffee so zubereitet, wie sie es ihm beigebracht hatte. Sie lächelte. Kulturen verschmolzen am einfachsten kulinarisch. Es war ein Anfang, so klein er schien.

Gerade stellte Joschi die Becher auf ihre Plätze. Enissa ging zu ihm und drückte kurz ihre Lippen hinter sein Ohrläppchen. Er umschlang ihre Hüfte, zog sie an sich und küsste sie lange und zärtlich.

„So geht das."

Dann rückte er ihr in übertriebener Gentleman-Manier den Stuhl zurecht. Sie versuchte, das huldvolle Lächeln einer Königin zu imitieren, und setzte sich.

„Warum heute so viel Luxus?"

Er beugte sich von seinem Platz aus über den Tisch und ergriff ihre Hand.

„Es ist das erste Wochenende, an dem ich in Erlen bin und du hier übernachtet hast, Benita aber nicht, oder du ins Gefängnis zu Rob hetzt. Deshalb können wir es uns am Morgen kuschlig machen."

Es war ihm gelungen, einen Praktikumsplatz bei einer Umweltorganisation in Enissas Heimatstadt zu ergattern. Nachdem sie selbst wieder in ihr Kinderzimmer gezogen war, nahm Benita Joschi im Gästezimmer auf und nun genossen sie es, so viel Zeit miteinander zu verbringen.

„Ab Herbst werden wir das immer haben."

Enissa war schon aufgeregt vor der großen Veränderung in ihrem Leben, die ihr bevorstand. Im Anschluss an ihre Ausbildung war sie ein befristetes Arbeitsverhältnis in einer anderen Bank eingegangen. Sie sparte eisern, um sich Reserven aufzubauen, damit sie ab und zu nach Leipzig zu Joschi fahren konnte. An ihrer neuen Stelle sah man sie nicht als die Kollegin, die misstrauisch beäugt wurde, weil ihre Rolle in einem Banküberfall auffällig war. Danach ging sie wieder zur Schule. Inzwischen stand sie wenige Wochen vor ihren mündlichen Prüfungen für die allgemeine Hochschulreife. Es war keine leichte Aufgabe gewesen, doch sie war es gewohnt, hart für etwas zu arbeiten. Und so fühlte sie sich gut gewappnet und durfte auf ein hervorragendes Ergebnis hoffen, mit dem sie sich um einen Studienplatz bewerben wollte. Der sollte natürlich in Leipzig sein, bei ihm. Glücklicherweise sagte ihr das Fächerangebot dort zu.

„Ich kann es kaum glauben. Als wir uns kennenlernten und ich die ganze Wahrheit zu erfassen begann, hatte ich manchmal Zweifel, ob ich, nein, ob wir das schaffen können." Er trank einen Schluck, dann richtete er sich auf und zog die Schultern zurück. „Und jetzt schau, wo wir heute sind."

Ja, sie war stolz. Sie lebte, wie sie es sich gewünscht hatte, trotzdem durfte sie noch Teil ihrer Familie sein, ihren beruflichen Weg war sie konsequent nach ihren Vorstellungen gegangen. Doch das hatte sie nicht alleine geschafft. Sie sah ihrem Freund in die Augen.

„Zusammen können wir alles erreichen."

Benita:

Seidig weich, wunderbar warm, es verursachte so wohlige Gefühle, durch die feinen Haare zu streicheln.

„Wie gerne wäre ich an Kiras Stelle."

Steffen grinste sie provokant an, setzte sich aufs Sofa und streckte ihr seinen Kopf wie die Katze entgegen. Sie konnte das Kichern nicht unterdrücken.

„Tu nicht so, als würdest du nicht genug Streicheleinheiten bekommen!"

„Inzwischen geht es, aber das war harte Arbeit. Du ließt mich lange zappeln."

„Was willst du? Du hast meinen besten Freund gnadenlos durch die Mühlen der Justiz geschickt!"

„Es war nicht ich, der Gnade gewähren durfte. Von mir hätte er sie bekommen, allein schon, damit du schneller erkennst, was für ein toller Typ ich doch bin."

Benita gab ihm eine spielerische Kopfnuss, um hinterher

einen Kuss auf die Stelle zu platzieren. Seit drei Wochen waren sie nun ein Paar. Die zärtlichen Frotzeleien zwischen ihnen hatten sich jedoch in der langen Zeit aufgebaut, in der er sich um sie bemühte.

Dass Steffen in sie verliebt war, wurde ihr bereits im Verhör klar. Doch sie befand sich immer noch in einer Lernphase zu ihrer speziellen Fähigkeit. Es war neu für Benita, sich abzugrenzen und nicht für jeden Kerl zu entflammen, der Interesse an ihr zeigte. Vielleicht hatte sie es dabei in die andere Richtung übertrieben und ihn zu lange zappeln lassen. Aber sonst hätte sie es bereut. Als sie endlich nachgab und ihn zu einem richtigen Date traf, konnte sie sich wirklich auf ihn einlassen, denn sie war sicher, ihre eigene Zuneigung zu empfinden. Steffen seinerseits war nie müde geworden, ihr zu zeigen, wie faszinierend er sie fand. Als erster Mensch forderte er sie aktiv auf, seine Gefühle zu lesen und ihr damit zu beweisen, wie ehrlich und aufrichtig sie waren. Und dann mit ihm im Bett … Benita hatte nicht gewusst, wie viel besser es sein konnte, wenn sie das Begehren des Partners ausschloss, nur ihr eigenes befeuerte, bis sie schließlich eine Verbindung beider Seiten zuließ. Sex hatte ihr schon immer gefallen, aber mit Steffen blieb sie unendlich erfüllter zurück als zuvor. Dabei vertiefte sich das Vertrauen zwischen ihnen jedes Mal.

Auch im alltäglichen Zusammenleben war es dank ihrer neuen Fähigkeiten anders als bisher. Sie lernte ihn wirklich kennen, entdeckte den Mann, statt sofort mit ihm im Einklang zu sein und sich selbst zu verlieren. Letzte Woche hatten sie sogar gestritten! Unfassbar, wie viele Versöhnungen ihr schon entgangen waren. So mussten Beziehungen zwischen normalen Leuten ablaufen.

Es machte ihr inzwischen nichts mehr aus, sich innerlich offen als ‚nicht normal' zu bezeichnen, sie empfand nicht länger Bedauern oder Widerwillen. Und auch Steffen gehörte nicht zu den gewöhnlichen Menschen, zumindest ihrer Meinung nach nicht. Wie könnte sie das von dem Mann denken, in den sie zum ersten Mal von sich aus bis über beide Ohren verliebt war?

„Du gehst heute zu ihm?", fragte er, griff an ihr vorbei und holte sich Kira auf den Schoß. Dabei sah er ihr nicht in die Augen. Sie widerstand dem Impuls, seine Gefühle zu ertasten. Ganz zu Beginn ihrer Beziehung hatten sie darüber gesprochen und eine Regel festgelegt: Niemals ohne sein Einverständnis.

„Ja, es ist schon viel zu lange her. Er muss ziemlich einsam sein. Macht dir das etwas aus?", fragte sie deshalb. Das wäre ein Problem. Eifersucht war zerstörerisch. Davon wollte sie sich nicht vorschreiben lassen, mit wem sie ihre Zeit verbrachte.

„Nein", antwortete Steffen, doch sie war noch nicht überzeugt. Er sah sie mit hochgezogenen Augenbrauen an, sie hob die Schultern und verzog die Mundwinkel. Da lächelte er und machte eine einladende Geste, ein kleines Winken zu seiner Brust hin. Benita verstand sie. Er lud sie ein, sich zu überzeugen. Sie nickte mit geschlossenen Augen.

Die Verbindung fand sie inzwischen mühelos. In ihrem Kopf visualisierte sie den Vorgang durch Häuser, eines war ihr Innenleben, das andere Steffens Emotionen. Es fühlte sich an, als würde sie eine Tür öffnen und eintreten.

Ja, er hatte Verständnis für ihre Freundschaft zu Rob.

Sie lächelte. „Danke."

Robin:

Bald würde sie da sein. Benita hatte ihn nie enttäuscht, sie kam zuverlässig am verabredeten Tag. Fast jedes Wochenende kam mindestens eine der beiden, Enissa oder sie, wie sie es damals versprochen hatten. Wenn sie es einmal nicht schafften, dann mit Ankündigung und Begründung, so dass es nicht überraschend war. Vorletzten Samstag hatte ihn die Kleine alleine besucht. Inzwischen passte die Beschreibung nur noch auf ihre Körpergröße. Sie war erwachsen geworden. Er erinnerte sich daran, wie sie ihm von den anstrengenden Prüfungen berichtete.

„Aber ich wette, du bist richtig gut", hatte er gesagt.

Auch wenn ihr Selbstbewusstsein gestiegen war, wurde sie dennoch nach wie vor rot über ein Lob.

„Ich hoffe es. Mit meinen bisherigen Ergebnissen bin ich zufrieden."

„Du bist eine der Besten, richtig?"

„Ja, aber das heißt doch nichts. In einem anderen Jahrgang wäre ich vielleicht nur eine von vielen. Abgerechnet wird außerdem zum Schluss, da steht jetzt noch nichts fest."

Typisch! Er selbst hätte so einen Erfolg in seiner Schulzeit so sehr gefeiert, dass er die Prüfungen ganz sicher vermasseln würde. Aber in so eine Verlegenheit wäre er ohnehin nie gekommen.

„Und danach geht es nach Leipzig zu Joschi. Weißt du schon, was du studieren willst?"

„Ganz sicher bin ich nicht, aber beinahe. Er ist übrigens gerade hier."

„Der junge Herr Kupke? Was tut er hier?"

Wie immer, wenn sie über ihren Freund sprach, lächelte sie dabei.

„Er absolviert ein Praktikum und sammelt Wasserproben. Es ist bei der Organisation, in der ich die Sozialstunden nach den Prüfungen ableisten werde. Toll, dass ich sie so lange aufschieben durfte."

Enissa und Benita hatten offen von ihrem Verhalten während ihrer Entführung berichtet. Plötzlich wurde von ‚Strafvereitlung' gesprochen. „Auch wir müssen die Auswirkungen für unsere Handlungsweise tragen", hatte sie dazu gesagt. Diese Konsequenz war, dass beide achtzig Stunden gemeinnützige Arbeit leisten mussten.

„Es ist so schön, ihn in meiner Nähe zu haben. Er wohnt in Benitas Gästezimmer und besteht darauf, Miete zu zahlen. "

„Ich wette, sie hätte ihn auch umsonst dort wohnen lassen", platzte Rob heraus. Er würde das machen, wenn es möglich wäre. Allerdings war Joschi sicher nicht interessiert daran, seine Zelle zu teilen.

„Natürlich, aber er erklärte ihr, er will nichts geschenkt. Sie einigten sich auf einen niedrigen Betrag. Ist ja auch ein kleines Zimmer."

„Und Benita selbst? Hat sie inzwischen einen Neuen?"

Die Antwort bekam er mit einem empörten Stirnrunzeln.

„Darüber redest du bitte mit ihr. Ich erzähle dir fast alles aus meinem Liebesleben, aber auf ihres musst du sie direkt ansprechen."

„Ja, schon klar. Sie weicht mit nur oft aus, als wollte sie mir etwas verschweigen."

Enissa tätschelte seine Hand. „Das sicher nicht. Vielleicht gab es noch nichts Wesentliches, um es dir zu berichten."

„Also doch!"

Empört schnappte sie nach Luft. „Dir werde ich bestimmt keine Frage mehr beantworten! Wie gesagt, das ist eine Sache zwischen euch!"

„Na gut", lenkte er zerknirscht ein. Er wollte die Freundschaft zu ihr nicht durch übermäßige Neugier gefährden.

Sie plauderten noch eine Weile über die Arbeit im Knast. Bald darauf war sie gegangen und damit auch das Highlight seiner Woche. Nachdem seitdem keine der beiden mehr da war, wartete er ungeduldiger als sonst. Um etwas zu tun zu haben, las er sein Urteil ein weiteres Mal durch. Das hatte er schon häufig getan, doch es fühlte sich gut an, schwarz auf weiß zu sehen, dass das hier weder ein Traum war noch ein Missgeschick, sondern von ihm selbst verursacht.

„Der Angeklagte wird wegen schweren Raubes (§ 250 Absatz 1, Punkt 1 Buchstabe a StGB) in Tateinheit mit Geiselnahme (§ 239 b Absatz 1 und 2 in Verbindung mit § 239 a Absatz 4 StGB) zu einer Gesamtfreiheitsstrafe von drei Jahren und sechs Monaten verurteilt und hat die Kosten des Verfahrens zu tragen."

Der letzte Satz erschien ihm wie der Hohn an sich. Inzwischen hatte er Privatinsolvenz beantragt. Der Staat durfte sich hinten anstellen. Oder vielleicht auch vorne, möglicherweise ging sowas ja vor. Es würde sowieso lange dauern, bevor er wieder ein Einkommen erzielen konnte, um etwas zurückzuzahlen.

Seine Augen flogen über die Begründung. Er las viel, seitdem er hier war. Das gesteigerte Lesetempo sah er als einen Gewinn aus dieser Lage.

„... hat der Gesetzgeber aus Opferschutzgesichtspunkten heraus eine ‚tätige Reue' ermöglicht. Voraussetzung dafür ist, dass der Täter die Opfer unter Verzicht auf die erstrebte Leistung in ihren Lebenskreis zurückgelangen lässt. Das ist hier gegeben, da der Angeklagte den Rückzug der Geiseln in der Folge der Geiselnahme gestattete. Insoweit konnte das Gericht auf einen minder schweren Fall erkennen …"

Wenigstens das hatte sich ausbezahlt. Einmal führte ihn das, was er wollte, auf den richtigen Weg. Benita und Enissa hatten trotz der Konsequenzen für sie selbst nie Zweifel daran gelassen, dass er sie nicht gefangen hielt. Seine Strafe wäre sonst deutlich höher ausgefallen.

Der Text ging weiter mit:

„… Ein solcher liegt vor, wenn das vom Täter verwirklichte Unrecht vergleichsweise gering ist. Dies war hier der Fall, da der Angeklagte aus Verzweiflung handelt …"

Verzweiflung. Es war demütigend ein offizielles Dokument zu lesen, in dem stand, dass er das Leben nicht in Griff hatte. Sarah begegnete ihm nur noch einmal: als Zeugin in dem Verfahren. Es hatte sie zornig gemacht, wie sein Anwalt sie als Verursacherin seiner Misere darstellte. Wäre ihm doch nur früher klar geworden, was sie für eine Person war … Ihr hübsches Gesicht und ihr heißer Körper machten ihn blind für ihr Wesen.

Nachdem, wie sie im Verfahren über ihn gesprochen hatte, konnte er es sich sparen, mit ihr Schluss zu machen. Es war so offensichtlich vorbei, dass jedes weitere Wort überflüssig war. Wenigstens das.

Seine Zelle wurde geöffnet, er durfte in den Besuchsraum gehen.

„Ben!"

„Rob!"

Benita schob ihm eine große Tüte Gummibärchen zu. Irgendeine Kleinigkeit, die sie ihm schenken durfte, hatte sie immer dabei.

Sie begann mit dem üblichen Smalltalk, fragte, wie er seine Zeit verbrachte. Rob antwortete ihr in kurzen Sätzen, denn es war ihm viel wichtiger, dass sie die Welt von draußen hier hereinbrachte.

„Wie lief es mit der gemeinnützigen Arbeit?", wollte er wissen.

Sie hatten es lange hinausgezögert, um zuerst ihr Leben neu ordnen.

„Ich glaube, das war das Beste, was mir passieren konnte!"

„Erzähl!"

Mit strahlendem Gesicht berichtete Benita, dass sie eine Aufgabe gefunden hatte, bei der sie mit jungen Menschen arbeiten durfte. Sie unterstützte ein Team aus Psychologen bei der Freizeitgestaltung traumatisierter Kinder.

„Ist das für jemanden wie dich gut?", fragte Rob erstaunt. „Ein traumatisiertes Kind warst du doch selbst." In der Gefängnisbibliothek hatte er ein Buch darüber gefunden und verschlungen, da er den Inhalt mit ihrer Geschichte verknüpfen konnte.

„Vor unserer Reise wäre das noch unerträglich gewesen. Ich hätte jeden Schmerz der Kleinen miterlebt. Jetzt, nachdem ich gelernt habe, mich abzugrenzen, hilft es sogar. Ich fühle, wenn eines in eine emotionale Schieflage gerät und kann schneller reagieren als alle anderen. Ich bekomme unglaublich viel Anerkennung."

„Das ist toll!"

Rob verließ sich darauf, dass Benita wusste, wie vorbehaltlos seine Freude war.

„Das Beste kommt erst noch. Eine der Psychologinnen, die dort mitarbeiten, Thea, hat mich zum Essen eingeladen und versuchte herauszubekommen, wie ich das mache. Ich habe mir Mühe gegeben, so nahe wie möglich an der Wahrheit zu bleiben. Thea geht davon aus, ich bin besonders empathisch, was ja genaugenommen richtig ist. Sie baut sich gerade eine eigene Praxis auf. Als sie hörte, ich jobbe bei einer Zeitarbeit, hat sie mir angeboten, als Verwaltungskraft bei ihr einzusteigen."

„Lohnt sich das?"

„Reich wird man nicht, und es ist nur eine Teilzeitstelle. Das ist ideal, denn im Laufe des Gesprächs arbeiteten wir heraus, was ich eigentlich will: Ich werde Psychologie studieren und mich zur Therapeutin weiterbilden. Dann kann meine Gabe noch etwas Gutes bewirken."

Auch ohne Benitas spezielles Talent erkannte Rob, wie euphorisch die Aussicht sie machte: Ihre Augen leuchteten, die Stimme war lebhafter als sonst, sie lächelte. Seine eigene Begeisterung war gebremst. Benita sah ihn fragend an.

„Psychologen sind mir unheimlich."

Sie lachte.

„Liebster Robin, ich war dir schon immer unheimlich."

„Auch wieder wahr", grinste er. „Weiß Enissa inzwischen, was sie studieren will?"

„Kommunikationswissenschaften. Sie hat es mir gestern ganz stolz verkündet und mir im Internet alles dazu gezeigt."

„Oh Mann. Eine Psychologin und so eine. Ihr werdet nichts mehr mit mir anfangen können, wenn ich hier rauskomme."

„Wir kennen und schätzen deine Qualitäten. Ein bisschen Bildung ändert das nicht." Sie sah ihn aufmunternd an. „Was machen deine Pläne?"

Das war ein Punkt, der Rob stolz machte. Er hatte einen Plan.

„Einer meiner Kollegen hier hat gesehen, wie ich mich in der Werkstatt anstelle. Wir haben uns über Autos unterhalten. Sein Bruder hat eine Firma, die Oldtimer aufkauft und restauriert. Neulich kam er zu mir zu Besuch und redete lange mit mir. Mann, war das spannend! Er hat bemerkt, wie begeistert ich davon bin, mein Kollege sagte ihm, ich sei gut. Nun hat er mir versprochen, wenn ich rauskomme, darf ich bei ihm anfangen, falls es bei ihm weiter so gut läuft wie zur Zeit."

„Das ist großartig!", Benitas Gesicht und ihre Stimme zeigten ihm, dass sie verstand, dass damit für ihn ein Traum in Erfüllung ginge. Es musste einfach gut werden.

Danach kehrte einen Moment Stille ein. Rob rang sich dazu durch, die Frage zu stellen, die ihn am meisten interessierte.

„Und, gibt es einen Mann in deinem Leben?"

Ihre Augen flitzen kurz durch den Raum, dann sah ihn mitfühlend an.

„Robbie! Wir waren uns einig, das mit uns hätte sowieso nicht weiter funktioniert."

Er hob entschuldigend die Achseln.

„Ich frag ja nur. Du warst die beste Frau, die sich je für mich interessiert hat, ich will sicher sein, dass du in gute Hände kommst."

Sie lachte.

„Darauf passe ich schon selbst auf. Du weißt doch, mir spielt man nicht so leicht was vor." Dann zog sie ihre Stirn in Falten. „Und du, mach dich nicht so klein!"

„Neben Enissa und dir bin ich es."

„Quatsch! Ich kenne niemanden, der ein größeres Herz hat."

Er schnaubte spöttisch.

„Davon kann ich mir nichts kaufen."

„Das brauchst du nicht. Es ist mehr wert, als Dinge, die man kaufen kann. Es ist einmalig."

Dass Benita ihn so sah, ohne dass es dazu führte, dass sie zusammenpassten, machte ihn wehmütig.

„Also, gibt es einen Kerl?", lenkte er ab.

Sie sah ihn ernst an. „Ja, seit Kurzem."

„Wie ist er?"

„Er ist warmherzig, klug, tierlieb und humorvoll. Er schätzt und versteht mich. Ich weiß, er hat starke Gefühle für mich. Du kennst ihn."

Rob riss die Augen auf. „Ich kenne ihn? Wer ist es?"

„Steffen Mohr."

„Nicht dein Ernst! Der Bulle, der uns den ganzen Stress gemacht hat?"

Er hatte das Gefühl, den Boden unter den Füßen zu verlieren.

Benita schüttelte den Kopf.

„Jeder andere wäre viel schlimmer gewesen. Steffen hat von Anfang an erkannt, dass du im Grunde ein anständiger Mann bist."

Sie sah ihn bittend an.

„Vertrau mir. Er gehört zu den Guten. Es ist mir wichtig, dass du damit einverstanden bist, und ich weiß, du kannst darüberstehen. Er ist dir gegenüber unvoreingenommen und versteht, was du mir bedeutest. Ich würde mich freuen, ihr könntet Freunde werden."

„Das ist viel verlangt. Vielleicht habe ich kein so großes Herz, wie du denkst."

„Doch, das hast du. Ich kenne dich."

Rob seufzte.

„Muss ich dir jetzt meinen Segen geben oder so was?"

Sie grinste. „Ja, so was."

„Also gut. Du hast ihn."

„Ich sag es doch: großes Herz. Du weißt, auf irgendeine Art liebe ich dich."

Danksagung

Als Autorin arbeite ich nicht immer alleine. Ohne die Hilfestellung von außen wäre dieses Buch nur halb so gut. Deshalb geht eine Menge Dank an meine Testleser, vor allem Jeannette, Jule, Martina, Cindy, Evy, Sarah und Kirsten. Margot gilt mein Dank für die Korrektur. Stephanie Pinkowsky war mir eine engagierte Lektorin, die tief mit mir in die Geschichte eintauchte. Anna Castranova war mir ein ‚Leitstern' für diese Auflage des Buchs.

Inhaltlich haben insbesondere zwei Personen Anteil: Gunter Pirntke, dessen juristisches Fachwissen Rob seine gerechte Strafe zukommen ließ, und Ekin, die in Bezug auf Enissas kulturelle Prägung ihre zweite Mutter war.

Danke!

Natürlich gilt der wie immer vor allem den Lesern, die Benita, Enissa, Rob und Steffen ein Leben in ihren Köpfen gestatten. Ich würde mich freuen, von Euch zu hören, auf Facebook, Instagram oder ganz einfach über eine Mail an ambra@lotauro.de.